捧 读

触及身心的阅读

奇妙故事集

宋尾 ————— 著

北方文艺出版社

图书在版编目（CIP）数据

奇妙故事集 / 宋尾著 . —— 哈尔滨：北方文艺出版社，2019.12

ISBN 978-7-5317-4535-8

Ⅰ.①奇… Ⅱ.①宋… Ⅲ.①中篇小说-小说集-中国-当代②短篇小说-小说集-中国-当代 Ⅳ.①I247.7

中国版本图书馆 CIP 数据核字（2019）第 094899 号

奇妙故事集
Qimiao Gushiji

作 者 / 宋尾

责任编辑 / 王金秋

出版发行 / 北方文艺出版社	网 址 / www.bfwy.com
邮 编 / 150080	经 销 / 新华书店
地 址 / 哈尔滨市南岗区林兴街 3 号	发行电话 / 0451-85951921 0451-85951915
印 刷 / 鸿博睿特（天津）印刷科技有限公司	开 本 / 889×1194 1/32
字 数 / 200 千	印 张 / 8
版 次 / 2019 年 12 月第 1 版	印 次 / 2019 年 12 月第 1 次印刷
书 号 / ISBN 978-7-5317-4535-8	定 价 / 39.80 元

目录
CONTENTS

1 我死去的地方　　001

2 收藏解放碑　　049

3 那天突然出了太阳　　067

4 贝多芬在阁楼上　　087

突然的自我　　　　　　　　107

大湖　　　　　　　　　　　141

去喜马拉雅公园　　　　　　163

隐身　　　　　　　　　　　193

The place where I died

我死去的地方

经过一段九点七公里的长隧道,在外环高速上继续行驶了两公里,然后减速,我看到了那个隐秘的标识牌——道门口。路牌下方有文字提示：前方五百米处下道。在匝道上绕行的时候,一对黑鸟突然从灌木里扑腾飞起,黄昏的余晖在它们的翅膀上闪烁着细碎的堇色粉末。我慢慢地驾驶,越往深处,乡村道路就越窄,上面铺了薄薄一层小石子,轮胎压上去的时候,能听到胡豆炒熟后那种闷声闷气的嘎吱声。这是一段漫长的小道,弯弯绕绕,一眼看不到头,两岸栽满桉树,坡田上的油菜花已然开得繁茂,一整块一整块的黄色在车窗外迎着头惶惶小跑,挤压着视野。我必须眯起眼睛,这样会好受些。

我从未来过这里,这个离主城五十多公里的地方,地名也闻所未闻。这条路上连人都难得见到一个。我完全没有方向感,对于所谓前方毫不知情,不知道究竟有没有一个所谓目的地。但我越是觉着荒诞,就越是想接近它。因为他告诉我这是他死去的地方,他真是这样说的。

得到消息时,我正在开会。这个季度才开始,杂志经营业绩就整体下滑,而且接下来该怎么调整也完全没有头绪,所以领导急吼吼地把上午的例会临时改作了经营会。我正听领导训斥,手机吱吱振动起来,是刘东灵。我轻轻放到耳边,听到他在电话里说,老慢不见了。

"什么不见了？"我弓着身握着电话蹿出办公室,疾走到走廊尽头的卫生间,给自己点上一支烟。会议很沉重,话题很压抑,我一直想抽支烟,就是没找到机会。我趴在窗口,头伸出去,把烟点上。楼下原来是一小块草坪,后来因为小院里车位打挤,被用作临时泊车的地方。此时一辆外来的车正艰难地挪动车头,试图挤到仅存的一道缝里。

"刘岗刚刚打给我的,"他说,"昨天早上七点半清点房间时就没看见人了,前天晚上走的,没打招呼,后来查监控才晓得。"刘岗是他的堂弟,九龙坡精神疗养院的办公室主任。

"那啷个[1]办?"因为是上午第一支烟,也因为抽得猛了,我脑门一阵发昏。

"我晓得?"他倒干脆。

"让刘岗他们疗养院到处找找嘛。"

"还用你说,就是找不到了才通知的我噻,"他说,"我马上要开会,你想想去哪里找。"

"我还不是在开会——"但那边已轰然挂了。

我悻悻地把烟屁股摁熄,快步回到会议室。结果这个会一直不歇气地开到下午,末了又来一个紧急采访通知。我赶快打电话给外边的记者,把事情交代出去。等我坐在电脑前把上周遗留的一些琐事处理完,就到了放学时间,又赶去学校接娃儿,接了娃儿,去超市买菜,然后是理菜做饭,然后又是洗盘刷碗,紧跟着就押着娃儿洗澡、上床,忙完这一切已近深夜。临到睡觉,我才突然从脑子里拣出这件事儿。

我推了推刚从外边回来就一直躺在床上逛手机淘宝的朝芳,"你老师从疗养院跑了。"

"又不见啦?"她盯着我,两只眼睛空空洞洞的,"真神。"

"你说他能去哪儿?"

---

[1] 重庆方言,即"怎么"。(本书注释均为重庆方言)

"那还真不知道,"朝芳撇撇嘴,"我是搞不懂他的。"

"亏得还是你老师!也不关心下,一点良心都没有。"

"你有良心,那你还撬自己兄弟的墙脚!"

"嘿!要脸不?一个巴掌拍不响。"

如此扯了一番,我们俩都疲了。

"还是去找找吧……"她熄了灯,眼睛骨碌碌地看着我。

我想我知道她没说完的话——"……老慢怪可怜的!"

老慢真的可怜吗?对此我保持疑问。我去过好几次精神病院,一般来说,那里的人看见我们这些正常人,反而会把我们当病人,很是同情。若他们不同情我们,我也同情我自己,既要照顾家庭,买菜做饭,洗碗拖地,又要起早摸黑地工作,努力钻营,围着领导打转。他们呢,仰着一张毫无压力的脸,袖着手,不问世事,优哉游哉。谁可怜些?何况,老慢究竟是不是疯了,还得另说。

翌日,我起床后就给刘东灵打电话,约他见面商量。我说:"如果可以的话,也约一下老光。"

在老慢这件事上,我们无疑都是股东。正是我们三个商量后把老慢送到精神疗养院的。

东灵声音朦胧低沉,肯定昨晚夜生活过满足了,身体是醒了,但心里的某根弦还没醒,"哎"的一声,像是伸了一个舒服的懒腰。

"那行嘛,我跟他联系下,暂定晚上。"

"不要暂定,"我说,"定就定死。"

"哎,我真的定不死。再说,老光也不一定有时间。"

"管得你们,反正我定死了。晚上六点,龙山路,乡村老菜坊,我现在就订位。"

"好嘛好嘛。"他不高兴地挂了电话。

他们都是忙人,他们的时间都是用来溢价的。老慢呢,最不缺的就是时间,他融化在时间里了。我呢,时间也不是我自己的,至少不全是。可是倒回十几年前,我们都是一样的。不能说一模一样,至少也是差不多一个标准格式的。老光,东灵,还有我,是同一批新晋的媒体民工,我们的宿舍挨在一起。

当时,我凭着几篇发表的副刊文章,被分到周刊部跑文化,在一个被称为"文化沙漠"的内陆峡谷城市,文化新闻好寡淡嘛,所以偶尔也客串一些情感热线和娱乐新闻什么的,补贴一点工分。东灵当时在经济新闻部,老光被分去跑机动。那时我们还很幼稚,但越是菜鸟,就越是满心想整什么大稿子,搞点什么有动静的报道,尤其是负面新闻。当然主要是他们俩。能够把稿子写得更规范——更像是一篇稿子而不是散文——才是我的当务之急。报业大楼在较场口,挨着的凯旋门电梯下去就是下半城。我们的宿舍就在那里的一个大院里,躲藏在几栋崭新的福利房背后。那是一栋从二十世纪五六十年代遗留至今的苏式建筑,灰墙黑瓦,只有三层,十分老旧。大白天也要依靠头顶那五瓦的灯泡照明。即使这样,甬道里也是黑幽幽的,可直接拿来拍鬼电影。

我们几个就住在最上面那层,我是302,301和304分别是老光和东灵。

宿舍不大,可能有十五平方米,虽然小但是家具全,有木板床、衣柜,还有一张老式红漆办公桌,可以搁电脑(包括主机和键盘),还能再堆一些书和资料。我们的生活大多可在房间解决,比如烧水,做饭——用电饭煲下个面煮个泡饭之类,也可以用电炒锅整点大餐。锅碗瓢盆一般堆在窗边，另一边是脏衣服和臭袜子，半个月或一个月集中清洗。可惜房间里没有卫生间，不方便洗澡、上厕所。楼道最里面有一间两用的公用卫生间，里间隔了一个小区域，有一个蹲坑，用木门挡着，外面是一排小便池，左侧是莲蓬头，可以洗澡。

之所以住进去，也不全是因为这儿比市区其他租房低廉很多，主要是租房的过程本身就很麻烦，找个顺心相宜的房子的难度不比找女朋友差到哪里。因为是新入行，需要那种"伙伴"的集体感（也就是相互依赖），也是为了就近方便，领导们在楼上吱一声，我们应声爬个坡，就到办公室了。点个卯，开个电脑装模作样糊弄一番，又可以溜了。但是，当时老慢已经是很有一些资历的摄影记者了，却也住在这破地方——他在303。

他像是宿舍里的一片影子，我老是这样觉得。偶尔我也隐隐觉得，他其实还是我们的影子。

晚上的聚会，他们还是来了，虽然迟到了快两个小时——向来最拖的老光甚至比东灵先到。他看见东灵匆匆走进来，放下手机，揶揄道："哟，刘总是从夏威夷现赶来啊！"

"哎呀光总，这好像是你头一次比我先到哦？"东灵挨着他坐下来，笑嘻嘻的，"啷个，难得领先一球就开始打整[2] 我嗦？"

我拿起酒壶，给他斟了半杯，问道："够了不？"

"还是倒满嘛，"他笑眯眯地点上烟，"难得我们上层社会又相聚了。"

"算了，你们才是上层，我可不是。我下流得很。"我说。

"是啊，您是文化人，您跟我们这些败类刻意划开了距离。"老

---

[2] 揶揄、调侃的意思。

光不会轻易放弃自己的优越感。

"我还想当败类呢,谁给我机会?"我举起筷子,"发动吧!"

"上层社会"是老慢的说法。

当年,搬进宿舍的头一天,我们几个商量着去见见老慢——毕竟还是要拜拜码头嘛。没来之前我们就听说过老慢——一个怪人,一个非著名的摄影记者,一个让领导头疼的职工。他在这宿舍住了四五年了,"铁打的老慢流水的兵",俨然是"舍管"级的人物。我也曾在报社见过他几次,没啥印象,就是瘦,寡瘦寡瘦的,个头不高,可能也就一米六五。稍微深刻一点的是他的面容,老是苦着脸,沉默的时候额头上的抬头纹就显得很深,如同沟壑。后来才知道,也不是他故意做出愁苦的样子,是长成这样式了。

我们推开门,他老僧入定般坐在电脑前修剪图片,脖子上仍挂着相机,看见我们闯门而入,才反应过来,慢腾腾地从窗前起身回头看着我们。因为逆光的原因,他站在那里就像一幅曝光过度的平面人像。

我递了一支烟给他,做了一番自我介绍。一支烟抽完,我们大概也熟悉了起来。著名的酒局爱好者东灵不失时机地发起了号召:"都住在同一层,哪个都要搞点酒加深加深感情吧!"

"要得,你们刚来,我请你们。"老慢立刻从藤椅上离开,在夹克里翻找自己的钱包。他确实比我们都要憨厚多了,钱包看起来也厚多了。"这层楼几个月来就我一个,其他屋子都空着。你们来了,我们也算组成了一个上层社会嘛。"这是他为数不多的让人听起来有趣的说法。

那是 2001 年,总体上还是一个抒情的年代,人和人见面多少还得谈点理想什么的,至少嘛,也得聊聊文学和艺术。我们既然同住一层,又都年轻,自然要扎堆,喝酒,吹空话。可是,我们是新人,那点微薄的工资肯定是不够用的。于是，我们大部分时间就是吃老慢的。某种意义上，老慢用他的大方供养着几个年轻人的梦想。他很少吹。老慢十分枯燥，但是个好听众。

东灵那时已经操了好几年文学了。"操文学"是东灵自己的说法，没什么恶意。在重庆，"操"不同于北方，是一个生动的具有民间语境的俚语，比如"操社会""操老大""操名人"，既有存在主义的意味，也有夸张的趣味，还有点"装"，其实就是"混"，大意如此。那时东灵在一个叫作"界限"的诗歌网站里当版主，半夜就在电脑前发帖回帖，迎来送往的都是各色颜容颓废的文艺青年，个个都不像正常人，都有点营养不良。老光呢，是个复杂的家伙，让人看不出他的年龄。他说他的心理年龄很老，我看他本人更老。当然，女人们跟我不持相同观点，她们觉得这是"成熟"。老光的肚子是个杂货铺，里面装满了秘闻。他什么都能聊，又点到即止，让人感觉高深莫测。喝酒那阵，你让他起个头，他就全讲事故——死人、脑浆子、尸体、血。我们恶心得直打干哕。他却很无辜地说："老子一天只看得到这些，你让我虚构些啥子好呢？"再后来，我们连菜都不敢让老光做了，总觉得血淋淋的。

东灵说："你们跑机动新闻的崽儿，就是要邪恶些……"

"是啊，"老光叹着气说，"你从三楼倒栽下去，不得流血的，不得骨头断，不得流脑浆子的，你们这些文化人啊！你们不是人，是神！"

"老慢这事，嘟个整？"酒过三巡，这个问题就自然地跑出来了。

"没办法，"老光叹气，"你说，他电话都没得一个，人海茫茫，你去哪儿找？"

"那是，一个成心要跑的人，你找福尔摩斯都没得办法。"东灵附和道。

"那就不找了？"我盯着他们看。

"找啊！"两个人无辜地摊手，异口同声。

"这老慢不争气！"老光惋惜地说，"又不是不给他机会，让他给我拍建筑，选一张，两千块，选十张，两万！有啥子不好吔？"

"我介绍他到金公主影楼做艺术总监，他也不去。"东灵摇头，"他脑子出问题了嘛！"

"说这些有屁用，"我说，"就没什么办法了？"

"没得！"他们又站在一起了。

"但是，老慢上回不是讲了一个地方的吗？"

他们摆手，一副毛骨悚然的表情，"你信那些！"老光笑起来，"我儿，你还真信那些？"

"你忘记我们把老慢送到哪里了？"东灵也笑起来，"看来下次，就要送你去了。"

总体来看，这次见面极其没有意义。其实我也预想到了，一个是开发商，一个是地产广告设计公司老总，他们即使知道老慢在哪儿，也不会——哦，是没得时间去找他的。

分别前，老光说："既然你信老慢的，那你就去看看嘛。"他沉吟了一下，不知是安慰，还是揶揄，"毕竟，你承继了老慢的一部分生活嘛。"

我却找不到词来反驳。

回到家，朝芳已经把娃儿哄睡了，手指竖在嘴边，示意我动静要轻一些。

"怎么样了？"她从房间过道走拢来问。

我颓然坐在沙发上，不想说话。

"找不到吗？"她挨过来。

"去哪儿找嘛！"我说。

看我语气不佳，她也识趣，起身就回卧室，没几分钟，就听到里面传来了浅浅的鼾声。

我环顾着房间，心想，这大概就是我承继的那一部分了，女人、孩子、锅碗瓢盆、各种账单，鸡零狗碎，我承继的就是这狗日的生活啊。

2002年，我们在报社已经混得如鱼得水。这行业没秘密，用东灵的话说，不是什么高科技。但老慢在报社发稿却变成了一件难事——摄影部、编辑中心，达成了高度默契，拒绝采用他的稿件。原因很简单，老慢太拖沓，"规定动作"总是达不到要求。但是呢，他个人的作品，又经常在国内一些独立摄影展上亮相，偶尔也获个小奖什么的。这让领导尤其恼火，背后说："这不是拿我们的骨头熬他个人的汤吗？"一次，报社安排他去拍摄市有关领导的一项重要发布活动，他竟然没去。问他，他说他路经学田湾菜市场，看到一幕有意思的场景，拍得忘了还有任务。气得领导脸都乌了，拂袖而去。为此他被记了大过，停职一个月。

就是那次，为了安抚老慢，东灵组织了一次秋游，目的地是北碚的一个生态农场。事先他已给农场老板打了电话，老光借了单位的一辆老迈的捷达。上午九点半，我们在凯旋门会合时，老慢出现了，带着一个跟他一样瘦削的年轻女孩。一身松垮的布衣，看起来有点颓废，给我们介绍时只是说，这是朝芳，重庆师范大学文新学院刚毕业。

因为车上突然多了一个计划外的女性，这趟行程对我们这帮单身汉来说顿时就变得兴致盎然。首先兴奋起来的是东灵，他兴奋的标志就是话多。老光依旧高深莫测，但瞧得出他心情不错，心情不好的司机是不可能吹着哨猛踩油门的。看来一个年轻女性总是容易给人带来欢乐。何况，朝芳只是看起来颓废，性格其实比较开朗，很快就同我们熟络了。我们逼问她多久才被老慢骗到手的，她就笑，说已经认识两年了。两年啦！我们冲着老慢怪笑："你娃，保密工作做得好哦！"

我们笑我们的，老慢倒是神态自若，仿似这件事跟他无关。一行人晃晃悠悠，到达目的地，刚好赶上午饭，农场已经安排好了一顿农家宴。大家也饿了，囫囵吃完，场长带我们一行参观了柚子林、农田、葡萄园，"白吃白喝之后总得装装样子，"东灵悄声说，"这他妈才是负责任的省级媒体嘛。"游得差不多了，东灵让场长先回去，由他带着我们去附近寻访一处古道。不久前，他来此采访，无意发现了一条废弃的但很有意思的古道，走了一刻钟，没再往前走。回去后，他特意问询了当地文管所的专家，得知是民国时期的一条"高速公路"，路边还残存一些老院墙、地基、一座坍塌的庙子，心想是白捡了一条大稿子，只可惜当时没有随身带相机。所以，这次说是专门陪老慢散心也不是顶真的，面儿上请大家耍，白吃白喝，实际上是借了老光这个司机，还有老慢这个摄影师，至于我，是捎带的。

这条路还真是美极了，对面就是缙云山，江水两边是崖壁，犹如一道隐秘的山谷。可能除了附近农民，十几年没人进来过，不到一米宽的道上铺了厚厚一层黄叶，踩上去松松软软，沙沙的。我们甚至还遇见了一个岩洞，是双洞口，不知道是不是可以从一个洞进，另一个洞口出来。洞子很深，里面一片漆黑，我们有点儿害怕，走了几步就退出来了。

我们这样走走歇歇一个多小时，一点也没觉着累。沿途是荒山野树，花香鸟语，时不时还要拿水果刀割掉挡路的荆棘，偶尔也会觉察到危险——道上横亘着几块大石头，显然是头顶的山壁上落下来的。

我们还在这条寂静的小路旁发现了一栋完整的房子，建在稍微开阔的江滩边上。这是个两层小楼,还有一个院坝,四周用围墙拦着,铁门紧闭。这里显见是偶尔有人来住的,因为楼前江岸泊着一条渔舟,对岸是一个码头坡坎。

又走了半个小时,大家也累了,想找地方歇脚。老慢突然背着相机往江坡攀下去,不一会儿听得他的声音:"下来,这儿有温泉,野池子!"大家马上兴奋起来,尾随下去,果然,江滩上几个水坑里,水是温热的。

老光第一个除掉衣裤,跳了下去,东灵紧随其后。老慢蹲着拍了几张照片,就往坡上回去。朝芳满脸通红,要跟着他回到上面,被老慢制止了:"你找个地方坐一坐,我到前面那边去看看,你们就不往前走了。"刚刚我们就在争论,到底要不要再往前走。可是这条路看似没有走通的趋势,而且即便走通,回来取车也是一件极为麻烦的事。所以,大家的意见还是原路返回。"等下我回来和你们会合。"他摆摆手,示意我帮着照顾一下朝芳。我没下水,陪着朝芳找了块干净的岩石坐下,看着他兀自往上走了。然后,一直没有回来。

我是说,我们一直等到天黑,都没有等到他回来。

第二天,我们在农场睡醒,老慢还是没有回来。返程路上,我们的情绪不再像来时那样轻松。同来的一个人,莫名其妙就不见了,小灵通也打不通(在古道上没信号)。

"他就是这样的!"朝芳似乎是想宽慰我们,说有几次陪他一块出去拍照,走着走着就见不着人了。但是那几次听起来,老慢只是过分关注于拍照,而忘记了时间,完全不像这次——彻头彻尾地消失了踪影,还扔下一个如花似玉的女孩。我觑了一眼朝芳,她坐在车窗边,眼睛红肿,显然晚上哭了不少次,不过还算情绪稳定,她打消了老光报警的念头。

东灵埋怨说:"他太散漫了,必须给他一个教训!"

"对,"她附和道,"不用理他。"

但是,朝芳的居留就成了问题。她是专门来投奔他的,结果这个家伙扔下她杳无踪影。经过简单商议,我们把她安置在老慢的房间。

回城后,他们忙各自的事,只有我的工作时间最灵活,无须坐班候点的,这个任务很自然就落在我头上——陪着她等老慢回来。

这天,我第一次找出了床底下的电磁炉,因为朝芳一直要求"在家简单吃",而且想吃火锅。我们楼下拐个弯就是菜市场,菜市旁边就是十八梯,一个著名的城中村。得益于老慢的推介与讲解,我们了解到这里的人情生态之丰富。我们刚住进来,老慢就带着我们几个四处穿梭。这一片儿什么都有,菜市、邮局、理发店、黑黢黢的小饭馆,熙熙攘攘。这里包容着各种人,酒鬼、烟鬼、赌鬼、力夫、小偷、骗子、棒棒鸡、胖瘦不一的老板娘,还有毒贩子。但一脚踏出十八梯,世界瞬间变换——对面是全国闻名的繁华城区,解放碑步行街。

住进宿舍之后,我们极度渴望出逃此地,但这里俨然是老慢的天堂。他似乎根本不需要那些:一个植被丰富、绿树成荫的高尚小区里,一个也许不大,但绝对清清爽爽的房子。哪怕是独立的只属于私人的厕所之类的,他好像也统统不需要,他一点儿也不着急。他挂着自己的索尼213,成天逡巡在十八梯的巷子里。当然,我们所有人都有选题的焦虑,他却没有。我总觉得摄影记者的工作真他妈舒服,上去就是猛地一阵咔嚓,回到办公室,慢慢选,选出一张最差的,就完事了。我们这些文字记者,事前要选材,事后要清理,比做菜的厨子还累,却品尝不到任何美味。我们一直处在程序之间。

不管怎么样,我们对自己"栖息地"的了解,实际上是依靠老慢完成的。我是被他拉壮丁最多的。他常常拉着我穿巷子,他管这叫"摸黑"。住一年了,我还不知道,这里头巷子有多少暗巷,蜿蜒相连,九曲迷宫一般。暗巷里许多小旅馆,有的挂了"XX旅社"之类的牌子,有的干脆连牌都没有,但你清楚那就是——三四个中年妇女扎堆嗑瓜子摆龙门阵顺便眼角四处睃的地方,她不招徕你你也知道那是啥地方。"两块钱住一晚。"老慢竖起两根指头,这样跟我说。"两块?"我追问,"那——好多钱[3]一次?""十块。"简洁明了。我跟着老慢钻来钻去,在暗巷口撞到过好多次吸毒的。最令人心悸的还是,路上突然踢到东西,一看,是废弃的注射器,针头还带着血。有一次,他发现了一个神人,踮着脚尖一路跑回来,硬是鼓捣[4]把我们从电脑前拉到十八梯茶馆:一个看门人模样的老头,大白天喝得麻麻醺醺的,手舞足蹈地唱着歌——听了半天才分辨出来,那是以前码头上茶馆里袍哥大爷吃讲茶时听的老调儿。还有一次,我们在大排档喝夜啤酒,他突然从另一头拉来一个卖鸭脚板的男的,说是本埠知名职业划拳手——三打两胜,他赢了,你花十块钱买两个鸭脚板;他输了,送给你一对鸭翅膀。我们和隔壁十几桌打光巴胴[5]的酒客,硬是没划得赢,倒是他背上一箩筐鸭脚板被倾销一空。

"老慢混迹在这些神人当中,慢慢也就成了另一个神人——成了下半城的一部分。连下半城卖菜的大妈,都认得他这张脸。"我提着一个塑料袋,领着朝芳一边在菜市场拣菜,一边把这些慢慢说给她听。她在我身后亦步亦趋,俨然也听得痴迷了。

我好奇地问:"老慢就没给你说过这些?"

---

[3] 即"多少钱"。
[4] 挑拨,设法支使。
[5] 赤裸上身的意思。

"没有。"她的眼睑耷拉下来,不知道怎么就情绪低落了。

那晚,等到东灵和老光回来,我们围着电磁炉烫火锅,四个人喝了两瓶老白干。朝芳也喝了不少,至少不比我少吧。因为喝了酒,她的话也多起来,就给我们讲以前的事。她呢,大二时来报社实习,跟了一个记者,这个记者是个老油条,最喜欢跑会议新闻,曾创下一天九场会议新闻的记录,是个逮兔高手。该油条不仅擅长逮兔,还擅长吃窝边草。几年前搞大了一个实习生的肚子,很是闹了一些纠纷,后来花钱了了。有一次,他带着朝芳下区县采访,晚上被接待得晕乎乎的,半夜敲开朝芳的房门,胡说八道一番。朝芳越听越怕,又不好驱赶他,但她很聪明,故意去把房门开了一条缝。那王八蛋吹着吹着酒劲就上来了,赖在房里强搂住朝芳欲行不轨。朝芳哪里肯,一边尖叫,一边拿指甲掐他手臂。突然,一个茶杯从背后打来,拍在他后脑上……

"是老慢?"我们问。

她点了点头,又抿了一口酒,继续往下说。

那次采访,老慢和他们一同下去。他看不惯那人吹牛,吃完就回房间休息。几个房间挨着,他在隔壁听到厮打起来了,顺手抓了一个杯子,看见隔壁房门也没关,进来就是一下,把那王八蛋拍在地上。

"后来呢?"我们是听戏入迷了。

这事儿可不就闹大了嘛,出血了嘛。报社领导怒了,又不敢发作,毕竟是这么丢脸的事。那王八蛋停职三个月,老慢呢,也没讨好,这种事情,大概也不好表彰吧。但是,朝芳作为受害人,还是需要安抚嘛。工会出面,提了水果去看了她,首先自然是希望她不要声张,再者嘛,肯定是希望她早点离开,毕竟惹了是非,容易生出闲言碎语。可是这朝芳是个犟拐,她也不需要什么补偿,还提出要完成实习期的学习。

工会领导说，我们会给你做一个让你满意的实习鉴定的。可是她不，她说我来是要学东西的。报社没办法，只能让她留着，但是出了这摊子事，遇见这种烈女，也没得哪个老师敢带。

"所以，就只有老慢带你了？"老光笑说。

"可是，老慢一个摄影记者，咋个带你？"我很不解。

"我也是这样问他的，可他说，什么狗屁新闻？不就是跟我一样？快照而已！对方说什么，你照直录一遍，装在一个筐里不就完事了。难道那些东西还需要什么技巧，需要什么文采，需要什么个性不成？"

"太对了！"我们集体笑了起来，很是解气。

这一来，一个摄，一个记，偶尔老慢也给她讲怎么写开头，怎么个格式和规范。朝芳就跟着老慢，倒也很快进入了角色。相比她那些同时实习的同学，她算是最早一个独立作业甚至是独立署名的了。一晃，两个月实习期也结束了。但她却不想结束，她喜欢上老慢了。每个周末，她就过来看老慢，但是老慢呢，总是不紧不慢，这让她很是着急。这不，一毕业，她干脆自断后路，拖着行李箱就过来了，正好赶上老慢心情不好，又赶上了东灵的这出安慰计划——然后，就没有然后了。

"哎哟！"我们赶紧把杯子端起来，佯装很生气的样子，"狗日的老慢！"

五天后，就在我们都习惯了朝芳的存在后，老慢却回来了。这几天大概是我们在此地最愉快的几天。有人下厨，有人洗碗，下班就回，饭后聊天，偶尔打几把牌。老慢不在，我们正好利用他的蜗居开展活动。那感觉，东灵总结说，像是"一个妻子和她的三位年轻丈夫"。

所以，当一身汗腥臭的老慢提着他的相机闯进门时，我们反而觉得很突兀，很不适应。

"你死哪儿去了？"

"为什么不接电话？"

"怎么不跟我们打个招呼？"

我们七嘴八舌的，当然，首先是谴责他。

他沉默半晌，最后说："我饿了。"

老慢狼吞虎咽的时候，断断续续告诉我们，他在那条路上无意中发现了一种珍稀昆虫。作为一名野外爱好者，他竟然从未见过，于是换上微镜头，紧跟着它去抓拍，走着拍着，就发现自己走得太远了。他试图打电话，但发现没了信号。返回时，不多久就天黑了，又下起雨。他不敢再走，就找了一个岩洞，窝进去蜷了一晚。

"那第二天呢？"我们问。

"第二天，我睡醒了，就想去找你们会合，但小灵通也没电了。"他说，"既然也没法会合，那我干脆倒回去，把那条路走通呗。"

"你这几天都在那边？"朝芳眼泪汪汪的，声音打战，"都吃的些啥子哦？"

"哦，"他若无其事，"没饿着。"

但是看起来他不像是没饿着的样子呀。

不过既然他回来了，我们虽不情愿，也不得不离开——转而窝在东灵的床铺上，都不晓得该说什么好。

"老慢是个神经病！"

老光这么说了一句，就兀自回屋了。

我看了看东灵，他面无表情，也不知想什么。于是，我也无趣地回去了。

我知道，大概就是嫉妒吧。

在单位候到下午,我突然接到办公室通知,临时通知的经营碰头会取消了。平白空出了一块时间,我一下变得无所适从。也好,干脆去一趟九龙坡,找刘岗。老慢已经失踪几天了,总得有人去关心关心吧。

老慢住的那个精神疗养院属于铁路系统,条件特别好,院内鸟语花香,比人民公园还要幽静,但我不想进到里面。不是怕里面的精神病人,而是嫉妒那些人。凭什么他们可以不工作,不打卡,不求上进,一天可以傻乎乎地晒太阳,而我们要把屁股钉在办公椅上。于是我给刘岗打了电话,说在门口等他。不一会儿他就出来了。

我还没问,他就先张嘴了:"还没找到吗?"

人他妈是在你这里不见的,你反倒问起我了。我心里明白,就是为了推卸责任。但有着东灵那层关系,不好说。再说,当初也是我们死皮赖脸送过来的。

"所以来找你,看看有什么线索。"

我递一支烟给他,他摆摆手。

"没有什么征兆呀,我在房间是上上下下翻遍了的,"他说,"一点点发现都没有,屁都没得。"

"他相机呢?"

"相机、几个镜头——都在呀。"

"连相机都没拿?"我简直有点不敢相信。

"就放在库里的。"他说,"要不我取给你?"

"不用不用,"我突然有点泄气,"那他是连命都不要了。"

"上次你不是说,要请专家给他会诊的吗?"我问。

"瞧了呀,做了三组测试,我亲自监督的。"他说,"后来我不是给你们汇报了嘛,没问题。"

"没病?"

"哎呀,专家都三堂会审了,还有错?!"他越说越气,语调一下飙起来,"当时我不收吧,你们非要送进来。"

"不是找你麻烦来了,"我试图缓和他的情绪,告诉他,"就是来问问情况,人不见了,总得从不见的地方开始找起吧。"

他也意识到自己的失态,原地转了一圈,找了块凸起的石头,坐下来,找我要了一支烟,点上,说:"精神病人各有各的原因,但病人有一个共同特征,就是绝不认为自己是精神病人。"

"老慢恰恰相反啊,"我突然意识到这可能是一个突破口,"他到底是想要干啥子呢,非要来证明自己是精神病人?"

"那就要问你们了,为什么送他来?"

其实,并不是我们要送老慢来,而是老慢要我们送他来的。那一刹那,我忽然想到《夜访吸血鬼》这部电影的开场,那是布拉德·皮特饰演的路易斯发现自己由人而为吸血鬼的那一刻,他说:"我已经变了,但世界没有什么不同……而夜色之美令我欲哭。"

然而,老慢饰演了谁呢?

或者说,谁扮演了"老慢"这个角色呢?

老慢和朝芳同居一室还没几天,就开始闹事儿了,再后来就天崩地裂。每晚,刚一睡下,隔壁就动荡起来,我们就得从床上爬起来给他们解围。

其实也没什么事,不是牙刷没放对地方,就是挤牙膏掐的不是地方,反正不是这样东西,就是那样东西。总之,在一块就是不合套。

我死去的地方

接着就是冷战。吃个饭,还要我们互相去递话儿,累不累呀!为省事儿,也为了保持"上层社会"的纯洁性,我们干脆把剩余的靠公厕的一间寝室撬开——把朝芳连人带物,送了进去。

也许是独居太久,三十二岁的老慢似乎已经不大适应跟别人尤其是女人同处一室了。这只是我们私下的判断,当然,好像也只有这点说得通。但朝芳就这么留下来了。有一天出去买菜,她看见我们集团一个健康类的杂志在公开招聘采编,提着篮子去了,竟然被聘用了。当然,是试用。这样一来,她就成了我们的一员。

从这时开始,朝芳就从私人属性变成了公共属性——也就是说,她不光是老慢一个人的,还是东灵的、老光的,以及我的。

一晃两三个月,老慢冷漠依旧,朝芳也渐渐冷静下来,在大家的"劝说"下,终于觉得自己是"有问题"的,也过于冲动,"过于幻想",把老慢"理想化"了。其实她跟老慢并不适合——或者说,老慢并不适合她。"你们的分崩离析,"东灵苦口婆心道,"就充分说明了这点。"

瞎子都看得出来,东灵对朝芳有意思。

但是呢,瞎子也看得出来,朝芳对老光显然更有好感。关于这点,我问过朝芳。她的回答是,老光看起来很性感。至于为什么有这样的判断,她的回答是,老光不怎么说话。什么狗屁理论,高一点、话少一点的男人,看起来就会性感吗?这一点我迄今想起来仍觉气愤。

"那么,你跟老慢之间究竟怎么回事?"

她鄙夷地看看我,说:"我知道你想问什么,小肚鸡肠的男人。"

我脸红了,我真没探究的意思,虽然我一直想。"我只是想知道你们闹翻的原因。怎么,不行啊?"

"我也不知道呀!"她叹了口气,"可能是不想害我吧。"

不管怎么说吧，在"上层社会"期间，朝芳很好地扮演了自己的公共角色，让每个人觉得有所欲求、有所图谋，又无迹可寻、不可捉摸。同时，她暧昧的态度也让整个"上层社会"迅速地不可逆转地滑向分崩离析，充满了竞争和猜忌。

所以，当老慢再次失踪时，如同陷入一场情感游戏的我们几乎都毫无发觉。直到十多天后，我们才意识到，老慢又不见了，和他的那部尼康相机、帆布背包、迷彩帽一块离开了。

跟上次一样，我们怎么也联系不到他。我们理解为，他把我们抛弃了，我们——也包括朝芳。

后来我们知道，老慢并非失踪，而是被羁押在拘留所里。

那期间，老慢领受了一个秘密任务：领导安排他去朝天门的金竹宫偷拍砂舞，做一组图片故事。金竹宫和砂舞，这两样在川渝民间都是很知名的。直白地说，砂舞就是跳舞，但是比单纯的跳舞多了一些内容。昏暗的舞池里，聚集着一大堆身穿薄纱的窈窕舞女，挑选一个，付十元钱，便可以请她们跳一支舞。也就是说，只需要十块钱，在那一支舞的时间内你可以可劲地上下其手。所谓砂，自然也是一个充满民间智慧的言子[6]，具体解释，就是一对男女贴在一起磨蹭，或者是"两个人紧紧贴在一起摩擦身体"。砂舞时，男人一边贴着对方身体随舞曲晃动，一边可以腾出手上下乱摸，所以也被称作"摸摸舞"。这个名词再形象不过了。

我也去过一次金竹宫。有次，领导吩咐我采访一个办艺术培训班

---

[6] 俗话、民间谚语、歇后语的意思。

的伪劣艺术家。采访结束后,为了表示感谢,这家伙请我在街边小酒馆喝了一点小酒,趁酒意,非说带我去开一盘洋荤——就把我带到了金竹宫。他应该是那里的常客,一进去就像鱼掉进海里,找都找不见。我看着影影绰绰的人群,那么多男人和女人搂抱在一起,感觉自己心跳得厉害,紧张得尿意顿生。我去找厕所的时候经过一个走道,那里被隔成若干小间,仅用幔布遮挡。我听到里面的呻吟,血脉贲张,连尿都不敢屙了,招呼也没打,赶紧溜走。从舞厅出来,我看见公共汽车上下来一批女人,香气扑鼻,我想她们大概也是那里的舞女。这时下午三点刚过,是舞厅的上班时间。

就因为这事,我被老光和东灵笑话了半年。记得第一次我讲述这次遭遇的时候,老慢还慢条斯理地给我普及,说砂舞是八十年代开始兴起的,那时舞厅红极一时,会聚了一城的红男绿女,那时还没有这种兼职的舞女,更没有专职的舞女。真正的砂舞兴起于当年的下岗潮,男人们找到了耍事[7],女人们找到了生活补贴。当然,直到现在也不是所有砂女都干那种活儿。传统砂女,只陪舞不卖身。

由此看来,老慢对舞厅这些事物是熟稔的,他是在下半城混迹的土地神啊。总之,为了交差,他去了金竹宫,当天认识了一个叫慧娴的传统舞女。也不知道是吃错药还是怎么着,他见到她就变得魔怔了,追着要拍她。女人当然不干喽。于是,接连几天老慢去舞厅找这个叫慧娴的女人。后来也不知他具体是用了什么办法,又是怎么沟通的,总归是把这女人说服了。

老慢沉湎于新的拍摄灵感之中,却习惯性地把领导安排的任务忘

---

[7] 和"无聊"相反。意为:好玩,玩耍。

到九霄云外了。可是，这么重要的事情领导是没可能忘的，看老慢一直没回音，一拍桌子，旋即安排了另一组记者去了，同时，也给特警队打去了电话。

这个女人，我在老慢电脑上见过她几张照片。

可能有些人就喜欢纯净、脱俗的女人，但我跟老慢想必是另一种人，更喜欢或者乐意接触的是那种庸俗的美。这种美如果非要表述，我想应该就是她这模样，历尽沧桑后的风情里有一种近乎平衡的克制力。很绕，但没有别的说法。也可用老光的原话解释，很撩人，但不骚。事后我问过老慢："你是喜欢上这个女人了吗？"

他说："我是真喜欢。"

"为什么呢？"

"我不知道。"

我不敢相信，继续问道："你拍个照，就能喜欢上一个女人？"

"不是，我是喜欢上她，才要求给她拍的。你不理解，"他说，"我看见她的时候就像看见一道光。"

我确实理解不了。可这样的回答才是老慢该有的，他的世界你完全不懂，就像他的灵感永远无法被领导理解那样。当老慢陷入这个突如其来的情感漩涡时，他也撞上了一个最坏的结果——在舞厅里，被一块儿逮了进去。

按理说，老慢只需要说明情况就可以出来，哪怕不说明，缴点罚款也没屁大点儿事。他却死活不认罪。特警队事情办完，就转交给朝天门派出所，老慢也被转移到了那边，在拘留室里关了几天，可他依旧不认，什么都不配合。派出所那边摸出他的证件，刚好有人是认识老光的,于是给老光打了电话。不然,我们还蒙在鼓里。

我们几个去把老慢领了出来,埋怨他,为什么不告诉警察真实情况呢,毕竟单位是可以佐证的。

"为什么要说?!"他似乎极不满意我们将他接出来,"非要弄这些新闻,哗众取宠!"

后一句我想是在指责他的领导。

那个慧娴——我们见过的照片上的女人,那天,她没到舞厅,幸运地避开了这个精心策划的局。

从派出所回来后,老慢就被辞退了。这大概也是可以想见的,领导不喜欢不听话的下属,虽然随时可以给他夹毛居[8],但也不好随意辞掉——好在老慢给了领导这个机会。俗话说,坏事传千里。其实不需千里,一米就够了。

总之,老慢离开了报社,成了一个自由人。对于一个摄影家而言,这并非坏事。我们是这样认为的。在他的告别酒局上,我们安慰他:"社会广阔得很呀。"

之后,他的行踪便不定起来,昼伏夜出的,跟大伙儿的生活划分了一道线。也不知道是无意的,还是刻意的。当然这样更好,尤其对我来说。那时我跟朝芳已经纠缠在一起了。碰见老慢,多少还是会感到尴尬的。

不光是我,那段时间人人都忙,没工夫关心他。毕竟我们年轻,还有梦,一心顾着自己的前程。

老光和东灵是怀揣着满腔的理想和热血投奔媒体的。我呢,我并

---

[8] 即"穿小鞋",故意找茬、刁难的意思。

没那么高深的想法，我只是需要一份工作，一份养活自己的工作。然而毕竟受他们的影响，我也慢慢喜欢上了这份工作。在这方面，我和老慢差不多。他虽然也谈论艺术和荷赛奖什么的，但是并没什么野心。总体来说，我们在这点上是趋同的，正如领导批评的，"没得什么追求"。

那些天，东灵接待了一位来自《南方都市报》的朋友，两人一见如故，几顿大酒和彻底摆谈过后，他决意投奔广州，迎接自己的理想。临别前，他召唤大伙儿酒聚了一次。席上，老光对此深表支持，他也认为在西南地区做新闻看不到"希望"，甚至认为做纸媒都没多大希望，哪怕你《南方周末》的稿子，也要通过门户网站才有更广泛、更有爆炸性的影响力。他说自己已经分析研究过许多夜晚了，以后该是网络唱主角的时代，说自个儿也在跟北京的媒体朋友紧密联系，准备到新浪网去试试。我记得他说过，在这里，我们只能做一个城市的买卖，但站在那儿，就可以做全国的买卖！看上去豪气干云。末了，他们问我准备怎么办，我想了想说："我一个跑文化的记者，做好本地的报道就够了。再说，我在北京待过几天，那地方的气候不适合我，而且，也太大了。"

我的回答显然让他们失望了。但最失望的还是朝芳。毕竟是女人，多愁善感是常态。再说，她既舍不得殷勤的东灵，更舍不得她想追逐的老光。可是，正是她让他们离开的。她一个都不想放弃，他们就只有通通放弃。

那晚，她喝醉了。东灵和老光把她搀回房放到床上，面面相觑。谁留下呢？两人愣了好一阵，最后把我叫过来，像是安排后事，严肃得很。"朝芳就交给你了，好生照顾呀！"

东灵第二天就走了。

老光呢，隔了几天也走了。

"上层社会"顿时空虚起来，再也没了烟火气。我偶尔难得在家弄点儿酒菜，给老慢打电话，问他在哪儿。他慢腾腾，好像正思考自己究竟身处何处："在哪儿？我在社会上呢！"

最后撤离那个宿舍前，我遇见过他一次。那次我回得早，准备收拾东西，路过他的房间，看见他正弓在电脑前修图片，便进去问他最近在拍啥主题。

他说昆虫，随后滔滔不绝地对着电脑给我讲解，这是什么昆虫，奇异在什么地方，这是什么品目，生活在何处，珍稀在何处……

我听得头晕，问道："拍这些能解决生活？"

他瞥了我一眼："生活是啥子？"

我居然没法回答。于是我换了一个话题，问他为什么不接受东灵的建议，去影楼上班，人家还给一个总监的待遇，算不错了。

"屁！"他埋下头，"朝九晚五的，拍那些鬼画符的肖像我没得兴趣，太假了。再说，啥总监，就是一个摆设。"

我问经常看不到他的人，他是不是故意躲着我们。

他告诉我，他情绪没有问题，不是因为被排挤，也没有被开除，更没故意躲起来，而是因为他很忙。

但是他自己又解释说，他忙是因为找不到目的感。说这话时，他的眼神有一种空洞。

目的感？我毕竟比他要小七八岁，当时还算年轻，还不甚理解这个词是什么意思。

他未给我解释，我也没继续追问。我们虽然住在一起，情感上也捆绑在一起，某些地方依旧是冷漠的。

晚上，我独自待在书房——其实就是阳台上单独开辟的一个工作间，用来敲字、抽烟、看书——几个小时，还是没法写出领导要求的那份《多媒体融合背景下的杂志采编内容转型方案》，倒是无聊地玩起空当接龙——一种最初级也最枯燥的游戏，用枯燥对抗枯燥。我听说大部分抑郁症患者都有这个习惯，还听说大部分抑郁了的人，可以一天不说几句话。这些症状我似乎都有，我想我大概也有点儿病了。

在电脑上翻牌的时候，我听到背后的动静，是那只老鼠。我见过它很多次，它为了穿过客厅，进到厨房，执拗地将阳台玻璃门一侧的铝合金立柱啃啮出一个洞口——椭圆形的，居然还很完美，真不知它是如何做到的。为了让它不再搞破坏，我索性整夜都让门开着，可是，事情的奇异之处在于，它还是要从那个洞口穿越。

是习惯？是天性？还是别的我不知道的什么东西？

这个细微的发现突然就让我联想起老慢，不是说他是耗子，而是说他有一种跟这种行为类似的东西，我无法窥知也无从了解的东西。

他从精神病院失踪已经六天了，没有任何联系，没有任何线索。我不知道为什么自己心里老挂着这样一件事。光单位的烦心事、家里的琐事已经够我两个头大了。

人难道不是应该现实一点吗？再说，凭什么只是我操心，而不是其他人呢？

我关了电脑，进到卧室，孩子已经睡着了，朝芳正给孩子披被子，防止他被冻着。这时是二月，刚立春，但重庆的春天是极其短暂的，大部分时候都是冬天，早春甚至比冬季还冷。

不知从什么时候起，我们之间的话越来越少，不知道说什么，说什么可以不触怒对方。少说话的好处，在于可以降低日常生活中吵架的风险。

"你觉得，我到东灵那儿上班咋样？"我突然想告诉她这个事情。

我死去的地方

"你不会去的。"她简短地说。

"为什么?"我问。

"因为你根本就不是要征询我的意见。要去你早去了。"说完之后,她睥睨一眼,"你到底想要什么?"

"我还不是为赚多点钱。"我试图申辩。

"睡吧!"

我颇感无趣,讷讷地说:"我明天去找找老慢。"

她伸手关了床头灯,缩到被窝里说:"去吧,就当是找你自己。"

"找我自己?"

因为这句突兀的话,我失眠了。半夜,我越睡越醒,浑身发热,一会儿想到老慢这些年一个人是怎么过的,一会儿想到冷火炊烟毫无生机的工作,一会儿又想到一个小说的构思,一会儿又想到下期杂志到底要用什么选题,一会儿又跑到了东灵那儿——我在那儿接管了策划部门,做了一个挺劲爆的项目案……我彻底睡不着了,推了推朝芳,说:"你说——我真去东灵那儿上班咋样?"

她迷迷糊糊地说:"有病啊?"

我想也是。我该跟老慢一块儿住精神病院的。我这样想着想着,终于睡着了。等我醒来时,朝芳和娃儿都不在了。

拿起手机一看,已是十点一刻。干脆,今日也不去单位点卯了。我驾着车,漫无目的地闲逛,不知不觉到了下半城,就把车停在老报社的大院内,然后往侧门走,想瞧瞧曾经的"上层社会"。好些年没来,这一片都拆得差不多了,断壁残垣,揭掉屋顶的老房子豁然迎向天空。我走进巷道,发现我们的旧居已经被推平了,一点影子都没有留下。

我蹲在那片废墟上抽了支烟,一个戴袖章的保安在身后不停地吆喝,要将我驱赶走。我站起来,把烟蒂扔进瓦砾,摇摇手,示意马上走。

搬离下半城这些年,我们从未回来过,这个"上层社会"随着我们的离去土崩瓦解,消失在记忆里,那里只存有一个功能,就是当年那些人终于聚在一块时,注定要反复使用的话题——除了那个地方,我们也许根本没有什么共通之处了。只是老慢从未联系我们,我们也找不到他。聚在一起时,我们就相互问问,然后一阵感慨,接着就散去。我们已经活到了不会刻意去寻找某个朋友的年纪了。

我回到车上,不知道下一步该往哪儿去。

跟老慢失联七八年了,就在我忘记世上还有这个人的时候,他却突然出现了。

那是春节假期刚刚结束那段,我回到单位就开始瞎忙,天天加夜班,那天也是,回到小区已经快十点了,经过楼下的小操场时,发现暗处一个模糊的黑影子忽然冒了出来,慢慢地弓直——叫了声"尾巴"。我放松下来:

"狗日的——老慢,你还活着啊!"

我把老慢带到小区外的大排档坐下,等我去旁边点了一些烧烤回来,他已经吹掉了一瓶山城。这可不多见,老慢喝酒从不主动。我给自己开了瓶二锅头,兑上红牛——既不能多,也不能少,这是习惯,喝了好睡觉。

"这些年都死哪儿去了?"我问。

"到处跑呗。"他说话时我看见他黑黢黢的挎包,里面装着相机,漆面都褪掉了。

"啷个搞的,又黑又瘦,"我抓了几串烤肉给他,"是又被关了几年吗?"

他呵呵笑,我发现他虽然更黑,但样貌仍旧是原来那样,几乎没有变化。

"你倒显出年轻了,"我衷心地说,"我们几个都老了。"

"我不操心呗。"

"东灵发福了,老光更恼火,整个人就像是在水里泡肿了,充了气似的。"我问,"怎么找到我的?"

"你现在是名人呀,找你还不简单?"他嚼着肉串,但不像是有食欲的样子,"我在书店看见你的新书了,到——什么去?"

"《到世界里去》。"

"哦,对。我整个下午都在书店,整本看完了,"他伸出大拇指,"我觉得写得好。"

他开始就我的那些故事漫谈他的感受,我听得比较奇怪,感觉很尴尬。

"你说好有个屁用,又卖不掉。"我故意岔开话题,"这几年跟东灵和老光联系没?"

他说没有。

我告诉老慢,东灵和老光当年分别去了广州和北京。东灵待了一年就回来了,继续干媒体,但不搞什么新闻了,而是承包了报社的地产专刊——本城媒体第一个。干了几年,他后来干脆组了一个广告公司,赚大发了。

"老光呢?"老慢说。

"老光命更好!"我喝完杯里的酒。

在北京混了两年,老光带回来一个女人,也可以换过来说,一个女人把他从北京带回来了。据老光自己说,两人是在同乡会上相识的。他也不讳言女人离过两次婚的历史,两任前夫给她留下了不少资产。至于年龄嘛,他说"只比我大七八岁"。女人有很多产业,最知名的是一个全国性连锁美容院品牌，主打产品是羊胎素。另外还有一个时尚餐饮连锁品牌，主要在各大城市商圈做情调小火锅。两人回渝后不久，老光便策划了一场盛大的婚礼派对，邀请了数百位城内各行业圈层的名流，以及几乎所有的媒体。老光把其形容为"个人品牌的初放"。派对之前他曾邀请我们这些老兄弟伙[9]一同参与了幕后的策划。我记得他这样告诉我们，这个时代要塑造品牌，不再是靠花钱能解决的事了。再说，与其花钱投广告让人了解你的企业，还不如用媒体的手段，以讲故事的方式来塑造人。老百姓记住了你，就记住了你的品牌。

老光无疑是讲故事的高手，是深谙互联网营销的高手，更是豁[10]圈层资源的高手。没几天，我们便发现，老光把自己也包装成了名流——几乎每个圈层的聚会和派对，都有他和夫人的身影。原以为他会辅佐夫人开创事业，谁知他一头扎进了地产，在区县景区四处圈地，做起了旅游地产开发。

记得那时我不是很理解老光的思维，但东灵反问我："报社广告，大头来自哪里？"

"地产。"我老实回答。

"还有比地产发展更快、盈利更高的行业吗？"

"没有。"我想了想，确实没有。

"那就是喽，我告诉你，现在是建筑行业在建房子，汽车企业在建房子，餐饮公司在建房子，各行各业都在建房子。"他说，"现在只有两样行业：一样是地产，一样是其他行业。"

"总之，东灵和老光走了一条正确的路，他们这十年，也是中国

---

[9] 即"哥们儿"。
[10] 特别能侃、扯的意思。

地产行业飞速发展的黄金十年。"我感慨道。

"那你为啥不去？"老慢睥睨着眼。

"我太懒了，这工作把人越养越懒。"我说，"我懒得跳了，再说我看地产也撑不了多久了。"

"上班有意思吗？"他突然说。

"没毬意思。"我说。

"哦，"他脸上又重新露出那种常有的惘然，"那又有啥子意思？"

"那你觉得什么有意思？"——但我没说。我问了他一个悬留已久的疑问："后来，你到底找到那个舞女没有？"

"慧娴吗？"他说，"她死了。"

"你找到她了？"这个结局让我很诧异。

那个叫慧娴的女人骗了老慢的积蓄，在警方的大行动之前就溜之大吉了。这是前几年，我到朝天门派出所办事时，顺便得到的一点爆料。当时给老光打电话通知我们取人的那个民警，如今已经是副所长了。他对这个案件记得很清楚，说了一个我从未想到的故事：老慢虽然被抓了，但他同时也是一名受害者，有一个舞女供述称，他被一个来自四川的女人把存款骗了，数额不算小，超过五万，几乎是把卡里的钱全部取出，这在当时，算是一笔不小的款项。我甚至想象不到，老慢竟然当时就这样有钱！我问副所长，这种案件应该好破噻！但他说，是，只是老慢本人不肯受理，很不配合。

听我说完这些，老慢笑了。

"也算吧，但不全对。"

老慢说，慧娴的确取了钱不假，但钱是他主动拿给她的。她有一个丈夫，染上毒瘾，她需要一笔钱送他到戒毒院。她对老慢说她虽然不爱丈夫了,但不能看着他死,他毕竟还年轻。如果老慢相信她,等把丈夫的毒瘾治好了,她就来找老慢。

"那她找你没有?"

"没有。"

"慧娴刚刚取了卡上的钱,就被男的偷偷拿了。她找了好些日子,才在一家旅社里找到人——他和另一个女人蜷在床上,两只胳膊上都瘀青了,扎得满是针眼。慧娴当时就疯了,扑上去一阵乱捶,叫他赶紧还钱。他哪里肯理呢,加上刚刚注射过,恶劲上来,掐着她脖子,硬生生往外推。她死命往屋里挤,男人顺势一带,又加力一推搡,她就从阳台上翻下去了,脖子先落地。"

老慢轻轻说着这段。在他平静的语调里,听不出悲愁,也没有波动。可是我觉得,似乎面对一个内心坍塌的人,他那里面坍塌了,可他的肉身还耸立着。我突然很后悔提起这么一段八卦,我不知道八卦背后是这么残酷的故事。

沉默许久,我问道:"你来找我,不是只叙旧吧?"

他笑着说:"想请你帮个忙。"

我丝毫不懂,他因为看见我的书而来,抒发了许多感受,这跟他说的帮忙有何关系?我望着街对面,那里是一团漆黑,一条灰色的野狗从暗处郁郁走过。

"帮什么?"

第二天,我就去找了东灵。

他的公司在渝北,离地铁口不远,在天王星B座13层,这一层都是他的。所以说他眼力好嘛,确实看得远。当时这地界鸟不拉屎,项目也没名气,他就敢买,一买就是一层。现在看来,他买对了,城市扩张的趋势是向北。不过话说回来,"城市向北"也是他的广告公司竭力策划和推广的。这个城市,向来没有方向感,只有上半城和下半城之分——所以这个口号深得主政领导的喜欢,似乎顿时就大大拓延了城市的区域感和空间性,符合时代的发展需求了。据我所知,这煽动性的推广语并非他的原创,而是另有其人。但谁管这些呢?第一个提的人把自己作死了。他接过来操纵成功了,原属于死者的花冠自然就戴在他头上,毕竟死者是不需花冠的。这倒也合乎这个时代的逻辑,才几年,这里就兴旺起来了。"现在来安家置业的企业、业主们哪里还晓得这里原来是块大坟场呢?"有一次他偷笑着告诉我,他不信什么鬼神。

话说回来,现在的人还信鬼神吗?我也不信。

我去的时候他正在办公室咆哮,不知为何事愤怒。等他开完会,我推门进去,看到他正抹汗。

"中央空调没效果吗?"我说。

"拿个冰桶来浇都灭不了老子这心中的块垒[11]。"他突然坐下,从抽屉里摸了一条烟甩给我。

我拿在手上摩挲,软中华,我喜欢,可我买不起。

他点上一支,用手捋了捋快秃顶的头皮,唉声叹气道:"你说现在这些娃儿,到底是哪个回事,连个像样的文案都做不出来,哪怕连个通稿也写不来,还是科班的!读那么多年书,读成废物啦?"

我告诉他这很正常,报社里的新职工大部分也分不清"的地得"怎么用,个个都认识,但就是摆不到对的位置。

---

[11] 比喻胸中郁结的愁闷或气愤。

"老子觉得奇怪呀,现在的娃儿为什么一点理想都没得了?"

"你还好意思谈理想?"我笑了。

"赚钱难道就不配成为理想吗?"他眼睛凸起,"哪个心里不想?虚伪!"

这倒也是。

"你这行,说实话业务谈得拢谈不拢又不是靠文案和策划,还不是靠关系、红包、回扣。"

"那是呀,没关系哪个放心拿你的回扣?不拿回扣,哪个龟儿愿意把业务交给你做?这是天然逻辑。但是,不管咋样,你给别人做的东西,还是要看得过眼嚏,不能大窟窿小眼的,全他妈是坑,坑爹呀!干脆你来帮我,帮我负责文案策划这块。"

他又抛出这个话题。好几年了,多少次见面,他总喜欢提这事儿。我摇摇头。

"你有病呀,一个月几千块钱,就把你埋葬在那死咔咔了。"他说,"你啷个也不为家庭考虑考虑,来我这儿,给你年薪不好吗?"

"我晓得拿年薪好,我也想,但我拿不起那块砖。那块砖太重了,我又太懒了,懒得动。"

"媒体把你废了。"他怜悯地看着我。

"我记得你还有过新闻理想呢。"我好笑地望着他。

"锤子!老子的理想就是找钱,找钱,找钱,重要的事情说三遍!没得钱,锤子个理想都没得。"

"你已经够有钱了好不好。"然后我告诉他,"老慢回来了。"

"啊,他还活着啊?"他的反应跟我当时一模一样。

"是啊,他让我们帮个忙。"

"什么忙?"

我死去的地方

"送他去精神病院。"

"他——真这么说?"老光一身中式长褂,手上握着一串摩挲得乌光发亮的小叶紫檀,端坐在席上,隐隐已经很有一些名流的风范了。

东灵看着我,我点了点头。"真是。"

我们离开公司,找了一间日式自助料理。老光闻讯开车过来了,只有我一个人要了几瓶清酒,一边浅斟慢酌,一边给他们讲老慢的事。

"老慢这家伙,是在策划些啥子呢?"老光面色凝重。

"不是说老慢去了几天终南山嘛,成天跟一些个隐士混在一起,"东灵说,"有可能哦。"

老光拍一拍手,说道:"你这么一说我倒想起来了,前几天不是出了一本关于精神病院的书嘛,成都的一个女诗人写的,听说火了。老慢是不是想混进去偷拍,做一组选题送到国外去获奖?"

"策划个铲铲,"我告诉他们,"你们是没见着老慢,他哪里像是有欲望的人?"

"那他是搞哪样?"老光还是不信,"难道疯了?"

"他人呢?"东灵问道。

"是呀,不管咋样还是先聚一聚嘛,"老光道,"再说,他要有啥难处不是还有我们吗?"他盯着东灵,"你说是不是?"

然后他们开始怀念过去:

"你说那时我们好穷,吃个串串都要凑钱才付得起账。"

"是啊,你说那时我们怎么吃得下那多,啥都好吃哒。"

两人哄然大笑。

他们怀旧的时刻,我给老慢打了个电话——那晚他给我留了个号码,是座机。电话一响,老慢就接了起来,好像他一整天就是在等这通电话。

我告诉老慢,我现在跟东灵和老光在一起,他们正在痛说"上层社会"的血泪史。

他呵呵笑,说:"现在不是'上层社会'了,改名了。"

"哦?"

"后进集体。"

我猛然意识到,他还住在那里,那个被我们早早遗弃的地方。"你一直没搬?"

"要搬了,"他说,"十八梯还有几天就拆了。"

他们两人暂停了对话,问道:"是老慢?"

我点头。

"那我们现在过去?"

我跟老慢说:"他们两个现在要去看你。"

"不用,你说地方,我过来。"

半个小时后,我们在洪崖洞船长吧的门口看到了老慢,先看到的是脸,然后是肩膀,最后才是他的腿。他一身灰衣裳,还真像土里钻出来的。多年没见,自然免不得推推搡搡地亲热一番,老光把他抱起来转了几个圈,说:"老慢你又瘦了。"

老慢坐下来说:"是啊,老了。"

这注定是值得回忆的一晚。这晚我们喝了至少二十打德国黑啤,一直喝到半夜散场,但毫无排斥感,可能是因为老朋友相聚,又是七八年没见,难得的肝胆相照,难得的放松,喝得越多越舒服,越舒服越想喝。最后保持清醒的,反而是不善饮酒的老慢。

中途,我在卫生间遇见老光,他说:"老慢没病呀,这么正常!"

"是呀,"我说,"我没说他有病呀。"

我死去的地方

喝高了，大家难免要问东问西的，老慢一一作答。但是问到老慢去精神病院是为啥子，老慢抿着嘴，也不解释。

"其实嘛，我也想去，"老光似乎是安慰他，"最近这一两年，脑壳这半边老是抽搐，卡起卡起的，老子都怀疑是不是要变神经了。"

"那我们组团去呗，"我说，"我也想歇着。"

"哈！"东灵很激动，拍了一下桌子，把隔壁的一群男女都惊到了，"不就是玩儿行为艺术嘛，好简单嘛！我想办法！"

我不知道该去哪儿了。

从那一片废墟出来，坐在车里，我有一种莫名的无力感和空虚。曾经生活过的地方，如泡沫般烟消云散。一年后，甚至只消几个月，连这片废墟都将不复存在，更新的事物将矗立在这里，一切都在显示，我们并没有存在过。我想起我们住在这里的时候，一些青春的灵魂在这里游荡。那时我们有朝气，有梦想，现在，我们只有酒杯里破碎的梦的声音。我想起老慢，我们离开那么久，他仍固执地遗留在这里，他把自己放逐在这里。如果这儿没拆，他会继续驻留。他已经跟这片区域融为一体。我想我还是太冷漠了，我们都太冷漠了。我们忽略了一个真挚的人。我们轻易地就省略了一个人的时间。而他在这里——但究竟发生了什么，经历了什么，我不知道。我甚至不知道他来自哪里，他没说。我不知道他究竟有没有妻子和孩子。他爱过谁，他恨过谁，都不知道。包括他给我讲述的那些，我都觉得极不真实，就像这片狼藉的废墟。

我感到颓然，打开音响，是胡德夫的《匆匆》。年轻时我并不喜欢这样的歌曲，也不喜欢这样的唱腔，等接近中年，才发现那时我们追逐的流行，原来只是一种工业化的快消品，而被我们摈弃的老套的传统，反而是个性的。

在低沉厚重的声音里，我突然看见了老慢从对面的街口出来，又一头钻进了十字街的巷子。我赶紧下车，一路小跑，在后面紧紧尾随。

我跟着他一直走，一直走。我们经过石灰市，穿过菜市场、厚慈街，走到江边。在江边，他跳上一辆公共汽车，我招了一个出租车，在后面继续跟着，一直跟着他到了回水坝。远远看去，山腰有一座废弃的镇子，只有破烂的房子，没有商贸，没有声音，没有人。我看着他进到那个荒芜的镇子，跟着上去，却找不到人了。我循着一条山路，往上爬，走了许久，终于在一棵柏树下看见他的踪迹——一包衣服。我把裹成一团的衣服摊开，里面是他那部漆快掉光的相机，还有镜头和一块梅花机械表，除此别无他物。

我在山里待到黄昏，四处游荡，呼喊他的名字，我听到峡谷里传来巨大的回响，但没有一丝他的回应。眼看天就黑了，我只好下山，走了十几里，才看见一个小集市，我借了电话打给老光。我说老慢把衣服什么的都扔了，光着身子消失在山里，死活找不到。老光叫我先回家，他会想想办法。

但是我并没返回，而是在附近找了一个旅馆。可能是因为走得太累，我睡得很香，连个梦都没做。突然，我的脸被扇痛了，房东站在我床边，吼道："你不能再睡了，你已经睡两天了。"

我找到一个汽车站，坐车回到城里，又打了一个出租回家。朝芳打开门，却不让我进屋，犹如见到死人，惊惧地盯着我。

"几天就不记得我了？"我觉得很好笑。

"你怎么回来了？"她说，"你不是在山里迷路了吗？"

"我好好的，迷什么路？"我告诉她，迷路的是老慢，他从精神病院跑了，跑到一座山上，把衣服脱了，藏在山里，根本找不着。

"可是，"她迟疑着，讷讷地说，"不是说你在山上吗？"

"先让我进去。"我说。

可是，我发现她死死地抵着门。我似乎明白了什么，我使出全身的力，将她和门一块推开，冲进卧室——啥都没有。我站在房间里，看着凌乱的床，我感觉到自己像被风吹过的叶子，每一根神经都在战栗。

我离开了房子，快步下楼，直到穿过小区，脚踏在大街上，才涌出泪来。到单位已是晚上，周围寂静无人，我打开空调，给自己泡了一壶茶，启动电脑，一个弹窗从网页跳出来："摄影师尸体找到，疑脱水死亡。"

点开网页，我看到这样一则快讯：今天，在缙云山中的雪地里发现了摄影师老慢的尸体，他浑身赤裸，无伤痕，疑为脱水而死。网页下方，是一则随播视频，老光和东灵在演播厅接受华龙网的采访。老光说："老慢之死，与他不停失败的爱情没有关系，虽然我不能解释他为什么浑身赤裸，但他不可能是迷路！应该说，他其实一直在为死亡做准备，只是选择了这个时间点——当旧街区被拆除之后，他来到山林之中，坦然等待死亡来临。作为朋友，我们有必要澄清、还原事实……"

我抡起手里的手机砸向屏幕，砰的一声，我醒了。我发现我还在车里，全身是汗。

本来说得好好的组团，结果送老慢入院那天，还是只有我陪他。

我把入院手续办完，给他们打电话说晚上一起吃饭，两个还是不得空。老慢就说，你陪我去走走呗。于是我们就沿着江边步行，不知不觉就走到了黄桷坪。我突然就想吃胡蹄花了。老慢没意见。

"喝什么酒呢？"

"歪嘴吧。"我说，然后就一人拿了一个歪嘴，很快就见底了，"还喝不？"

"换老白干吧，有劲儿。"

我诧异了，说："老慢，你这酒量是在哪儿练出来的？"

"慢慢就会了呗。"

"兴许你之前就能喝，只是你不愿喝，或者是怕喝。"

"也许吧。"

不一会儿，一瓶老白干又被干掉了。我喝得晕乎乎的。

老慢说："再走走？"

我们两个就摇摇晃晃拐到街背后，那里有一段铁轨，已经废弃好多年了。老慢在那儿坐下来，说："来来，给你讲个事。"

"讲什么？"

"上次不是在书店见到你的书吗，想给你讲一个故事。"

"要帮你写出来？"

"不，不一定，总之，我给其他人讲过，没得一个人相信。"

"我信。"

"你听都没听！"

"好嘛，"我摸出一支烟，"你说。"

但是，他第一句话就把我吓到了。

"有一天，我决定去死。

"为什么想死？哦不，不，我没经历什么惨痛的事。不是哪个把我害了。我值得哪个害吗？嗐！不是为钱，钱对我没多大用。我不缺钱，我有一些积蓄，买个解放碑的床买不起，买个大渡口的房是够的。

我死去的地方

虽然我现在主要拍昆虫,偶尔也会接一些活儿,是,有些是老业务。活命,其实很容易。好多人不拿相机也没得其他本领照样活。我早不参加什么摄影比赛了,没意思。摄影展?摄影展跟摄影比赛一样,已经烂透了,烂到根上了。什么自由摄影呀,国际大赛呀,现在随便一个乡镇都能铺这个摊子,都敢说。对,就是地产推广给带坏的,嗐,其实也是政绩思维。我原来是靠十八梯的摄影获过一个国际奖,那也没什么意思。好多摄影师指着这个出名呢!正南齐北[12]地,哪个又愿意安身住那地儿?哄鬼!都是打一枪就跑,刨完了作数,十八梯是矿哪。十八梯都不在了。我认识的那些菜贩子、杀猪的、挖耳朵的、沽酒的、划拳的,都不在了。就是保留下来,还有什么意思?难道做成标本吗?这些年我跑了不少地方,没哪里是不一样的。都一样。对,对,我现在主要拍虫子,虫子比人有意思。好些年了,我对什么城市、人物,甚至对什么选题都没了兴趣,厌倦了。假的,再真的假,还是假。我发现虫子是真的,野物是真的,那些东西你不用去管它,不用去规划它。你看那些虫子,看起来小,其实很巍峨的。它们为什么只生活在荒野呢?它们只在最适合的地方,它们待的地方就是自然——哪怕只有一小块,那也是。那是一种选择是吧。当然你也可以理解这是物竞天择。虫子的世界是很巨大的,你看它们漫山遍野,好像难以发现,那是你缺乏了解。我?我也不算了解。自然学家?哦不,有几个学者是正儿八经做田野考察的?都在图书馆翻书呢。几年前我在一条山坳里拍到一种奇特的小生物,你说它是虫子吧,不是,比虫子还是大一些,又有四脚,也有盔甲,但不是蜥蜴,盔甲要更薄,更软。它还有翅膀,只是弱化了,

---

[12] 又作"正南齐白",认真、正经的意思。

脆弱得很，只能在紧急时使用，只能使用一次，因为用一次就要断掉。它们只生活在古树上，比如银杉、桫椤、水杉、崖柏、红豆杉，可是古树又有多少呢？越来越少。后来我查资料，发现这小玩意可能是树鼠的变种。树鼠当然已经绝种了，据说是远古时代的群居生物。一只树鼠要是被树胶粘上了，同类会一直留在身边，给它喂食。算了，还是说正事。啊？拍多久了？大概也有四五年吧，断断续续的。想不开？恰恰是想开了。哎，你莫打岔，你晓得我平常不哪个说话，说也难得说抻展[13]。今天喝了点酒，就是想说给你听，你那些小说我读了，很好，很有想法。不，不是幻想。哪个说梦不真实？不真实你看得见啊。算了，莫扯远了，你还是老实坐到，听我摆给你——

"有一天，我在一条古道上拍着拍着突然觉得兴致阑珊，觉得累。我想是不是背包太重，我就把包扔了，后来还是感觉不好，我就脱衣服，一边走一边丢，直到赤身裸体，挎一个相机。相机就是我的命，哪天要没得相机，就没得我了。我走着走着，怪哉，也不冷，很舒服。但舒服过后还是累，我想是不是我太重了，我寻思是不是要把自己扔掉。怎么扔？总不可能把皮扔了吧。这天天气很好，出鬼的好，四周安静。我突然觉得在这样的天气，在这样的环境里死掉也算是一桩幸事，称得上愉快。我就想着给自己找一个合心的归宿。我走着走着，看见一个靠江的小坝子上有个黑乎乎的树洞。一株老树，死了快几年了吧，只剩半截儿树桩。我想，就这儿也不错呀。我掰了掰树洞，树干都粉了，一掏掉一大块儿。我把洞口抠大点，就抱着相机钻进去，哎呀，树心软软的，窝在里面，真的马上就舒服了。十几分钟后，我就仿佛快要

---

[13] 在此语境中是爽利、痛快的意思。

融在这树洞里了。我在里面窝了几个小时,也找不到适合的方式,就窝在里面吧,不吃不喝,我想。慢慢地,也不知道过了多久,我觉得我就快要跟这死去的树合并了,有一种灵魂出窍的感觉。后来天黑了。我听着虫子的声音四面八方漫过来,好像水一样漫过我头顶,把我浸在里面。我感觉虚弱极了,浑身没有一丁点力气,我动不了,也不想动。我也看不见一丝光,就只有声,后来连声都没了。慢慢我就睡着了。

"醒来时我发现一个人趴在我身上。其实说'人'不准确,是一个穿着皮甲的小人,尖尖脸,有胡子,不是耗子,是甲壳虫。你没仔细近距离看过甲壳虫,就是那样的模样,只有一尺高,肋下有一对翅膀,灰色的,收拢着。我睁眼的时候他往我嘴里灌什么东西,甜甜的,是酒,像是蜂蜜酒。看见我眼睛睁开,他拿起酒壶——好像是一种什么贝壳,又像是一个果核——从我胸脯上弹开,翅膀倏忽迸了出来,在我眼前盘旋,盯着我,我看得到他的眼睛。他嘴里吱吱地说着什么,我听不懂。但我一点也没觉得害怕,我觉得挺有意思。他盯着我看了一会儿,吹了一声哨,我想是哨,反正是一种信号吧。我马上就看见奇怪的一幕,他的身体开始慢慢发亮,慢慢变得透明。接着,很多跟他一样的小人飞起来,在我眼前,头顶,慢慢地在旋转,发光,手里捧着那个果核,不时饮一口,嘴里呜呜呜地叫着,唱歌一样。一会儿我周围就全是亮光,星星点点的。我甚至看得到天穹,月亮很圆,星星特别多。他们就像星星那样,只不过,我伸手就可以碰到一个。但我不敢,我怕我一伸手他们扑腾一下,全部飞走。他们围着我唱、跳、扇动翅膀,很快乐。那种快乐就像酒一样,传染给我。他们跳来跳去,欢喜得很,隔一会儿又给我灌点酒。我感觉整个人渐渐就开始热起来,骨头松活了,我就想动,我试着站起来,奇怪,我明明站起来了,却看见我还在地上蜷起的。我看起来很庞大,我第一次这样居高临下地打量我自己,第一次发现我居然那么庞大。你不说话了?是,我也意识到其实是这个'我'变小了。他们欢乐一阵后,地上升起一面白雾,雾里有一道光晕,他们就抬起我,径直走进去了,好像没受力一般,似乎我没得重量。

"走了多久我不知道,总之我醒来时,我在一个岩洞里,四周岩壁上都趴满了虫子,一闪一闪的,发出堇色的光。这里没有水,很干燥,地上铺满干草。不知道是谁把我放在这里。我醒来后,一群小人走进来,每个人拎一个罐子,轮流喂给我。是酒,各种味道的酒,有香草味、刺梨味、枇杷味、酸梅子味的。做完这些他们就出去了。第二天,我感觉自己力气恢复得差不多了,我试着站起来,走出岩洞,发现这个岩洞是连通的,一个洞连着一个洞,一个洞就是一个家。从这个家穿过去,就是另一个家,有的家是独个的,有的是一群的,有点像是临江门以前的那个吊脚楼群。不过那是竖立的,是外露的,而这里是平铺的,或者是纵深而隐蔽的。但是这个洞穴究竟有多大,我也不清楚,我走了整整几天,也没看见尽头。但是,我慢慢地仿佛能察觉到这些洞穴并非恒定,因为这些洞穴不仅是他们的家,还是一条重要的道路,随时处于迁徙中,在延长,在更新,在变化。前些日子你居住的洞穴,可能过一些日子就看不见了,它们被掩埋了,或者被开掘了。不,没有什么痕迹,没有任何的生活痕迹。他们把一切都带走,甚至排泄物。他们所有的一切仿如珍贵的基因,是不会流失的。他们全部都要带着。是,我不懂他们的语言,但我相信他们是有语言的,不过这不重要,我能感受到一切,我能感知到他们的心意,懂得他们的思维。我在他们中间感受到了前所未有的善意,总之,我很舒适,非常愉快。"

我死去的地方

我启动车子从下半城离开,不一会儿,我发现我已经来到外环高速上了。我想,我是在试图到达老慢说的那个地方,我被刚刚的梦所驱使。他说他曾经死在一个荒芜的地方,然后他复活了。我本来是不信的,我不可能相信,一个正常人,是不可能相信这种故事的。

但我又是被什么驱赶而来?

四十分钟后,我的确看到了老慢说的那个地方。我记得他说:"有一条路,从道门口下道……"于是我减速,下道。这是一段漫长的小道,弯弯绕绕,路上连人都难得见到一个。我完全没有方向感,对于所谓前方毫不知情,不知道究竟有没有一个所谓目的地。但我越是觉着荒诞,就越是想接近它。他告诉我这是他死去的地方,他真是这样说的。

但不会有人信这些的。我也不信。

老慢入院后,我终于约齐了东灵和老光。他们两人仰靠在坚果酒吧的长椅上,下巴高高扬起,狐疑地瞧着彼此,然后,他们的嘴唇不约而同地凹陷,又同时绽开,"哇哈,"他们笑得眼泪都飘出来,"你娃——说什么聊斋呢!"

"他自己也说了,没人会信的。"我也笑。

"但是你明明信了,"东灵指着我的太阳穴,"就像一个被洗过脑的传销分子。"

"愚昧啊,"老光喘息着,终于止住了笑声,他说,"老慢看来是真病了。"

"可是你也说他看起来完全正常呀!"我申辩说。

"那也只是表面,"他说,"有些疯子跟我们正常人没有多大区别。但是你这么一说,我确信,老慢自己的判断是对的——他精神出问题了。"他吸了一口气,缓缓说道,"那么,既然他进到了一个童话世界,说得那么满足,那么幸福,为什么他要回到人间?"

"他说,那一刻他突然不想死了,他很想从洞穴里出来,把经历的这些说给别人听。"我复述老慢的说法,"当这些洞穴向前移动的时候,他往后走,停留下来,等到岩壁上的萤火虫彻底消失,他的眼睛里充满黑暗。他知道,这是废弃的时刻,也是自己的机会。他等着等着,感觉到空间越来越小。他知道,这个洞穴已经不复存在,他奋力扒着头顶的东西,一会儿,他的手伸出地面,他知道,自己获得了重生。"

"靠,你果真是在编小说哪!"东灵嘿嘿笑道,"没一点事实。"

我告诉他们,我只是转述老慢的原话。我提议,大伙儿还是该去精神病院看看老慢。

"他发神经,你未必陪他一块儿发神经啊?"东灵是这样认为的,"狗日的老慢,要么是在玩游戏涮我们,要么就是他在设局。"

"他设这样的局有什么意义?"我不理解。

"你知道二十一世纪什么最有意义吗?"东灵似笑非笑。

"有屁就放。"我已经有点玩不起了。

"无聊!"他得意地说,"无聊是这个时代最有价值的东西。谁把无聊做到极致,谁就是天下第一牛人。"

"等等,"老光突然发现了什么似的,若有所思,"这个故事其实蛮有点意思。哪天我们在金佛山的旅游地产项目,也可以讲一个这种故事,浪漫的,童话的,非人的……"

"完全可以!"东灵马上揽业务,"就用这个故事现成的壳,我来好生包装策划一下。"

"你们疯了?"我瞪着他们。

我死去的地方

他们齐刷刷地瞪着我,"你娃才疯了!"

事实证明,是我疯了。因为我现在驱车几个小时来到一个陌生的乡村地带,行至江边,无路可走。我弃车步行,至此我已经在一条小路上走了半个小时了。我想回去告诉他们,我去找老慢了,就是老慢说过的他曾经死去的位置。他说那个地方没有名字,是遗落的世界,是一个梦境一样的地方。我想到我这样说的时候,他们的面部表情一定很好笑,一定会忍俊不禁,一定会数落我,揶揄我,耻笑我。但是我也承认,这地方的确存在,这里有老慢描述的那条路,那片森林,那面岩壁,包括那些厚厚的落叶,还有潺潺的水声。可是我也确信,在这地方不可能遇见老慢,这里没有人活着的痕迹。

我继续走在路上,走了多久,我也不知道。

但是渐渐地,我发现,这条路似乎是通往过去的,有似曾相识的感觉。

我赫然发现,这应该是多年前,我们一同走过的那条没有走通的古道。不同的是,当时我们是从另一个方向和角度进入的。没想到这么多年它还在,如此寂静地存在着,没有一丝一毫的变化。它像一面巨大的镜子。

事实上,我已经不太想把这些分享给其他人了。

我一边走,一边脱去衣裳,我感受到巨大的从未发生的愉快。我自己的裸体让我感到开心,我脚掌下松软的树叶让我感动。我开始相信老慢说的话,在这里死去,是一种极其幸福的选择。

我躺了下去,在夕阳浸染的草地上,听着漫山遍野的虫鸣和鸟声。我点了一支烟,贪婪地闻吸它的烟气。我觉得这支烟如此香甜,无端端想起不知道从哪儿看到的一句诗:"美不跟你讲道理,死者也是。"

然后,我闭上了眼。

2

Collect Liberation Monument

收藏解放碑

如果认真回顾一下，你大概也会发现身边总有一些这样的朋友：偶尔联系，很少见面；有时很近，有时很远。正是因为这种距离，彼此保存了某种神秘感，让我们不会刻意打探彼此的隐私。我跟孙晓梅，就是这样，我不知道她的籍贯，不知道她的确切住址，不清楚她的职业或是婚姻状况。能确定的，似乎只有这几样：女性，生活在广州，三十多岁。

两年前，远在广州的前同事阿翔给我打电话，说有个女孩要来重庆，问我能不能招待一下。至于来干什么，跟他什么关系，他没说，我也没问。这还用刻意表述吗？不然他给我打电话做什么？给朋友添脸的事不需太主动，但找上门你也不能坐视，无非就是管一顿饭嘛。考虑到孙晓梅是单身出行，为了避嫌，在见面时我顺便把叽叽喳喳的实习生小璐带上了。

孙晓梅和我就是这样莫名其妙接上头的。她身材偏胖，但脸显瘦，高颧骨和黢黑的肤色标注了她南方的地缘性。总的来说，正常又普通，就像在路上经常撞见的那些女人，没有特色，但也没什么明显的让你看不过眼的缺陷。第一次见面，我约在临江门的齐齐鳝鱼火锅。但凡外地朋友造访，火锅这一项是跑不脱的，大小是个形式——而且是热气腾腾的迎客形式。这种氛围能让陌生人觉得安全。当然，她其实也算比较容易相处，虽然话语不多，但爱笑。有时，笑声跟酒精一样，都有驱走陌生感的功能。

毕竟是毫无关联的陌生人，况且我不善言辞，那顿饭吃得较平淡，然后我们步行将她送回旁边的解放碑步行街——她住在此地一家经济型旅馆——尔后告辞。两天后,她打了一个电话,告诉我她回广州了,说感谢我的"盛情款待"。这说得我很不好意思,我确实没做到"盛情",相反,那晚送她回酒店后,我浑身轻松,觉得终于办完了一件差事,解脱了。

那晚在回家的出租车上,小璐突然冒出一句:"你这个朋友不大像是直女哦。"我很奇怪她有这样的看法。小璐的根据是,"你不觉得吗?她看你们男人时,眼里没有任何色彩,"她顿了顿,"也没任何依恋。""是吗?"对这事我没发言权。但我想女人有时过于信任自己的直觉,当然臆测也是每个人的权利。

之后我给阿翔打了个电话,他怪声怪调地说:"送上门的粮食,你没打来吃?"

我愣了一下,惊讶道:"不是你的吗?"

"我还以为你晓得哪,这是我送给你娃的福利,你个人没把握,不怪我。"他哈哈大笑,"别人就是奔你去的!"

据他说,孙晓梅此行的目的,就是见我。她通过朋友找到阿翔,要我的联系方式。阿翔很殷勤,很主动地把活儿揽了下来。所以,事情就变成了现在这个样子。

"为什么呀?"我当然不信,"再说,既然是为了见我,那为什么见面后就踪影全无了?"

"我哪里晓得为什么,"阿翔说,"她就是这样说的啊!"

后来我才知道,孙晓梅确实是来找我的。准确地说,她是来见一下那只下蛋的母鸡的。作为一个忠实读者,她收藏了至少上百张我的摄影图片。也就是说,她是因为喜欢上那些蛋,然后才开始对那个母鸡产生兴趣的。当然，这些都是事后才知道的。

　　这里要提到，拍照是我的工作。作为一个都市报的摄影记者，我每天要拍几十张图片，绝大部分是"规定动作"——政府工作会议，有市领导出席的开幕式、闭幕式，各种当日大型活动，抑或突发现场……此外，我还需要配合文字记者，拍摄各种人物、场景，这属于策划性的构图，不管前者或后者，都是"摆拍"。我完全厌倦了这种工作，然而我也完全适应了这种工作。不过有一点我是清楚知道的，这只是工作。吸引孙晓梅的当然不可能是那些东西，而是我为自己的兴趣而工作的那部分。

　　对于工作的乏味、焦虑和枯燥，相信每个人都有自己排解的办法，有人去远足，把闲暇扔在路上；有人在垂钓，钓的不是鱼，是内心的安静；有人去飙酒K歌，发泄胸中的块垒；有人宅在家，固执地下载影片，日复一日，似乎下载本身就是一种释放。作为我来讲，我没有更多其他的爱好，除了摄影。所以这也是我的问题所在，我难以将工作和生活彻底撇清。不过好在，我可以做到的是，合理地区分。我休闲放松的方式，也是拍照。正如前面提到的，这时我只为自己的内心工作，就不再是难以忍受的差事，而是享受。有一天，我在体育频道看到记者采访从英国回到中超的孙继海，问他准备多久退役，他说："踢到不高兴为止。年轻时我们为了理想，为了名声和利益踢球，但直到现在，我才可以说是在享受足球。"看看，各行各业其实都是一样的。人到一定时刻必然会考虑这点：我们是不是该为内心而工作。而正是那部分工作，让孙晓梅喜欢上并找到了我。

　　回广州大概一周左右她给我发来第一封邮件，是一个文件包——接近4G的图片，只有一个景物，就是解放碑——跟一般游客拍摄解放碑时的冷漠和嘈杂不同,她的拍摄显现一种不寻常的唯美,但不冷,似乎是有温度,甚至是充满感情的。更奇怪的是,她镜头里的解放碑总是孤零零的,单一的,背景里没有人物——除了她自己。她好像很抗拒有任何人来分享这个景观,那些熙熙攘攘的人群,似乎是被她刻意抹去了。

这一堆图片很快让我理解了,她为什么会留意并刻意来找我。

收到这个文件一周后,她再次发来邮件,谈了一些关于物体摄影的困惑,然后就是发问。我发现她言语总是很直接,这方面与我有点相似,不大擅长迂回,也不大会掌握及运用委婉的辞令。

"说说吧,为什么你跟我一样,有一样的小癖好?当然,我的疑问还有许多,比如:你是什么时候开始刻意做这件事的?你拍解放碑已经有多久了?……"

应该说,孙晓梅是第一个发现并找到我的"同类"。这个说法出自她的原话,她在之后的邮件里提到了一部电影——《夜访吸血鬼》。这部片子我看过,有大众情人汤姆·克鲁斯,还有布拉德·皮特——这是我喜欢的一个演员。但显然她的看法超乎了我对电影的理解。我是那种被剧情推着走的观众,而她看到的暗示比我多。她说,吸血鬼就是一个概念,是一个暗示,吸血鬼就是边缘人的意思,因为它们的绝对数量很少,所以它们的终极任务除了艰难地忍受漫长的时间,还有就是寻找自己的同类,探求它们永生永世的宿命。而她和我,就是这样藏匿在都市里苦苦寻找同类的吸血鬼……我承认,正是这样一些话语使我对她产生了兴趣。

我开始尝试认真地给她回复。我告诉她,拍各种条件下的解放碑是我最愉悦的工作,这无关绩效,也无关审核,更无关拍摄准则,在

收藏解放碑

这时它是全部属于我的,而我可以选用任何形式来摄取。我在凌晨拍它,清晨拍它,下雨天,晴天或阴天,在楼顶俯拍,在远处偷拍,这种行动——始于我对媒体这个工作,乃至这个行业极度厌倦的时刻。我最初只是想试试,后来坚持了一年,接着是两年,三年,现在,我拍了快五年。由于叙述方便的原因,我选择了写邮件。

一个星期后,她给我回复了一封邮件:

"谢谢你拍了这么多有意思的图片,用原生态的,非比寻常的角度……只是,我仍然不能理解,你为什么持续关注解放碑呢?我知道这有点冒昧和失礼,但你知道,很少有人,兴趣是只拍一样东西,而且是一个被大众游客拍得'过滥'(原谅我使用这样的词)的景观物。这里面或许藏着什么故事?我期待听到你的答案。"

问题一个接着一个。尽管她的话语并不总是令人愉快,但我竟然也没有什么恶感。有人赏识总是好的。另外我的确有一种喜悦,就像小时候在海边甩出漂流瓶——最终被人拾到的那种感受。我只能尽量用并不太擅长的文字来回答。

"至于是怎么开始,灵感又是如何产生,这是一个比较遥远也较复杂的记忆了。既然你有兴趣,我也很乐于与你分享。最初,拍摄同一事物这个想法,是受到了一个诗人的启发。他早年很著名,但将近二十年没出现在诗歌圈子当中,朋友们称他是隐逸诗人。至于他的名字我就不提为好,因为这可能比较符合他本人的意愿。很长时间以来,他不愿意发表或公开作品,只是偶尔发给信任的朋友阅读。我虽然见过他几次,但他并不认识我。不过我有一个同事跟他走得比较近,因此,常常得到他寄来的诗。有一次,我就是在这同事家里看到了他的作品,是一首诗。呃,怎么说呢,是一首,但也不是一首。具体地说,我翻阅的这首诗,标题是《上石村笔记》(上石村是四川渠县的一个山村),是A4纸打印装订,大约有二十来页。但这二十页纸其实不是一首,而是十二首诗,但每首的标题是一致的——都是《上石村笔记》,我是在回头浏览时发现了那个秘密,我彻底震撼了。每首诗后附有一个日期,我从头翻到尾,发现,这十二首诗,是他每年在同一时间,返回同一地址,写下的。也就是说,看起来他写了十二首,实际上只是一首。他写了一首诗,实际是十二首。毫无疑问,他是想创作这样一种作品,用庞大的时间,针对某个固定事物,混淆、调和出它的动与静,虚与实,远与近。他这首诗写了十二年,看来还不会结束。——上述这个故事,就是我持续拍摄解放碑的灵感出处。我不是诗人,但那位诗人的工作启发了我,摄影师并不只是一个记录过去的人,他还可以发明过去。至于为什么选择解放碑,话说来就更长了。夜深了,明早还有一个会议新闻,改日再聊吧。其实我写了这么多,是想感谢你,因为除了你,迄今还未有人发现,或说关注到我的这项工作。顺便说一下,你拍得也不错。"

几天后,孙晓梅给我回复的邮件静静地躺在电子邮箱里。

"谢谢你的鼓励,尽管我知道跟你比起来,我的技术不值一提。'摄影师并不只是一个记录过去的人,他还可以发明过去。'你说得真好,你讲的故事也很有意思。你的工作很有意义——绝非恭维,而是出自内心的。我对摄影谈不上甚深的看法,但也有一点喜好之情,只是,我看到的关于解放碑的摄影,更多是……是一种滥用,充满了呆板和人工的痕迹,是一种道具需要……"

说实话,这种频繁的交流我几乎很少有过了——尤其当六年前我离婚之后,我说话的机会更少——与能说会道的文字记者不同,那部黑色尼康就是我全部的语言。这种交流使得几个月之后我和她已如老朋友一样自然，当然，我想这也得益于虚拟的环境。与此同时，我们终于也会谈论一些非关摄影或拍摄题材的话题。比如我们第一次见面时那些没话找话的尴尬，天气，或者重庆的小面和火锅。但是我们仍旧很少谈论私人话题。有一次，她问到我为什么会离婚。我回答说，既然你听说了故事的结局，那么你大概也知道过程吧。之后，她再也没有问过类似问题。某种意义上，我们的相似之处，除了爱好，还有那种冷漠的个性和严重缺乏的沟通能力——一旦超出我们所觉得安全的范畴。

我也渐渐相信了，如她所言，她远非一个摄影师，只是一个爱好摄影的女人罢了。我承认，我是有点洋洋自得或想入非非了。虽然我甚至都不能清晰地记起她的样子。但对一个摄影师来说，身体性的重要远远不及对灵活性的渴求，而对于一个秘密城堡的建造者而言，有孤单的崇拜者分享，虽然危险但也是令人迷醉的。我想我是有点魔怔了。在这种时刻，我们的问题往往也越发深入，更私密化。当然，也更有卖弄的成分。比如有一天我向她谈起苏珊·桑塔格：

"她认为，相机的每次使用，都包含着一种侵略性。落脚到解放碑，它被过度地拍摄——也就是被过度地'侵略'。我不是不知道这点，我所做的，正是想记录下它的状态，包括'侵略'。逐渐地，我也感觉到，被侵略的不只是它，还有我。"

她的反应出乎预料，在回信里她贡献了一个新的论点：

"侵略？我倒不这样觉得，照这样说，我认为有个词更适宜使用——'占有'。但是，请允许我辩解一句，它值得占有。不是么！我再次认真地浏览了你的照片。我关注的是它的美，而你关注的是它的丑。这算不算一点新发现？"

当这种对话越热烈，我就对自己越来越书面化的回复感到羞赧，但结果就是这样，我没法篡改自己：

"你的发现很有趣，但事实不是这样。每个人对美丑的感受不一定趋同。我并非关注它的丑，而是'日常性'。摄影在美学上的本质特性是其'纪实性'；而其过程的本质特性却是'积累'。它既不放弃精彩的瞬间，也不漠视无奇的平淡。如维特根斯坦所说，意义就是使用。我收藏它的'日常'，但不刻意区分它的美丑。当然，你说的也许有道理，因为有时人并不能理解或发现自己的主观色彩。我想，摄影师面对的最大困难是视觉疲劳和思维疲劳。然而，在不同时间段内、从不同角度拍摄的同一物体，所传递的感受是慢慢的、持续的、沁入的。事实上，摄影最持久的核心，是它有能力在空洞、衰朽的事物中发现美。所以不要漠视平淡。关注解放碑的原因，我在前几次的邮件中提到了。当然，还有原因，就是便利，你知道，我单位在这附近，每天上下班，这是必须经过的一个位置。所以，日常性也是一种便利，不是吗？至于你说到它的滥用，我很赞同，那些滥用是人为的，强行的，也是侵略性的，是商业和政治化的。唯独不是它自身的。……现在，大概轮到我提问了，你为什么要拍它，这么热衷？"

孙晓梅并没给我直接答复。只有简短的一行字：

"不日将赴重庆，见面聊。"

一晃两个月过去了。孙晓梅并没同我联系，我有些隐隐的失望。我承认我对她抱有好奇和好感，但同时也得承认，我们的话题始终没有超出拍照的范畴，尽管有些话题是极为私密的，但却从未真正越过到生活那一面。这之外的一切，我们对彼此都是一个空白的谜面。话说回来，沉默和出神，也是我工作惯性中的一部分。有人说我们这类人更善于等待时机。也许是这样。

又过去一个月左右，我接到了孙晓梅的电话。在听到她真切的声音时，突然，那种默契和融和的气氛变了。也许是我的原因，也许在真实世界里，我们都不如在虚拟世界那么从容。我们说了一会儿，但核心其实只有一件，她本来早就要过来，但因为一件什么棘手的事儿耽搁了。她为这个致歉。并说月底，也就是十一国庆期间，她会到重庆。之所以专门打电话来，是因为她怕我在假期会有其他出行的安排。我们没有就邮件上的任何内容进行交谈。似乎离开那个内容，我们就是一对陌生人。

十天后，下午四点半，孙晓梅如期前来，这次是我到江北国际机场接的她。当我注目着熙熙攘攘的人流，当我在人流中毫不费力地找到她，心跳变得剧烈起来。我有一种预感，但说不清是什么。

事先她就在携程网订好房间，她告诉我，每次来重庆都会入住在位于解放碑附近的那间旅馆。停好车后，她带我去了一间藏在背街一栋弯弯绕绕的老式小区里的"火锅鸡"，这里我竟然从未来过。正如她说的那样，如果我们再晚一刻钟，这个油腻腻的小苍蝇馆就不会再有位置了。她对此地的了解程度令我这个本地人有点惊异。

晚饭后，我们从较场口拐出来，去"第三街角"——一间茶吧。这是黄昏，城市犹如矗立在一幅水墨画卷上，大批人群从你所不了解的地方涌出来，行色匆匆地穿行在画卷上那些纵横交错的窄小街区。

"这儿的黄昏真美。"她突然慨叹一句。

"如果你天天都生活在这，也许只会觉得它很拥挤。"

"那么，凌晨时的解放碑呢？"她问。

"跟白昼反差巨大的死寂，那也不是真实的解放碑，"我说，"解放碑不是一个生活区，更像一个展示区，所以它的真实恰恰是在有人的时候。没人的时候它就像一个死海。"

"你是在隐晦地批评我吧，"她笑了，"你说过，我拍的解放碑好是好，但没有人。"

她笑得不是太自然，远没虚拟世界里的那种尖锐、淋漓、从容不迫。

"有你呀，"我笑了起来，"每个个体都有自己表述的方式。"

我们找了个角落，坐下来，叫了一壶绿茶。待服务员端着盘子走开，她切入正题——"这次来我有一个想法，想求你件事。"

在我们相处的这段时间我从未向她提问。她说要来，但我从没问她来做什么。

我啜了一口茶，以此卸除某些内心的压力。"没那么严重。"

"是这样，我想借你一天时间，"她凝视着我，"整整一天。听了你讲的那个故事之后，我也萌发了一个灵感，我想在一天当中的十二个小时，分别跟解放碑合影。"

"同一位置、同一表情？"我觉得这个所谓灵感毫无创意可言，我觉得这是一个幌子。这是电视剧里那些女人擅长的。

"这算是答应了？"她拿着杯子跟我碰了一下，"那我先谢谢你，你拍摄会让我的构思更完美。"

我只得答道："我按快门，其余你来做。"

这晚，我仍像上次那样送她回去，不同的是，我身边没有另外一个人。行至宾馆楼下，她突然回头，看着我说："上去坐一会儿？"

"哦，"我立刻为自己找到了理由，"不了，你赶紧休息，明天不是要很早吗?"

第二天清晨,我到达解放碑时,她已经在那里了,穿一身白婚纱——是真的婚纱!齐肩的头发没有经过刻意修饰,简单绑成一个马尾,但配了一条短头巾和珍珠项链,大大方方。

"震惊了吧!"她有点挑衅的意味。

我是有点惊讶,赶紧低头寻找镜头盖。我不知道,她为什么要这样打扮?我想,她是否为完成某种仪式而刻意装扮成这样,纷繁的家庭情感类杂志不断提醒我们,这世界上有许多残酷的故事,许多男女只为一个承诺坚强地活着,抑或为了某人的心愿试图完成某种承诺的仪式。当然,也有可能只为醒目,抑或其他——无论什么隐秘的原因都能使她成为现在的她。只是我不知究竟是何缘故。

我们拍到下午,都很顺利。这是幸运的一天,解放碑平日几乎都是有用途的,政府活动,辖区内许多单位的颁奖仪式,以及无数商家为塑造品牌、推广产品而组织的明星交流会、演唱会,还有广场音乐会。不过,孙晓梅事先的准备工作做得好,她早得知在这个假期,尤其这天,没有任何官方活动。但临近黄昏,我们还是遭遇了一点麻烦。

第一个麻烦是骚乱。一群山地鸡——至少几十只,从临江门转盘飞蹿进来,引来路人疯狂哄抢,这突如其来的事故将解放碑裹挟成皱巴巴闹哄哄的一团。我走近一看,几家都市报的记者都在,那辆运载货车以及醒目的品牌标识告诉我,这是一场精心组织的策划。

我回来告诉孙晓梅,巡警到达之前人群会散去的,让她不用担心。不到二十分钟,解放碑又恢复常态,骚乱似乎根本就未曾出现过。

拍摄到晚上七点——这是解放碑最繁忙的时刻,意外的状况又出现了。不知什么时候,我的镜头里,一个穿着运动装的男人替代了孙晓梅,他拿起扩音器嚷嚷:"重庆的朋友,你们好!我叫金双喜,来自鹏城,听说重庆的美女多,解放碑的美女更多,所以我来啦!我来重庆就一件事:征婚!"

孙晓梅皱着鼻子说:"这个人我好像在哪见过?"

"电视上。"我提醒道。

"是,哦对,就是。"她有些恼怒,"怎么跑到这里鬼扯来了。"

"你不也来了嘛。"这个玩笑并不太像个玩笑,有些伤人。好在她并不在意。

小风波很快平息,就差一个镜头,我们即将完成拍摄计划。孙晓梅依旧精神,我却疲累得不想说话,觉得膝盖都要凝固了,跟凌晨的夜色粘连在一起。

凌晨时,广场上没有行人。地上的垃圾像是浮动在黑色海面上的油渍,现在是流浪者的时间,一群一群的乞讨者、流浪儿,以及晚归的扒手、小贩,捡饮料瓶的佝偻老人,慢慢从黑暗里浮现。

我慢慢举起镜头,看着她走上台阶,抱住沉重的石碑,贴紧自己的嘴唇,犹如亲吻一位死去的爱人。

"说说吧,为什么这么老远跑来,非得用解放碑作背景?"凌晨一点了,通宵火锅店依旧热气腾腾,仿佛不属于外面那个人间。一顿猛烫,加上一瓶江津老白干,身体开始发酵了,关节都被一股热意贯通。我终于有时间来问这个问题。

"背景?"她愣了一下,反问我,"你觉得解放碑是什么?"

"这很重要吗?"我说。

"重庆人把它称为'精神堡垒'。"她笑了笑。

"不确切,并不是所有人都这样想。而且,"我说,"你不觉得它日渐萎缩吗?"我停了停筷子,试着将隐藏在右脑那浩瀚的碎片合理地组织起来,编制成一个完整的具有逻辑思维的形象。"我小时候,它是27.5米——是渝中区最高的建筑物。现在它像一个重要的残骸,它是静止不动的,但四周却在不停生长。"

"它越来越衰老,"我补充说,"但周围的一切却越来越新。"

"它的意义就在这里!"她很激动。

"但它的无意义也在这里!"

"对,但我们谁也说服不了谁。"她毕竟已不太年轻,笑时,眼角的鱼尾纹细密地聚拢在一起,"但你难道不承认,它依旧性感?"

"你为这个而迷上它?"我们碰杯。

"呃,当然还有,"她喝得有些晕晕乎乎的了,"它是永恒的。"

"不,"我觉得今天的酒喝得比平常顺畅,潜意识里我已意识到这是醉酒的预兆,"没有永恒,它只是记忆,错乱的记忆。"

"记忆就是永恒!错乱的也是。"她说,"给你讲个故事。"

"在北极,有一个老女人独自带着孙女生活,很艰难。有一次,她获得一个奇妙的咒语,念出它,她的阴道会变成一条滑雪橇,她的牙齿会变成一头头凶恶的雪地犬,头发会变成桨,然后她会变成一个男人出去狩猎。后来,她使孙女受孕的事被一个过客发现,带着小女孩逃跑了……我记忆深刻的是这个童话的结局,当老女人打猎回家发现孙女不见了,哀伤地说:'只剩我一个人了,还要这个皮囊有什么用?'于是她念出咒语,又变成了一个皱巴巴的老太婆。"

这个奇怪的故事,她说是在一部西方童话里读到的。

为这个故事,我们干了一杯。但是我问道:"有意义吗?"她笑了,"没有意义。"然后她带着醉意问道,"那你有什么故事可以给我分享吗?"

我不大会讲故事,就给她说一件不久前的事。那天在解放碑前拍摄,遇见了两位老者在碑前合影,其中一位随行的年轻女士因为相机对焦不准,找我求助,于是我顺手给两位老者拍了几张。那女士告诉我,两位老人是青年时代的挚友,四十年代末,一位随家去了北方,离别前两人在碑前留影,相约每十年在碑下一聚。但这竟是两人离别后第一次回碑前相聚。"想来,也是最后一次了。"我告诉她,年长的一位都已八十六岁了。

"很感人,不是吗?"虽然我不善言辞,但她也听得入神了,"所以,它是有意义的。"

"也很悲伤。"我不想反击。

那晚,我们喝到火锅馆打烊。这有什么呢?芸芸众生,我们很难遇见一个这么相类的人。我搀她回酒店,将她慢慢放在床上,突然感觉像是回到家一样,几乎是很自然而然,我也躺了下去。她含混地问道:"你要睡在这儿吗?""不,不。"我马上清醒,起来跟跄后退几步,很狼狈地带上门,听到她迟缓地回应:"哦——"

翌日中午,我从宿酒后的头痛里醒来,花了一些时间整理图片发到她的邮箱后,我发了一条短信,邀她一起吃晚饭。她回复道:"我已在返程中。谢谢你,再联系。"

但她并没联系我。

第三天,第四天……都是如此。也许因为那晚,我觉得是。但我不知是否应该主动联系或致歉,我总是这样。

几天后,我受命随行重走"丝绸之路",当历经四十天行程我回来,已经忘记了这个矛盾时,我却看见她了。

那天,我在电脑上整理图片直到凌晨,我给自己倒了一杯白酒,期待它能让我顺畅地入眠,恰恰相反,这一晚我都很清醒。我索性起来,摁开电视,拿着遥控器翻来翻去——这时我看到了她。

"事实上在古老的东方文化中一直就存在这样一个观点,那些看似没有生命的物体,也隐藏着灵魂,只不过,这要心灵上有着高度契合的人才能捕捉得到。尤其是知名的公共物体,"她停顿了一下,"有着强烈的吸引力。"这是凤凰台的一档访谈节目《说出你的故事》,主持人陈鲁豫用她标志性的手托腮的笑脸朝向孙晓梅,"那你麻烦了,婚姻登记处不会给你和它开一张结婚证。"

"没关系,事实上,他早就是我的伴侣了。"

"那,你觉得这样的'婚姻'能幸福吗?"主持人继续发问。

"他让我感觉安全。爱一个真实的人,比跟他相处要难得多。对我来说,他无处不在,他懂得温柔地跟我讲话,他能安慰我,我们的性爱甚至也没有障碍。"

"所以……"主持人不知该如何接话了。

"我爱他,但不能完整地拥有他。他不仅是我的,还是所有人的。我无法购买他——就像男人可以用钱来赎回一个女人那样只属于我一个人,他还是公共和政治的。"

"那么,你的创意——这么说不知道是否准确——是怎么想到的?"

"一位朋友启发了我,让我知道如何合法地'占有'他。首先,我得有一个仪式——类似于婚礼,我还需要一个在场的见证人。其次,我需要把私人性的行为变成公共性的,把公共性的物件变为私人性的——这就是为什么我来上节目的原因。准确地说,这不是占有,我只是用这种方式'收藏'了解放碑。"

这场对话很快结束,我打开电脑,但网上搜索不到视频消息。我想到邮箱,许久不曾开启的邮箱,点击进去,的确有一封信躺在那里,她在一个月前发送的。我点了一支烟吸了几口,打开它。

"……我承认,这对你会是一种伤害,你觉得被利用了。对此我很抱歉。但是,你知道的,有那么一瞬间我也会期待一些其他的东西。"

她写道:"其实,你早就洞悉一切。你好奇的大概只是,为什么是解放碑,尤其——是你的解放碑。只能说,我们的伴侣恰好是同一个,我爱的是他的不变,而你爱他的变化。我们是两块相同的碑,是一块碑的两面。"

邮件最后,她说我们喝醉那晚,她回去后做了一个梦。"我梦见他微微动了一下,然后他的脚露了出来,他走下台阶,走出广场,在大街上游荡,他穿过每一个人,经过每一颗灵魂,但没人看见他。他走了很远回来,回到我的房间,静静地站在那里。我在暗处看到他躺下来,躺在我旁边,我轻轻地摸了他,他的身躯没有一丝重量。我搂住他,他哭了,哭得像是受了委屈的孩子。"

③

**The sun suddenly
came out that day**

✦ 那天突然出了太阳 ✦

那天下午突然出了一阵太阳。之所以记得这样清楚,是因为之前已持续下了好一段时间的雨。重庆的冬季总是这样。正是那次我发现睡在夜里能听到有水在骨头里流淌,这点让人印象深刻。总之,那天上午一直是灰蒙蒙的,但莫名其妙地,到下午,不知怎么就出了太阳——几乎所有居民都从阴湿晦暗的房屋里钻出来,流入窄窄的街道,四川美院的小径与草坪上站满了人。整个黄桷坪街区都暴露在这犹如恩赐的阳光里。这是令我记忆深刻的另一件事。

我们坐在美院雕塑系老师景活的工作室门口(一个露天小院坝),泡了几杯沱茶,靠在老藤椅上,漫无目的地吹着咔咔[14]。我们一致认为,这样的天气就该晒太阳闲扯龙门阵,除此,任何行为简直都是对生命的浪费。

"安逸嘛,"我们坐了好几个小时,一点也没意识到黄昏将至。直到彭建设说他想到了一句诗,"啊晚霞,笼罩着这个边陲小镇。"

我顺着他的目光眺望远处,那里是黄桷坪的标志物——电厂的两根烟囱,如同一双巨型的筷子插在他的"边陲小镇"里。

王闯一支接一支抽着龙凤呈祥(一种红色硬盒的本地烟),望着路边,发现了什么秘密似的:"嘿,咋个搞的?我今天才发现,黄桷坪的狗儿还真多咂。"

"都是些流浪狗。"我告诉他,我早注意到这点了,"每一年毕

---

[14] 吹牛、聊天的意思。

业生离开后,黄桷坪就到处都是被遗弃的狗。"

"难道毕业生就不一样唛?"王闯说,"还不都是流浪狗儿嘛。"

他说得有道理。

其实我觉得,那些毫不认生的流浪狗仿佛是一种伪装,就像宫崎骏的电影里,一些狸猫会幻化成人的模样混迹于人类的生活之中。要不,为什么晚上就见不到一条狗儿呢?它们肯定有自己的一个社会、体系和疆域。

这时李令终于发完了漫长的短信——他靠手中这部诺基亚 N91 跟外界保持必要的联系——接话说:"假如一只鸟从天空穿过,不小心排泄了一下,那么,这个排泄物极有可能打在某个'艺术工作者'的脸上。"

他总是慢那么半拍,我们已经跳跃到艺术与人伦的高度了,他的意识才刚刚追赶上前一个话题。

"黄桷坪的'艺术工作者'确实也太多了,"景活老师感叹道。他已经从艺术民工熬成了知名艺术家,看起来是赞同这个揶揄性的说法的。他问我们,"最近看到田棒棒没得,听说他也出名了?"

"好个锤子!"王闯不知在跟谁生气,"湖南卫视还把田棒棒请过去做节目嘉宾去了。"

"娱乐嘛。"李令很豁达地说。

"看来,我也可以去当个棒棒儿,"彭建设若有所思,"干棒棒儿有啥不好?有美学反差嘛。尤其是,这个棒棒儿还经常给庞院长搬东西的话,是不是?"

这句话大概是说给我听的。

因为我是最早报道田棒棒的艺术记者,但把田棒棒介绍给我的人,也是彭建设本人。田棒棒,顾名思义,一个姓田的棒棒(搬运工),

固定在美院蹲点接活儿，跟老师学生都混得挺熟。有一天，庞茂琨院长（那时还是副院长）发现他精瘦的身板挺适合画人体。于是田棒棒就开始被请到教室里，兼职做起了人体模特。再后来，他个人也来点素描写生什么的——虽然比不上学生的专业，但毕竟长期受艺术熏陶嘛，也描得有点模样。那次我本来是采访"黄漂"彭建设的，采访完了他陪我四下闲逛时，遇见田棒棒坐在街边等活儿，就介绍给我，我顺手就做了这个稿子。当然咯，我那篇稿子没啥子反响，主要是平台不行，田棒棒之所以火了，是因为后来《南方周末》来报道了。一个是小三轮，一个是大奔；一个做城乡接合部的生意，一个是干全国的买卖，能比吗？当然这是好几年前的事了。几年时间过去，我还在原地踏步，还只是一个跑口的记者，但时间的奇幻之处在于，它已经把另一个你不以为然的人塑造成了神，比如田棒棒，现在是电视节目上的常客。他有了新的身份——新锐"棒棒画家"。他的那些稚嫩的犹如儿童画的"作品"在九龙坡的首届创意市集上展出。所以时间不是魔术师，舆论才是。

总之，我们神吹五道的时候，山鬼那瘦削的身影从我们眼前一晃而过。

王闯"嘿"的一声，在背后喊道："咋个把魂落了。"

"傻X！"

我看见山鬼扭过头，对着王闯回应道。

那是我最后一次见到山鬼。

王闯、彭建设、李令和我，我们租住在同一栋楼里——黄桷坪背街一条居民巷的一栋筒子楼。三楼上，我卫生间的窗子下面，是一条铁轨，显然已经废弃了许多年，还有一节列车车厢停泊在轨道上。听说这节车厢是许多学生纵情尽欢的场地。我心想，这得多肥的胆儿和多满溢的性欲——我是指那些女的。那车厢锈蚀得不成样子，屎尿和垃圾的气息隔着铁皮都能闻到。

王闯是四川自贡的，彭建设是湖南湘潭人，李令是从重庆郊县梁平来的。他们三个都是美院出来的。李令毕业五年了，其余二人稍微晚一些，也有两年了。但谁也不愿离开，在这当着"黄漂"——像他们这样毕业后仍然居留在黄桷坪地区从事艺术工作的租住者，被统称为"黄漂"。这个类同于"京漂"的词汇，经过各种媒体的参与，渐渐摆脱了民间属性上升为一种半官方的称谓。他们中的后两位还准备继续考研，李令已经开始在四处参展，有一些相对固定的卖家。只有我不是搞艺术的。

报社那时新创办一个艺术版，我因为毫无专长，各部门都不想要。互相踢皮球的结果，无意中使我成了本报首个专业艺术记者。这是一个全新的专业工种。这个城市的艺术新闻主要集中在重庆美术馆与四川美术学院，以及散落于美院四周的大大小小的艺术工作室，黄桷坪就是那颗聚集它们的恒星。于是，我干脆从三十公里外的江北区搬到此处，方便工作。还有一个原因，彭建设说："黄桷坪这么神奇的地方，以后一定会成为文化旅游景地，但是你看都没一本专门的手册或指南书。"我是被这句话打动了，一个投机者总是能敏锐地嗅闻到气味。当然，首要还是对工作有利。对一个跑口线的记者来说，最重要的工作事实上是稿子里以及评分榜上看不见的那些，归结起来就一项：资源。说白了，就是交朋友。我经一个同事牵线，结识了李令，他把我介绍给彭建设，然后彭建设又介绍王闯给我认识，王闯又带我见他的老师景活……生活就是一张网,北岛说得没错。但是要把线编成网,还得有一"点",能够让大家彼此情投意合。要说,我们几个的共同点,就是都喜欢喝点儿酒,说大话,吹空牛。

我决意投奔黄桷坪时,正好彭建设房子租期满了,于是我们干脆一块儿搬到王闯那栋楼。他告诉我们有几间刚好空出来。然后李令帮我们跟房东交涉,结局是完美的。李令先说我家里遭受了一些不幸的事,恨不得把房东的眼泪都绕出来,然后开始砍价,把租金从四百降到二百八十块钱,后来主动增加十块。"二百九算了,咱们做生意,图的不就是个长长久久,是吧?"说得就像我们是长期持有并不再搬离了一样,房东被他绕晕了,最后懵懵地接过了租金。

他们的租房,就是自己的工作室。彭建设和王闯是搞"新国画"的,房子能搁下工作台和画板就行;李令是搞喷绘的,所以他的房间最大,在顶层,两间打通。每天提着一个气压罐,衣服上花花绿绿,像个油漆匠一样。我的房间最简单,对于房间我的使用需求只有两样:打字,睡觉。所以我只有一张床,一个方桌——吃泡面时,把电脑挪走。那是我的全部。

不工作的时候,我们习惯在景活的院坝里躺着,泡杯茶,喝到尿胀,油水也剐得净净的,这时,就适合搞一台火锅,烫几碟毛肚,涮几根鲜鸭肠,舒舒服服喝几杯烧酒,抻着舌头说些咸淡。

山鬼就住我们对面一栋楼,可是我跟他没怎么打过交道。我的朋友都不大喜欢他。

据说,黄桷坪聚集着两万"黄漂"。不知道这个数据是怎么得来的,反正不是统计局,也不是民政局或是居委会大妈。把艺术家从人群里分辨出来,我觉得比从一袋东北大米里拣出哪些是江津香米更难。不是披头散发的青年就是搞艺术的——但人们就是信赖自己的这点可悲的惯性意识。就我看来,"黄漂"是多,但恐怕仍然没有这么多,大概几千人吧。毕竟是中国美术的"麦加圣地"。

第一次到黄桷坪采访,彭建设带着我四处转悠,他把我领到一个突兀的石凳子前面,郑重地说:"这是张晓刚坐过的。"后把我领到一家蹄花馆门口时,指着这间油污不堪的店面说:"叶永清经常来这家蹄花馆吃饭。"像是罪犯带着警察指认一些证据,表情严肃。事实上当时我连张晓刚和叶永清是谁都不知道。

作为局外人的好处恐怕就是,我没有他们那些"艺术工作者"对于成功前辈的偶像情结。

要我说,黄桷坪最大的好处就是一个德国留学生坦然告诉我的那几样:你可以随时横穿街道;并且,这里的蹄花和火锅确实好吃,经济实惠。

还有一点,随时可以去交通茶馆坐坐。

黄桷坪的标志物,除了美院、坦克库,那两根吞云吐雾的大烟囱,恐怕就是这个老茶馆了。为什么叫交通茶馆?是因为这间茶馆原是黄桷坪装卸运输公司的食堂加澡堂,一九八七年建的。

不管外面怎么变化,交通茶馆总是那样,还是一二十年前那漫不经心的样子。每天早上六点,来开门的不是老板娘,而是一些拿着钥匙的老茶客。茶客们来后,自己取水烧水,水在茶馆里面的大水缸里,用鹅卵石加棕垫"镇"过,一个搪瓷盅盅,加一块老沱,能够泡上一天。

茶馆是大长桌,不管你合得来合不来,都只有挤在一张桌上喝。下棋的老人,前卫的学生,性感的女生,全部都挤在一块的时候,你会发现这不单单是一个老茶馆。

有一天,我到交通茶馆。山鬼带着一个女生在坐馆,看见我进来,他摆手吆喝了一声,示意他这张桌子还有位。我到他跟前坐下来,他替我叫了一碗一块五的沱茶。问我:"你是记者喽?""算是吧。"也不是我故意刁起要这样说,有些人就觉得有记者证的才是记者,按这种思路,那我显然不能算是。

"听说你在写'黄漂'的稿子,要不要我给你介绍几个有意思的家伙?"

我谢谢他,告诉他这条稿子早已经刊发了。

他"哦"了一声,仿佛很遗憾。他伸出手臂,向茶馆那边一戳,我看到一个空空的书柜竖在墙角。"我要在这里搞个读书角,"山鬼说,"放一批书在这里,傻X们想看就看,想还就还。"

"为啥?"我不大理解。

"给黄桷坪来点文化,"他说,"你没发现?黄桷坪太没文化了。"

我问他:"书从哪里来?"

茶馆太吵,临近的一张桌上,两个老头为悔棋吼了起来,吹胡子撸袖子的,另外几个老头在旁边拉拉扯扯,闹麻了。他没听到,把耳朵贴过来。

我重复一遍。

"号召大家捐嘛。"他说完,对旁边的女生笑笑,女生用眼神甜蜜地回应他。

那是我第一次跟他说话。之前,我们倒是偶尔在楼下打上一些照面,但是从未交谈。

后来再去茶馆,书柜真的摆满了书。其中大部分是他个人自己的藏书（涵盖各种资料图册），其中还有他到彭建设租房逼捐的两本《马克思政治经济学》《象棋实用杀着大全》；以及我提供的《新闻写作基础知识》和《新闻写作教程》。可惜这图书角没苟活几天，先是几本女子人体画册失踪了，慢慢地，男子人体的也失踪了（真是奇怪），后来是艺术解剖的图例，再后来，连《象棋实用杀着大全》和《新闻写作教程》也失踪了，更不要提山鬼的许多进口画册了。

有天我在楼下碰见山鬼，问他："你觉得，还要不要再搞点儿什么文化？"

"不搞了，黄桷坪现在已经有点儿文化了！"他大声回应道。

我只去过山鬼房间一次。

平常我很难见到他。有时遇见他，他不是说去旅行，就是去远足。为什么去他房间我已经忘记了，大概是闲得无聊，又或者是烟抽完了。总之，我去过底楼他的房间，进去就愣了一下——我还多少有一张床，他那屋里连床都没有。一排书柜，空空荡荡，角落里堆着一坨睡袋。

我们盘腿坐在房子中间的儿童泡沫地板上，头顶一根电线垂下来，吊一个灯泡。灯泡上沾了一张纸片，纸片上是几排钢笔字。我问他，纸片上写着啥子，他说是他写的一首诗。我问他："贴上这玩意干吗？"

"一开灯，这首诗就照亮这个屋子啦。"他说。

平心而论，山鬼并不是一个很差劲的人，就我看来挺有意思。但没人喜欢他。我身边的这帮朋友都不大跟他接触。

我问过彭建设，他说："他很神。"

"神"在重庆是一个贬义词，跟"神"联系最为紧密的词是"神戳戳"。总之形容一个人是"神"，多少都有点不那么正常的意思。

那天突然出了太阳

王闯说:"这个家伙脑壳有包。"

这个包到底长在哪里,是什么样,我也没瞧出来。

直到住在这里一年后我才知道,山鬼虽然也是"黄漂",但并不属于学院的任何一个体系,他是野生的、外来的,甚至从哪来都不清楚。没人清楚他的底细。当然也没人问,谁关心这个呀?山鬼不像我的这几位朋友,他们在黄桷坪是有根的,有老师、同学、相好,甚至敌人,有一个虽然看不见但内核完整的谱系。当然咯,这也是我为什么需要同他们结交的原因,顺着这根线,你能找得到线头。另外我觉得,山鬼也不大尿他们。当然只是我觉得而已。我也是外人。老实说,我对山鬼从何来,为什么来,并没什么卵兴趣。

不过我也问过他:"你成天在外面癫,怎么搞创作?"

"创作是看得见的吗?"他看着我的表情像是看着一个弱智,"难道创作是关在屋子里就搞得出来的?这样说的话,监狱应该是出大艺术家的摇篮喽。"

这样一说,我也觉得挺有道理的。

听说山鬼是搞国画的,在黄桷坪待了几年,不知怎么就热衷于搞行为艺术了。总之,不管是国画,还是行为艺术,我是没瞧见他的任何作品。

"但是,"我说,"你总得创作吧?不然始终也没有作品嘛。"

"我在筹备一个新东西,到时吓你们一跳。"他似乎很是为自己的灵感而满足。

我相信他是有点精灵气的,有意规劝他:"你也可以在学校从个老师嘛。"

"三人行,必有傻X,"他应该听懂了我的话外之意,吐完烟圈说,

"没人教得了我。"

他那带着广东口音的椒盐普通话听起来就像是:

"没人救得了我。"

一连四天,我们都没见过山鬼。至少,我们在住处、巷口、景活的小院门口,还有交通茶馆都没见过他。

我们好奇他什么时候回来。

当然,这种好奇里带着一丝幸灾乐祸。因为这几天一直有一票人马在四处找他。

关于这件事的具体细节,比较含混。听说——仅仅是听说——他把黄桷坪货运站一个地痞的女人给搞了。本来吧,这种八卦消息多半虚头巴脑,但这次的消息源比较确切,是山鬼的女朋友小A自己散播的。她在酒吧喝多了,哭哭啼啼地把事情全抖搂出来。然后,一条街都知道了。然后,地痞就带着他的兄弟伙来找山鬼来了。然后,就有传闻说,山鬼为这个事躲起来了。

可是我觉得吧,山鬼不像是因为搞了谁的女人就消失的人,那不符合他。他搞的女人可多了,也没见他躲过谁呀?一定是别有原因。彭建设猜测,应该是欠了钱。理由很简单,他认识山鬼三四年,就从没见过山鬼卖过一张画,"不欠钱,他活得出来吗?"

彭建设说到卖画,李令这才想起告诉众人,下午他工作室要来一个东南亚画商,他表态说:"你们有兴趣的话,待会儿我带他去你们那里坐坐。"

气氛顿时微妙起来。

这可不是来了一个什么美术评论家,一个什么策展人,虽然那也重要。但这加起来,能比来一个画商重要吗?彭建设有点坐不住了,吞吞吐吐地说要回一下工作室。我揶揄他:"你现在赶回去还能画两幅四平尺的,搞快点。"王闯明显要镇定一些,白了一眼彭建设,说:"慌啥子嘛,下午的嘛。"

"不过——"王闯思索了一下,"是要整理得了,最近有一个'黄漂十年——青年艺术家群展'。老大已经通知我了。"他们口中的老大,一般指的是自己的导师。

"现在的画展越来越多,艺术家越来越少。"景活文绉绉地叹了口气,又说,"我从来没有听晓刚和永清谈过什么艺术市场,谈的全部是文化,全部是艺术,谈的是我们艺术教育面临的困境。狗日的,你们现在谈的全部是市场,是成功。你们晓得不,为啥子你们的作品没得深度,给人留不下深刻的印象?是因为你们更多的是从一个图像到另外一个图像的转换和对二手图像的利用,不是说二手图像的利用不对,但主要是以找到一种接近成功的目标去实现它。"

"靠!"王闯说,"你说得太深刻了,听述不懂。"

"我只晓得——"彭建设接着说,"画商不买我的作品,我就要过苦日子了。"

"你们苦?"景活没好气道,"你们个个都在培训班代课,一个小时一百块钱,还嫌伙食撇[15]?"

"你那时候烧白三块钱一碗,现在十五块一碟——小碟子,下面厚厚一层芽菜,上面薄薄的六片肉。"彭建设不服气,"以前整个美院加起来千把人,现在一届毕业生就上万人,能比吗?"

---

[15] 不好的意思。

就在他们争执的时候,我发现了小A。

他们也看见了,一齐将目光投向小A。她若无其事地经过我们,走过几步,突然回头问道:"你们看见小满没有?"

他们纷纷摇头。

她正准备拐下坡巷——看样子是去找山鬼——我多了句嘴,说:"山鬼不在。"

"我知道。"她说,"我找小满。"

小满是贵州佬,是为数不多跟山鬼走得比较近的"黄漂",装饰设计系毕业的。

"小满明明在烟囱那边住的嘛。"我问道,"你来这里找他干吗?"

"小满搬到山鬼那里合住了,我要进去拿行李——钥匙在小满手上。"小A说。

我把手一挥,说道:"啊,那你去那边看看吧。"

小A扭着腰走后,彭建设紧盯着背影,啧啧道:"你们看,你们看,这屁股,才能被称之为臀部。"

"在那半圆上搞一次喷绘如何?"王闯盯着李令说。

"那是地球仪!"李令说。

我虽然没说话,但是毫无疑问,我也嫉妒,真不晓得这些女的都是怎么想的。

"不要脸。"景活说。

不知是说小A,还是说他们三个。但是我猛然觉得,景活说得对。要想女人喜欢就得不要抻着脸皮,山鬼的强项就是不要脸。

之后一天,下午时又出了一截太阳,虽然稀薄,毕竟也是太阳哪。

所以，三点后我们陆续出来，聚拢在景活的小院里，龙门阵照摆。不过看彭建设和王闯两个袖着手一脸肃穆的神态，我就知道他们一幅画没卖成。但也不全是坏消息。这次的青年艺术展，改为"中国新水墨——川美新势力青年作品展"，展览名称变了，主办方也换了，由院系改为重庆美术馆主办。也就是说，参展规格大大地提高了。所以他们这才慌慌张张地把我喊来，问这个稿子能不能做大一点？能不能多做几篇报道？能不能在做大做强稿件的基础上，不搞什么平均主义，而是有所侧重？

"你们放心，"我说，"我一篇可以写一万字。"

他们纷纷颔首，表示满意。

"但是——"我接着说，"最后见版到底能够保留几个字，我打不了包票。"

然后他们开始跳起来，诅咒我的责任编辑和主编。

这时李令从茶馆晃荡过来，坐下来就问："你们去不去看看小满？"

"小满咋个了？"我们问。

"烂酒嘛，喝麻了，横穿公路被车撞了，在医院躺了三四天，现在还人事不省。"李令说他也是刚刚在茶馆听说的。

"这才霉哟。"景活说，"上回也是，喝麻了从坡坎上落下去，恐怕腿骨都还没合缝，又遭车撞了。"

"你们哪个要去看看？"李令又问，"谁去的话，帮我提一篮水果。"

彭建设用带着湖南口音的重庆话说："你都说人事不省了，还看个铲铲呀。"

"是嘛，等他清醒了再去看。"王闯附和道。

"那好嘛。"李令也袖起手，对着远处发呆，忽然梦醒了一样，说，"这狗日的山鬼，咋个就失踪了呢？"

我也好奇："是哟，那帮地痞，这一两天也不来找他了？"

"可能早就被砍死了，剁成十块八块的，扔到那边田坎上了。"彭建设说，"那帮地痞我晓得，都是码头上操社会的崽儿，屁眼儿黑得很。"

景活板起脸，本来想要批评几句的，也忍不住说："这山鬼，确实太歪了。一年换好几个女娃儿，还到处偷食儿。夜路走多了，迟早要撞鬼的。"

猛然间，我仿佛听到山鬼那惯常的冷笑在一边冒出来：

"一群傻X。"

也不知道是第七天还是第十天，总之我感觉有那么漫长的一段时间。而且这之后根本就没再出过太阳。

反正，警察来了，把巷子两头都拉了警示条，我们对面，山鬼的房门被踹开了，一大群警察在里面出出入入的。

李令指着彭建设说："你狗日的再也莫开腔了，山鬼就是给你说死了！"

随后，我们四个都被喊下去做了笔录。轮到我时，我把这几天的日常经过和知道的传闻——也就是我上面写到的——都详述了一遍，录口供的警察挺不耐烦。看来前面那几个哥们儿介绍得比我详细。笔录做完后，我试着问警察："山鬼是怎么了？"警察仰起头，问道："跟你有关吗？"我很识趣地回道："无关无关。"

不过我们明明从窗口亲眼见到一具尸体被抬了出来，脸上覆着白布——绝对是山鬼。

这个夜晚，我们全部聚集在酒吧里，当然不是为了庆祝，毕竟一个熟悉的人莫名其妙地死掉了——而且是死在我们眼皮底下的房间里。我敢断定,是相同的好奇心把我们驱使到酒吧的,众所周知,酒吧是最有效的信息集市。

大家都说,山鬼是自杀的。最不可思议的说法是,山鬼是在房间里饿死的。

不管是怎么死的,死掉的人终究是不会再活过来了。难怪,那几天街坊路过时总要捂着鼻子说,是不是死了一窝老鼠。

过了几天,我下楼去买烟,看见房东牛婶拉着一个身材瘦小的女人,沙哑着嗓门,手里还拉拉攘攘的。

那个女人一直垂着头,脸膛黢黑,头上还扎着黑纱巾,看起来像是一个贫厄的少数民族妇女。我问围观的街坊,说这是山鬼的母亲,公安局派人陪她去火葬场火化,领到儿子的骨灰后,她独自摸到黄桷坪,七弯八绕地找到了这里,看有没有什么遗物可带回去。可是,哪里还剩什么呢?山鬼那间屋里早就被处理干净了。牛婶把他的衣物都烧了,包括灯泡上的那首诗。

听了半晌,我听明白了,牛婶其实是愤懑于他不该平白死在自己的租屋。后来又扯着这个女人说,山鬼还欠着她三个月房租。

说到钱时,那个母亲终于开腔了,口音极重,半天才听出来,大意是,人都死了,到底欠多少钱,也不知道呀。牛婶听到街坊给她翻译过后,简直气盲[16]了,扯着喉咙吼:"未必我还说这种假话唛?没得凭证我能打胡乱说吗?"她喊旁边的丈夫,"龟儿!你回去,把单据拿来!"

---

[16] 气死了的意思。

丈夫满脸苦相，说算了算了，人都死述了——让她走嘛。

山鬼母亲说，她认账，但是身上就只有一点车费，能不能宽限一下，等回去后再寄过来？

街坊们开始打圆场，说："让她走嘛，人家才死了儿子，造孽得很。你这点钱她是要还的。"牛婶带着哭腔："我哪个情愿要她那几个钱哪？确实也太恼火了，以后这房子还咋个租呀？"

那个母亲垂首站在牛婶跟前，一只手提着深色的骨灰盒，不时拿起另一只枯糙的手，抹一抹眼角的泪。被训得像个犯错的孩子，而不是一个失去孩子的母亲。

牛婶挥手说："你走嘛，走嘛。"

走之前，女人弓着腰，用那种根本不知其意的晦涩的语言——不住地道歉。她什么也没带走，就带走了满腹的伤悲。

几分钟后，已经回屋的牛婶又追出来，手里拿着一包东西，看样子是山鬼抵押在她那里的什么证物了。牛婶跑得气喘吁吁的，脚下一绊，有一幅画掉在地上，散开了。

山鬼的母亲从巷口转回来，我把它拾起来，递给山鬼的母亲："您收着吧，也是个纪念。"

她瞪着画，泪珠子突然就滚了下来，蹲在地上号啕大哭："这画的是什么鬼哟！"她把画撕扯成几瓣，哭着走了。不知出于何种原因，我把这堆撕碎的纸片捡了回去。回到宿舍，我用胶水将它们拼接起来，居然还是完整的。不久，我搬离黄桷坪，把它也一块带走了。

一晃十年过去了。

再没人记得这个叫山鬼的家伙了——虽然他的死在黄桷坪制造了

一些轰动,但毕竟限于这条小小的街道,又过去了这么久,现在的人善于遗忘。所以我甚至不知道他到底是广东人还是广西人,也不知他的真名。警察问询笔录时提到过他的姓名,但我已忘了。记得他雄心勃勃要在交通茶馆搞文化那阵,我问过他,为什么叫山鬼,他惊诧地瞪着我,那目光简直将我衣服都剥光了。几年前,我受妻子之命去新华书店给孩子买一些启蒙读物,无意中翻开《楚辞》,发现"山鬼"是《九歌》的篇名。当然这也许跟那个山鬼并无联系。

十几天前,我代表供职的杂志受邀参加某大型家装品牌十周年庆,在活动现场无意中遇见了小满。现在他已是成功人士了,除了自己的设计公司,他还是这家企业的股东兼设计总监。

难免地,我们找了个角落单独聊了一会儿,叙叙旧。

我问他还在创作没,他笑了,反问我还有啥新闻理想不?我也笑了。他玩着手里的高脚杯,苦涩地说:"咱这没艺术的土壤。"这点我也承认。他告诉我当年那批"黄漂"的近况:景活因为名气渐长,受邀做了多年的雕塑工程,但是政府的账不怎么好结,而且都是些命题作文,因为毫无个性,总被网友喷,心灰意冷之下,专心做他的书店去了——书店倒是做得很纯粹,眼看就成了一个城市地标。

我说,先找到钱再找到理想是最好的结果。他颔首表示赞同。

随后他介绍大家的情况:彭建设回湖南后,在长沙做了一个专事艺考的书画培训机构,摊子挺大;至于王闯,先做儿童美术培训,后来做了一个艺术文身店,现在开始连锁了;李令呢,前些年在威尼斯双年展出了点风头,跑到大理购置了两个院子,做民宿,听说还在香格里拉开了一间重庆火锅馆。总之,大家什么都干,但就是没干正业了。小满述说时,我蓦然想到了山鬼——他要是还活着,不知道会是什么样?我把这疑问抛给小满。他愣了一会儿，说如果他还活着，他就是那个最后还在创作的人。

"这话怎么讲？"

我不解，我从来没见过山鬼创作过。

"那是你不了解他，"小满扫了我一眼，叹道，"话说回来，谁又了解他。不过我个人挺感谢他，他让我知道，我根本不是做艺术的料。"

随后，小满告诉我一件其他人都不知道的秘密，他说这个秘密几乎把他憋疯了——

那时期，山鬼想出名简直想疯了，终于给他想到一个完美方案：在出租房里做一个隐形的隔间，红砖砌起，加水泥灌注，在墙上留几个小洞。也就是说，他在里面可以观察房内，但外面进来的人并不知道有这么一个窥视的人。然后，他找到小满，说小满不该搞小Ａ，让他做个选择：要么，决斗；要么，协助他做一个项目。小满自然选择了后者。

这个行为艺术大概分为如下步骤：山鬼备好一些食物（够四五天），把电脑摄像头对准密室，他赤裸着进到里面，小满从外边锁住铁门，并用水泥密封。然后，由小满在网上发布一篇充满悬念的求救文《寻找失踪的山鬼》——大意是，一个叫山鬼的艺术青年在黄桷坪后山无故失踪。到底是坠崖，自杀，还是被外星人掳走？总之，要设置这样一个迷局，引起关注。这其中的环节还包含了我，按山鬼的设计，等网帖发热后，由小满来找我，借助媒体开始寻找。这样，一周后此事会引发社会关注。随后，再由小满打开这个盖子——将房门打开，放他重见天日。然后，山鬼将这几天的视频记录剪辑整理后，上传到各个网站，山鬼将这组连续性的行为作品取名为《无人》。

山鬼的创意没有问题——如果考虑到那是十年前的策划的话。问题在于，小满刚刚把他锁在房间才两天，就遇了车祸，在医院昏迷了一周。等小满恢复神志,记起此事时,已经是山鬼"隐身"的第十天了。那时山鬼已经死了。

"可是,山鬼明明是有可能获救的。"

小满说,那个密室并非坚不可摧,最后封闭密室时,有一处是并不特别坚固的,那是一扇木质的门,仅仅是外面敷上一层水泥。

"那这样说来……"我很惊诧,"等等,不可能呀?"

小满仰脖将手里的红酒吞下,脸上露出痛苦的表情:"这正是我百思不得其解的一件事。不过,这些年过去了,我大概也理解了一点。"

"哪一点?"

"做一个死亡的决定,"小满字斟句酌,"也就是几秒钟的事。"

小满说,山鬼拍的那些视频,他也没见过。他陪山鬼的母亲去找过警方,要求归还那几部视频,但被拒绝了。警方回复说,由于该视频充斥淫秽、暴露和反人类的内容,已经予以销毁。所以,山鬼死之前都干了些什么无人得知。

这晚回家后,我独自在杂物室里翻检了好一会儿,终于找到了那个筒状的画轴,把它抻开,固定在书房的墙壁上。

画的背景是五棵嶙峋的松树(也可能是其他什么树,总之没有叶子,仅比灌木高一些),左边两棵,右边三棵。树下是低矮的层层叠叠的乱石堆。石堆前站着两个鬼。为什么说是两个鬼呢,因为那不能是人,只有骨骼而没一丝血和肉。这两只鬼,一大一小,形象很生动,大的那个在侧耳听,小的那个正卑躬向大的那个耳语着什么。

我在这幅作品前站立了好一阵儿。它不像是我认识的那个山鬼创作的,它悲伤而诡异,单调又丰富。画上甚至没有署名,看起来就像一种猜谜的游戏。

✦ Beethoven was
in the attic ✦

—

✦ 贝多芬在阁楼上 ✦

1

"不错,他是帮过我。确有这一回事,这我不会忘记。但那是另一码事是吧?我当面表示过我的感谢之情,而且我会一直感谢他对我的解围,但是不代表他帮过我就能做一些冒犯我的事吧?这才是我们做人做事应有的态度是吧?

"起因是为我前夫。我跟前夫是在南方认识的,半年后就结婚了,那是二〇〇七年。当时哪晓得他是这种人,心眼小,小得连针都穿不过去。三年后我回重庆创业,最开始是开按摩院。可是做正规按摩比较艰难,竞争太大。我到外地考察了一圈,心里有数了。回来改做高端美容护理,主要针对三十五岁以上的女性客户——这个年龄层次的女人比较注重仪貌的保养,是刚需,也有经济支配力。这个头调得蛮对,生意不错,发展到现在已经有三家连锁店。旗舰店在渝北,就是这家。然后九龙坡、沙坪坝各一家。

"感情破裂没其他的原因,刚说了,心眼小,老是翻我的手机,偷看我的QQ。总是疑神疑鬼!我哪有那闲工夫?创业多艰难!你说我们这行容易吗,就是靠人,靠掌事的,靠人际关系。话说回来,中国的事说穿了不都是这个?

"反正就是拉拉扯扯四五年,终于离婚了。我们没娃儿,按说应该很撇脱[17]。但他无赖呀!当法官面他唯唯诺诺,一副哈巴狗样儿,下来他就是不执行。就是不搬!你换锁,他就撬锁。有啥法吔?是呀,我是

---

[17] 简单的意思。

搬了家,但我店子没法搬。我不可能凭空消失吧?我那些客户,都是日积月累一个个攒下来的。他站门口一闹,还有哪个顾客来?来看笑话?这屁眼儿黑的家伙!对,就是讹上我了。他知道我性格弱,好欺负。

"他讨嫌得很呀。前年,我耍了一个男朋友,一个客户牵的线。市机关档案室的,副处级别,也是离婚了。我当然满意。毕竟是公务员,一工一农,一辈子不穷。看见我耍朋友了,他就不安逸了,先是给我男朋友打电话,又给男朋友单位领导打电话,说他破坏别人家庭!啊呀!还有这种人!有句言子儿,十个说客抵不到一个戳(音:duǒ;三声)客。好生生的一段姻缘,就这么被他戳散了。你说烦不烦?

"后来?又找了呀。怎么不找,像我这个年纪的女人,单不起了。谁不想找副好肩膀担着嘛。再说我也不缺钱,就想有个家,我妈在老家一天都念,念经一样。我也烦呢。哎呀,烦惨!可是他就吃定我,拿死我了。我找一个,他戳一个。就像戳气球。

"前不久又耍了一个,比我还年轻六岁,多好!还不是给他拆散了。你晓得他弄了些啥玩意?他给那个男娃儿寄来一个信封,里面一沓相片,哎呀我妈,全是不堪入目的……真不晓得我啥时被他录像了。我怎么解释,有用吗?你说,我霉不霉!

"我也是没办法了,找你小姨张小美帮忙。她也是经常来做美容,我们成了好朋友。我说直接去报案,她说这恐怕不得立案,意义不大。小美不是跟派出所很熟嘛,就去找了张伟,张伟本来不肯帮忙,是把照片给他之后才愿意出面的。后来,审讯了才晓得这照片根本就不是真的。是找了一个小姐包夜,偷录了一段镜头。后来通过电脑技术把我的头像移植到那个女的身上。哎呀,你说,气不气人。好,我晓得,等我喝口水……

"不管怎么说,这事办得真不错。当着张伟的面,那家伙乖乖地

贝多芬在阁楼上

写了保证书,滚蛋了!他终于晓得锅儿是铁打的了,再也没骚扰过我了。

"这不张伟帮了我大忙吗?还是要感谢一下的嘛。再说,他那个所离我这店也不远,说不定哪天还会有别的事麻烦他呢?我们这行业,最怕得罪人,来的都是爷。小美我们两个一合计,礼兴[18]还是要讲的,我在小天鹅订了一桌海鲜火锅,他也不端,人还是来了,可能是觉得一个来不好吧,就带着他两个同事一块来的。礼?收了收了。我给放他车上的。两条软中华,提了一对酒,飞天茅台还是茅台飞天,不是啥大礼兴。反正,就是吃过一次饭,多少也熟络了。小美就喊他来做做保养,是呀,我这里有前列腺保养的项目,但他一直不肯来。其实,也不一定非要做什么保养,只是个说头吧。就是想维护维护关系。有时我们也一块吃个饭什么的,也算朋友了,就是人话少点,他不爱说。哪晓得上周,他喝得二麻二麻[19]的,跑来我店里,那时快打烊了,我看他醉成那样,就把他引到白金客户的香薰包房里,让他在水床上舒舒服服躺着,怕他渴,给他放了几瓶矿泉水,怕他吐,还拿了一个盆放在脚边。出来我让员工提前下班了。我好心好意的,哪晓得他有那种乱七八糟的想法呢?爬起来就扯我衣服,我挣,他就抱。我当然不愿意呀,酒气熏天,这么粗鲁谁愿意呢?可是他力气那么大,我硬是气都喘不顺呀!我哪里挣得过他?他把我摁在床上……哦,不说细节?好,总之就是他侵犯了我。证据?我当然有了。没有我会告他?有被扯破的衣服,我手臂被他抓伤了,他还打了我一耳光。照片在这里,手机拍的。什么体液?这个没有。我告诉你,我没经验哇。我傻啦吧唧的,他一走我就去洗了,我洗了三四遍,洗得干干净净。你说我蠢不蠢?虽然证据不多,但我还是要告他,他凭

---

[18] 礼节。
[19] 意思是喝醉酒,头脑不大清醒,浑浑噩噩的状态。

啥子就轻慢我？既然侵犯了我，他就得负责任。

"我的名字？好，你记一下：庞雪君——庞大的庞，下雪的雪，君子的君。"

▷ 2 ◁

"是，我是区局纪检处的杨鹏程。哦，你就是晚报记者小丁？市局宣传处的宾哥刚刚给我电话了。你们记者真是神通广大呀，哪哪都找得到关系。对，这个事情目前由我负责。张伟？熟呀！对他还算了解，原先我们在一个所，是正经同事过的。是啊，我刚入职公安系统就是分到他们那个所，时间不长，一年半吧。我学的是网络技术这块，但在所里，用不大上。派出所多半都是些鸡毛蒜皮的事，小偷小摸、吸毒、盗窃、打架斗殴，有时要配合刑警队做一些基础工作。过节呀，大型演出呀，来了大领导呀，负责值班巡逻什么的。总体来说没啥大事。

"我俩原来是一个办公室，实际上我们在所里时间不多。都在外面耗着呢。谈不上多了解，只能算一般吧。要我说，实在人一个。人还挺爽性的，就是不爱说话，有点颓废，喜欢挂单，不愿跟人来往。哦，是，喜欢喝点酒。因为这个没少被批，按说他这年龄和资历，早该调一下了。可能就是性格原因吧。还有不像我们年轻人那么积极，激情少了点。也可以理解，老干警了，有点疲了，再说也因为离了婚嘛。我也是才了解到的——离婚差不多四五年了吧。前妻是区工商所的，没孩子。好在没孩子，要不怎么办哟。摊上这事。人啊，真是说不清楚。说不定哪天鸟屎就掉你头上。不，我不是主观态度，只是有点小感慨。具体原因我们不是太清楚,是协议离婚,没闹一点儿纠纷。可能还是性格原因,个性不合吧。张哥看起来就是那种闷声闷气的,是有点阴郁,但心不坏。话少,喜欢说实话,嘴巴不那么讨人喜欢。他自己也晓得。私生活这个就不好说了。酒吧KTV?当然要去,那是基层民警工作的一部分嘛。再说去消费又怎么了,我们也是人,谁不需要放松放松?没,没听说他有什么绯闻。是奇怪,离婚这么久,按说也该找一个了。他是部队转业回来的,虽说四十岁,那身板儿看起来也不比我差。可我们警察也不好找呀,尤其像他这种二手的。不是自我歧视,年轻时还是好找,相亲也好相,人家听说是警察,哇,好高大上。哪晓得还有一种警察叫基层民警呢?昼伏夜出,没有规律,不着家的职业呢?平常打交道,也就是下三道的,吸毒的、小偷、盗窃犯,还有什么各种街娃、吧女、小姐,哎呀,全是这三教九流的。这时你后悔来不及了,毕竟组一个家了。所以警察也是很平凡的,不是演电影,动不动大悲大喜、大英雄什么的。我们基层民警真的也压抑啊。尤其像张哥这种,这个年纪,离婚了。但你要说张哥强奸她……哦,涉嫌性侵。啥,其实一个意思好不好,只是最终在结果上有点区别。对一个在职民警来说,哪一种的后果其实都一样严重,挺可悲的,你能理解吗?

"对,我们正在调查。张伟已经被控制起来了,结果还没最终认定。但我可以告诉你的是,张伟的供述跟庞雪君的并不一致。而且,庞雪君的履历并不清白。我们初步得到的消息是,她在广东最初是从事色情行业培训,后来才洗白的。当然,我不是拿这个来说事,不,绝不是袒护。只是说,多一些了解能够更加全面地看待整个事情。如果,我是说如果——张伟确实有性侵的行为,那么,谁也不会保他,也保不住他。就是他啥都没干,也跑不脱,毕竟被人告到局里了,你懂的……不管怎样,这是他个人害的病,个人受吧。

"这个事情目前就是这样,还在调查当中。有什么信息我一定第一时间通知你,你先别报道,这对当事人——无论哪个当事人——都没好处,是吧,只能是添乱。这样说可能有点无礼,但真是这样。你应该相信我,相信我们的纪检能力和自我纠察的态度。就这么说了,不能报哈。千万!"

▷ 3 ◁

"你说,你是啷个想的?我张小美怎么会有你这么一个侄女?我是哪里得罪你了,你要搞出这一台[20]来陷害我?啊!

"是,当初是我找你——我找你是让你帮忙,记住,是帮忙不是喊你添乱!不是喊你搬起石头砸我的脚,我现在痛惨了!知道不!我要疯球了。你这娃儿,怎么没脑子似的,你脑门是被门板夹了吗?你是脑花儿散了吧!你干这事,你想过我的感受没?

"我说让你去采访,是让你架个势,做做样子,给张伟,给他单位一点压力。让领导出个面儿,从中调解一下,甚至也可以给他们牵个线什么的,男未婚,女未嫁,出了这种事,干脆耍个朋友,就是有些影响,不都抹没了吗?什么,这层意思你没听出来?我遇得到你哦[21]。那也不是让你真的去射箭呀,射死人咋办?我从来也没说让你给报出来呀。

"啥?你还没搞醒豁呀!这背时[22]的死娃儿,你这么一报,就算是

---

[20] 一出戏的意思。
[21] 见鬼了的意思。
[22] 倒霉的意思。

捅了天了。你说你千翻（不听招呼）不？太不醒事了，天都给你捅破了。你幸好是个女娃儿，你要是男娃儿还不把人民大会堂的牌匾都揭下来哇？你说现在怎么办？我给你说，你这么一写，报纸上一发，全世界都晓得了。说起来，张伟还是我的朋友，你让我怎么面对别人呀！再说了，你晓得他是警察你还敢报！你当然没事咯，有事的是我呀！单位就是把他开除了他还是警察呀，他的同事哪个还容得下我？我的酒吧、茶餐厅，全在他辖区那条街上，我以后还要不要跟派出所打交道？你晓得不，就一根消防管道都可以治死我一百回。他需要直接弄你吗？你太幼稚了，你身上没带一点智商吗！那一带的地痞流氓，神神鬼鬼的，谁又敢不依派出所？我给你说，我都算是幸运的。庞雪君，她算是倒了八辈子血霉，简直被你害惨了。对，她把我怨死了！在我面前哭了一个小时，泪都流了一盆，要是眼睛能杀人，她不把我杀死一千次就算发善心了！

"什么？你没写真名字别人就不晓得啦？愚昧呀，愚蠢呀，认识庞雪君的，哪个不晓得那个女的是她呀？她本来就不好找，现在彻底断篇了。你叫她以后哪个找人？她还敢出门吗？这不是活生生地被看笑话啊。我给你说你脑子里装的不是脑花，是棉花。龟儿死娃儿！怎么得了哟。算了算了，不说了。派出所的周所长给我打电话来了，你看看，我真是屎粑粑落在裤裆里——穿也不是，脱也不是。唉！"

▷ **4** ◁

"我是谁？我是周大新，新区派出所所长。为什么找你？我不光要找你，还要找你的领导。看是哪个允许你们做这样不负责任的报道的。

你写稿发稿,跟分局宣传处知会了没有?你找新区派出所核实没有?找涉事人当面了解没?没有——你还发!你知不知道,你轻飘飘地动动指头,在键盘上随便敲几个字,就把一个兢兢业业的基层民警害惨了?

"嘿,我哪是'像在'威胁你?我就是在威胁,怎么了?你要是个男娃你看我不锤你!宝器[23],简直幺不到台[24]。

"骂你?骂你咋个,伤到你啦?说你两句你都受不了,那你怎么中伤一个无辜的人?哈,你说我冤枉你,那你是不是在冤枉别人?你晓得具体情况是怎么回事?你光听一面之词就做报道,哪有这个道理?连分局鉴定科都还没做出最后的定论,你就给人定了性。哦,你是法院还是检察院?啥子!你没说?你明明说涉嫌性侵。

"我告诉你,事情并不像你臆测的那样。我当然有底气。你等到,我现在就去找你领导。自然会有人来医[25]你,我给你说!"

▷ **5** ◁

"小丁呀,你把我整惨了哟。哎呀这个事就不摆了,我当然挨批呀,我头都快磕肿了,领导还不解气。哎不说这些,都怪我嘴欠。我挨处分,毕竟只是内部问题,是个人违规,再大也是小事。我是为张伟的事来的——捅了天了啊,这事闹的。

"对,是,我听说了,前几天周所长给你打电话了。他态度不好?是,

---

[23] 蠢的意思。
[24] 嚣张的意思。
[25] 治你、对付你的意思。

他就是那个暴脾气，但他为人、包括出发点是好的，如果连自己手下兄弟都不维护，谁还信服他呢。对，他就是方式方法不对，也挨领导批了。这里我也代他向你道歉！今天找你呢，哎，服务员，麻烦你稍微晚点给我们上菜，呃，差不多再过半个小时上吧……是这样，找你呢，是看怎么弥补一下？

"这个事情，都怪我，确实怪我，我没经验，事情完全出乎预料了——全社会都在讨论，这影响真是坏了。局领导都晓得了，鬼冒火。哦，不存在，跟你无关，都是我的错，是我没处理好，不该跟你打胡乱说。我以为是私下摆龙门阵，我哪晓得你会把我随便掰扯的话写上去呢？算了，都是过去的事了，事情已经出了，现在重要的是弥补，能补多大的洞咱们尽力补上，不能让事态这么继续下去。

"这次找你呢，我是诚心的，当然同时也是代表我们分局，向你介绍一下我们仔细调查后掌握的情况；再就是，希望你听完后，看能不能怎么在报纸上圆一圆，把不良影响遏制一下。是啊，现在远远不止是张伟的事了！说实话，虽然事情由他而起，但现在跟他关系都不大了，涉及我们这个职业，我们的基层派出所，我们的民警的形象问题了，这就严重了嘛。好比我们做了九件好事，一件事没处理好，就完蛋了，好不容易树立的形象坍塌了。找其他媒体没用，解铃还须系铃人啊，还得找你们单位，尤其是请你本人亲自做一个后续报道。看这事，到底能不能扳一扳，让公众舆论调个方向？就我现在能向你承诺的，四个字：不惜代价。只要能控制这个事态和舆论的发展，我们不惜代价。你懂吗？什么条件都行。你开得出来我们就尽力办到，绝不来虚的。

"现在给你汇报汇报我们目前掌握的情况，不不，汇报，应该汇报。根据张伟交代,事发当晚,他确实喝酒了,与一个外地来开会的战友在观音桥老街区的大排档吃饭,他没喝白酒,是啤酒,喝得不多,就一件[26],对他们这些能喝的来说,一个人六瓶真不多。他要是喝醉,怎么还能送战友去宾馆呢?他送了战友,就步行回家,走到一半,经过庞雪君的店子,刚好庞雪君在门口送客人。庞雪君看见他,打了个招呼。是,是庞雪君先打的招呼。他说刚吃完饭,准备回家洗澡。庞雪君看他走得大汗淋漓的,说干吗还等到回家呢,就在我这里洗嘛。他要走,庞雪君走下台阶,拉着他不放。他怕拉拉扯扯影响不好,就跟着去了房间,洗完澡,庞雪君安排了一个小妹给他做精油按摩。按着按着就睡着了。醒来后,他发现庞雪君躺在旁边,给他接了一杯水,他喝了。她说已经凌晨了,要不就在这休息,就别回去了。他听出庞雪君话里的暧昧,想要起身走人,被她按在床上,她说自己就喜欢这样的男人,硬朗,有个性。她说从小就喜欢当兵的男娃,这样的男娃对她有格外的吸引力,可是命不好,从没让她遇上一个。他听她越说越离谱,坚决要走。可是她突然把浴袍扯了,说:'你看,我还年轻,我才三十二岁,身材还是很好的。'他急了嘛,拔腿就跑,但是她不让,缠在他身上。他就使劲地扯。庞雪君身上——脖子、手臂和腰部的伤痕就是这样形成的。

"解释不通?哦,你是说逻辑不通。是,客观上张伟交代的情况,有点不大让人相信。一个男人面对一个主动投怀送抱的而且长相还行的女人,多半是不会拒绝的。可是你也要考虑到一个前提:张伟是警察,不是一般人,他是受过专业训练的。再说,他自己供述对庞雪君没兴趣。这就是我要说的另一个情况:通过手机,我们发现庞雪君跟他是微信好

---

[26] 一箱。

友，两人互相发送过短信和微信。你想想，男女都是单身，互有来往，而且多是女方主动。就这些佐证分析，张伟实施强奸的前提和动因是不足的。但如果说他们发生过关系，这也许是可能的。你知道，很多夫妻、恋人发生纠纷时来报案，也是指控对方性侵或是婚内强奸。但不管如何，首要是得有翔实的证据。你要告张伟性侵，但你也提交不出更直接更有力的证据。比如，监控录像、体液、内裤。一样直接证据都没有。

"总之，我们将这段时间的调查结果和各项数据如实提交到了检察机关，老实说，张伟被判有罪的可能性并不大。但刚刚我说了，这件事已经超乎了他个人，到达了机构的这样一种层面。所以，我们希望这事能够有更为合情合理的解决办法。

"不，话也不能这样说，不能叫'牺牲'他。根据真实调查的结果，他该接受什么样的处理那是上级机关的事了。问题是，社会上情绪反应那么大，法院也不能不顾忌民意。你说这破事儿，哪个晓得会闹这么大的阵仗。

"菜来了。我告诉你，这里的日式料理真是不错。他们的厨师都是送日本培训回来的。吃吧，我给你倒杯清酒。没事儿，清酒不是酒。"

▷ **6** ◁

"哎我说，你这愁眉苦脸的是几个意思？今天专门喊你到报社来，是特地想告诉你——因为你的报道，一个败类得到了应有的惩处。这个事情，报社承担了绝大部分的压力，当然你做了你能够做的。尤其是第二篇报道，很关键，极大地缓和了公安单位的情绪。不管怎么样，买卖已经做得差不多了,要收秤了。最后来一篇报道,你就可以休个假,我特批的。出去,好好放松一下。另外有个事,先透露给你,这一组系列报道,我要递交到市记协参选本年度的新闻奖,结果未知。但这个月的总编辑奖是跑不脱的了。这里提前给你打个招呼。以后再接再厉。我没看走眼,新的这一批记者当中,你是最优秀的一个。

"什么,这个结果哪里不好了?你看你,小丁呀,不要自责嘛。拿别人的骨头熬自己的汤?这是哪个王八蛋说的?你只是客观地呈现所了解的事实,我们并没偏袒哪一方,是吧?至于最终结果是什么,那也不该是我们操心的事。你说张伟被民意绞杀,多虑了。没有的事也不可能平白给他安个机关[27]呀?再说了,法院也不会盲目听命于民意,该是怎么回事就是怎么回事,他不是因为证据不足被免于起诉了么。好了,我知道你的意思。不管怎样,他始终是涉嫌违纪了嘛。首先,他始终提供不出任何对他有利的证据,一样都没有。另外,他对于组织上给他的处分,拒不接受,丝毫认识不到自己所犯的错误。我给你说,现在已经是最圆满的结果了,各方面都能接受。

"哎,你不要软弱。你是怕他打击报复?干咱们这行难免遭人嫉恨,不怕。想当年我做过多少这种稿子。十年前,我暗访一周,报道了一个传销组织——一点也不遮遮掩掩,稿子上大大方方署名'程青松'。他们纠集三百人冲击报社,指名道姓要报社把我交出去。你看看我,不也啥事没有吗?没这种经历,我也没底气管新闻部,我这个副总也没含金量,这是珍贵的履历!

"给你说,这家伙只是内部处分,算他命好了。我敢打赌:按摩

---

[27] 安个名头,形容无中生有。

院那女老板——肯定遭他打来吃了。一个单身汉，又是警察，还喝了那么多酒。你觉得，放着好好的粮食不吃——哦，对不起，这比喻不那么恰当。但这可能吗？符合人性吗？那个女的太蠢，完全不懂得保存证据。况且丢不丢工作，你管他？哎，你不要老是说感觉、感觉。我们这行不是靠感觉而是靠事实来说话的。好了好了，一个高兴的事，结果你还哭起来，你再哭，别人以为我把你咋个了。"

▷ 7 ◁

"哎，你终于接了哇。是，我找你，没错，你不认识我，我也不认识你。我是打你们报社热线电话，他们给的号码。当然有事，很重要的事。你听我说嘛，我不是搞传销的，不是电信骗子。我是重庆医科大学附属第一医院的医生，我姓吴，全名吴庆。你叫我吴老师就行。

"前些日子不是热嘛，我们全家去了黄水歇凉，住了一个月，刚刚回来。怎么没关系？你先耐心听我说完，小姑娘，这事儿真的很重要。回来后，我夫人打扫卫生，抱了一摞旧报纸，是，我们家订了你们报纸。她说让我把旧报纸拿去甩[28]了。我抱着报纸到院子里，心想，报纸我还一篇没看呢，就坐在亭子里，翻了一下，结果，你说巧不巧，刚好就翻到你报道的那篇新闻，哦，现在已经是旧闻了哈。

"但是小姑娘我给你说，这事儿严重了，真的，太严重了。本来这是有违医生道德的，但是我不能见死不救，那我认为更不道德。你

---

[28] 丢掉的意思。

莫急！怎么没关系，关系大着呢！听我说完，你就知道了。

"我在重医生殖科坐诊，同时也是医科大学专研生殖学的教授，听清楚了吗？好，我继续说，张伟——你报道的那个警察，是我的病人。对，是我的长期病人，他接受我的治疗大概有两三年时间。我对他的病情很了解，他是心理性诱发 ED 患者。说白了，就是性功能障碍，你可以网上搜索一下，要我做专业的具体解释就很复杂了。作为主治医生，我可以很负责任地告诉你，你说他强奸也好，诱奸也好，是不可能的。就我对他的诊断经历来看，这不大可能。希望你们尽可能重新调查清楚。当然，我可以做证。我这里，病人的诊断出药、病历，都有存档。你可以下午来医院核查。什么，已经定案了？啊，被开除？哎，唉！还是晚了。但是这个事实你要弄清楚。法律不就是要还原公道的吗？"

▷ **8** ◁

"等等，你再说一遍。……这不科学，太不科学了！有证据吗？啊，性无能？太惊悚了。这是重大转折啊，这太荒谬了。呃，不是说你，是说剧情。难怪审讯了两周都没结果，原来情况是这样的。

"呃！不要，不要跟杨鹏程那边联系。这种事，他小角色能做啥？有句话你应该清楚，覆水难收呀，现在全世界都晓得了，张伟因为严重违纪被内部清除。你要领导们推翻决定，说自己错了？不可能。

"拯救张伟？嗯，这做标题挺好，简洁、直接，放头版上，那个才叫冲击力。哦——我说岔了，都联想到版面规划了。对，要拯救张伟，只有依靠外力，依靠舆论。舆论能让一个人沉沦，也可以让一个人重生。

"你莫听医生的,什么隐私?没有隐私就没有新闻——隐私就是新闻的重要组成部分。再说这都是为了救他。一个四十岁的离异中年男人,被开除,工作、社保、退休金都洗白[29]了,以后咋办?既然要翻本,就要翻得彻底。对了,你还要电话采访一下西南政法大学的法律专家,咨询一下,看张伟这种情况能够得到什么样的赔偿,最高限度的。

"太好了,这故事,简直不摆[30]了——我提醒下,你千万莫透露出去,啊,已经给杨鹏程打了?他没接?那好,他要是打过来你不要接,用空间换时间,尽快把稿子抢出来。幸好你去度假了,有大把时间写作,赶紧写,电话补充采访,我跟总编辑通个气,马上安排摄影记者去拍摄场景和证物。

"赶紧,现在就动,动起来!"

▷ **9** ◁

"我,周大新。我不是找你扯皮来了。不,不是因为你的报道惹到谁了。你放心,我不会欺负女娃儿的,我也不敢,哪天你把我写一篇,我可就掉沟里了。嗯,不是为报道的事。找你是有消息告诉你,张伟被捕了。

"当然,当然不是豁[31]你——那对我有啥好处?你莫激动,别冲动,你先听,听我讲,是这么一回事。今天早上,张伟来自首了。哎,你到底听不听?不听我挂电话了。好嘛,那你竖起耳朵,好好听着,具体细节我就不多说,我只跟你说一个大概。

---

[29] 都没了的意思。
[30] 不提也罢的意思。
[31] 骗人的意思。

"清早时候,张伟来了一趟派出所,他说来自首,接着就拿出了证物,一条女士内裤,上面有精液。嗯,当然不信,以为他吃错药了。人人都看了报道的。可是,检测后,真是他。当时就铐起来送到分局刑侦处了。昨夜,他偷偷潜入庞雪君的房子,绑缚、猥亵并性侵了她。这回是真的。刑侦队去现场时,女的还在房里绑着呢。

"嗐呀,你就莫问我,我哪里晓得他为什么突然又行了呢?我搞不懂。我只是想亲自告诉你,我怕你忘了:事情是他干的,但罪行是你的。"

▷ 10 ◁

"别怕,坐下。不要开灯,这样感觉好一些——对你也是。知道我是谁吗?难怪,你没见过我。两年前我就准备来找你的。可是我先去找了庞雪君——等等,先不要急着忏悔。站在你的角度,没做错什么。我们都是提线木偶。再说现在的我也不是原来的我。别动。就这样坐着。我不会把你怎样。听说,你早辞职了。哦对,你刚拿到了心理咨询师的资格证,祝贺你。呵呵,我怎么知道的,这种事对我来说不难,这方面你们记者不也很得行[32]吗。

"找你干吗?老实说,我也不是很清楚。就像是木匠的一件家具一直没完成,搁在心里,悬吊吊的。你不也一样?听说你四处打听,追查了很久。当然没有结果,你不可能得到任何消息。你好奇什么?哦,那次——跟今晚一样——我早早潜入了庞雪君的房间。是,就是你报

---

[32] 很厉害、很在行。

道出来那天晚上。心情？不，你想象不到的，那不是沮丧，不是焦躁，甚至不是愤怒。我形容一下——就是你戴着一副耳机，耳膜里震耳欲聋，但地铁里那些跟你紧紧挤在一起的人却完全意识不到也不会听到你耳内响着些什么。一种很灰暗的夹杂死亡和欲望的情绪。总之就是觉得，活着反而是一件很难的事。你想想，你认识的，你不认识的人都知道了——你是个性无能。

"是的，没错，他们给你说的情况一点不夸张。我带了全套工具，生存刀、钉锤、锯片、密封袋。那晚我在庞雪君家坐了两小时，她开着车回来了。进门后，她打开灯，差点吓尿了。我坐在客厅沙发上。她看到敞开的工具箱，扑通跪下来，让我放过她。我就那么看着她——就像看一个笑话。她当然想逃，哪里跑得脱呢？我提上工具押着她到阁楼——为什么上楼，因为那里空间小，只有一个出口，容易掌握。

"她当然吓惨了。但我呢，也不急于一时，我至少要问清楚到底怎么回事。我不清楚，我哪里知道她的想法？反正我先用麻绳把她捆在椅子上，她肯定要求生啊，还说你杀了我你自己怎么办？我反问说，未必还能比现在更糟一些？她马上哭了，说我也没想到呀，我没想到事情会变成这样。我不就是希望自己有个像你这样的男人，有安全感吗？

"你觉得她说得没错？也许是吧。当她告诉我理由后，我大概也理解了一些。但你不知道，我为什么离婚？我就是想一个人待着。我瞧病，仅仅是下意识地觉得有病要治。不是为了以后去拥有哪个女人。为什么最后没杀她？呢，有两个原因。第一个，是贝多芬，贝多芬在阁楼上。

"听不懂？这么说吧，庞雪君那间阁楼，其实是一个影音室，配置还不错，电视机不记得了，至少55寸，播放机是高清的，飞利浦。功放是雅马哈次时代V373。音响是峰金UK5.0影院系统，一对弘毅双八寸低音炮——我为什么记得清楚？因为恰好我也是一个发烧友。别的兴趣我也没有。可是我没想到她也是发烧友。阁楼上有整壁的碟架。好些 CD 我都没有。也不知是不是习惯，还是什么潜意识，我打开音响，有音乐总是好些，我这样想的。我在碟架上找来找去，挑花了眼。问她有没有贝多芬《第九交响曲》。庞雪君赶紧说："有！左手边，由下数第五排，有贝多芬的《第五交响曲》和《第九交响曲》，卡拉扬版的。右手边还有一张是刻录的《第九交响曲》艾森巴赫现场版。"我按照她的指引，先找到了《第五交响曲》，想了想，又放回去。我不喜欢听《命运交响曲》。我问她，你也喜欢贝多芬的《第九交响曲》？庞雪君拼命点头。为什么？我问。她说，我听不懂，但我喜欢听。

"为什么找《第九交响曲》？不要以为一个粗野汉子就没有你们所谓的高雅的爱好。我也有一个小小的影音室，那是我唯一能够得到宁静的地方。去庞雪君家之前我一直在家，反复在听这首《第九交响曲》。有什么特别？嗯，我特别喜欢这张，这是贝多芬写的最后一部交响乐，这部交响乐在维也纳首演时，贝多芬在场，但他已经完全聋了。很有意思是吧，充满欢欣的悲剧感。我把碟片插入碟机，把音量调得很高，这样她怎么叫都不会有人发现。在巨大的乐声里，我大声问道：你听得到自己的声音吗？她依稀听见了，但也不确定听到了什么，本能地点头。我闭着眼，充分感受着乐曲的力量，一瞬间，我差点就流出泪来。但我忍住了，走近她，趴到她耳边说，你还有什么要交代？也许她感觉自己的厄运到了，疯狂挣扎，高声嘶叫起来。我抓住她的头发，一巴掌扇到脸上，她尖叫得更厉害了，我烦躁地将她身上的衣裳扯开，用尖刃抵拢她身体裸露的部分，从脸到胸前，再到大腿，在她身上滑行——刀锋划过皮肤时那种死亡的感觉让她安静下来，也叫她彻底崩溃了。当我把刀收回时,我看到——她失禁了,尿液从裤子沁出来,我怔怔地看着那一摊水慢慢扩大的阴影,她羞愤地冲我叫嚷起来,可我什么也没听到,像是聋了。这时,庞雪君发现我勃起了。大概是在这种接近死亡的现场她的反应使我产生了生理反应,但我并不知道。但是她看见了,她知道这是唯一的机会,不管是对自己还是对我,这是最后的机会——她撕心裂肺地喊道:'你硬了,硬了!'不好意思,但事情就是这样,命运就是这样。我羞辱了她,不是真的强奸了她,这是我之所以能出现在你面前的原因。

"你在发抖?没必要,我现在是正常人了。我很好,恢复了自由,性功能也恢复了。这些转折不错,是我想要的,我跟世界还恢复了距离。记得离婚前那段时间,我经常反复做同一个梦:我坐在一个宽阔的坝子上,我很享受一个人在这种空旷地带的感觉。可是我在享受的同时又很担忧,我很怕有人走过来,走过来也没什么,甚至他运来水泥、钢筋都没什么,我最怕的是什么?是有人同样也搬了一把椅子,像你一样坐着,坐在你旁边。你现在是心理咨询师了,你还在网上写小说,对,我看过一些。那么,你试着想想,如果真有这么一个人,搬着一把椅子,坐在你旁边,他会对你说些什么?不用怕,你可以慢慢想。"

5

Become confident suddenly

突然的自我

◆

　　他们是临近傍晚才抵达天堂坝的。

　　这趟行程比预想的艰难。说好上午九点半至十点在外环出口处会合，结果等全部人马到齐，耽搁了差不多四十分钟；然后是G50沪渝高速出城方向出了重大车祸，浩荡的车流在原地淤塞了将近一个小时；出重庆，入四川境后，终于顺畅了。过合江，下高速进入佛宝镇时，也就下午三点半的样子。继续走了一小时，蜿蜒的公路越来越窄。不敢开得过快。直至走到山间道上，乡间公路变成了羊肠小道，在碎石子上跑，一侧是崖壁，一侧是崖坡，车行更慢，不超过30迈。好在沿途风光姣好，崖坡下始终挂着一条清澈的溪流，偶尔溪流在很远处，宛如蛇身隐蔽在翠绿的丛林之间。因为昨天下过一场暴雨，沿途可见从山崖滚落的碎石块，稍显艰险。但是偶尔头顶瀑布雨突然飞泻冲击车顶时，又总会给乏味的路途带来一些惊呼和欢喜。万万没想到的是，好不容易行驶到镇上——马上就要进入天堂坝森林区时，他们发现唯一的进山路被挖断了一截，因为暴雨又停止了施工。那条被挖开的道路像是一条破抹布被扔在他们眼前。他们不得不停下来，将车靠在路边，男人趁机往嘴里塞一支烟，一边步行到前面查看究竟。女人则从车厢吆出怵怵的孩子，引去路边撒尿。

　　在路口，男人们发现一个新修筑的石亭子，看起来像是一个岗哨，站在这个未完成的水泥墩上望去，满目都是坑坑洼洼，坑洼里全是水，不知道水深水浅，也不知道坑洼到底有多大。等了几分钟，一个摩的司机从此处经过，看见这群恓惶的人，熄了火，跨在车上用当地土话跟他们交谈。经过一番交涉，他们大致听懂了，前面的森林正在由当地政府打造升级，以后来这儿消暑纳凉就得收费啦。为了完善景区，这条进山路正在挖掘，压土，准备用水泥灌注。目前才修了一丁点儿——就是他们眼前这一截。摩的司机睃了一眼他们歇在路边的车，说："前面路况恼火得很，你们干脆把车搁在镇上，我喊一个五菱宏光来接你们进去。"有人问："好多钱嘛？"他说："80。"程仁德马上跳起来："你欺负我们没来过嗦？屁短一截路，还80，最多30。"余晖从后面拉开程仁德，说："你急吼吼地干啥子？"然后对摩的司机说，"你留个电话给我嘛，我们如果要送的话就给你电话。"司机一步三回头地骑走了。余晖挥挥手，示意大家围拢过来。这个动作隐隐带有一定的权威性。毕竟是意外状况，需要商量商量。虽然这支松散的以家庭为单位的旅行团，历来都是老汪领队，作为多家旅游公司的导游培训顾问，领队一职是毋庸置疑的，哪个也抢不走。但这次有所不同：一，这是谢芳提完新车，头一次自驾。二，这次集体出行的目的地，是余晖挑选的——这条线，也只有程仁德和余晖两口子来过。三，前几次出行老汪都遭弹劾了，小覃也三番五次警告他，以后再出去你就别多话，别老想着当老大，跟着耍，少开腔。所以这次老汪打定主意袖手。

余晖的意思是，车停在镇上的坝坝头好不放心，前面也没得多远。

"哪里没得好远？"程仁德马上抵黄[33]，距离是不远呀，但是路况好也要开个把小时的嘛。""那你说咋办！开回去唛？"余晖的语气陡然严厉起来，程仁德马上不开腔了。

其实也不需要商量，既然都走到眼前了，不进去难道开倒车？镇

---

[33] 唱反调，跟对方较真的意思。

上也没得耍事,也没合适的宾馆酒店。难道倒回合江、倒回重庆去?只不过余晖表态的潜台词是:既然地点是我选的,我就有义务给大伙做些必要的说明。你们配合就是。

谢芳首先表态:"我听大家的。"

每次出去耍,她从来就是附和的姿态为主,鲜少提供主见。再说这是她第一次开车上高速,第一次出城,第一次走这么远,开着那辆上周才提的日产逍客,她的兴奋有时大于疼惜,但有时糟糕的路面让她的心痛远大于她的兴奋。总之,就是这样一种交织的矛盾。

老汪和小覃也没意见。准确地说,他们最没有发表意见的权利。虽然老汪是最有行动力和最有经验的旅游领导者,可他们这一对是同行者中唯一没车的。而眼下的麻烦跟车有关而不是其他。他也深知余晖急躁的脾性,聪明地选择了闭嘴。

老沈是这个团伙里的新成员,刚入伙不久,就算有意见也不好提。当然她是这群人中性格最好的一个。谢芳总说她软叽叽的。但是老沈家的男人杨大个就有意见了。他们家是一辆家轿,标致408,底盘低,他性子急,刚刚路况不好,底盘被蹭了好几次。老汪坐谢芳的副驾,亲眼看到他蹭上去,捂着嘴做出一副受惊吓的表情说:"这个大个啊,完全是开警车开惯了。"

事实上杨大个原本就不想来。他觉得,旅游应该是高大上的,不说新马泰,至少也得是昆大丽(昆明、大理、丽江)呀,农家有什么意思,难道还不够熟悉吗?他一直挺气愤的是,小区里为啥非要在溪水里放养牛蛙呢,半夜呱呱呱的搞得总觉得又回到乡下了。他不来,老沈说他没有集体自觉性。又说全家都去就你不去,人家余晖也是带着老爸老妈,你是不是故意拖后腿?所以还没出发他就已经心情不好了,加上难忍的拥堵,看似无尽的完全跑不开速度的碎石小路,让他对这趟旅行早早丧失了耐心。一路上他不问领队的余晖,倒是给谢芳打了三次电话,每次都一样,"前面还有多久哦?"他尽量轻描淡写了,但言语中的不耐烦就像碎石一样,一览无余。谢芳只有嗬嗬儿地敷衍他。

挂了电话,谢芳脸色也阴了下来,冲坐在后座的高桥抱怨:"这个程老师也是,当时为什么不问清楚嘛!从来都是这样,根本不考虑别人,也不想想我们这是新车,第一趟就带我们跑这种烂路。"她愤愤抱怨时,老汪其实已经睡着了,高高低低地扯着噗汗[34]。因为过于肥胖的缘故,他很容易缺氧,一缺氧就头昏、嗜睡。他可以一秒钟前跟你搭话,后一秒就开始打鼾。可是绝妙之处在于,即使他拽着脑壳扯着鼾,你如果喊他名字,让他指路或是打听路边的某建筑、桥梁时,他能瞬间醒来,指着窗外说:"哦对,这就是佛宝镇了,来,听好了,我给大伙讲讲这个古桥的来历……"大伙都习惯了。高桥呢,一直没有搭嘴。也许在谢芳碎嘴时他站在别人的立场解释了什么,但她会习惯性地倒灌回去。他们之间从来就是这样。她承认。只是奇怪的是,她确实记不起来那天他说过任何一句话,任何一句让她记得起来的什么东西。他一直坐在后面,她后来回想起来,就像车上坐着一个幽灵。

事实证明,程仁德的抵黄还是有预言性的。就这三十公里左右的山路,谢芳开了一个多小时。等她最后一个抵达,停车熄火,老汪和余晖已经把每一家住宿的房间都分配好了。她走下车时,心中蕴藏的各种不满和愠怒被眼前的景色稍稍地稀释了:路旁,斜斜地矗立着一个长方形的庭院,入口是一座灌顶木桥,桥头分别栽植着鲜艳的玉簪

---

[34] 打鼾的意思。

花,木桥后边,是一棵冠盖奇大的桃树,果实缀满了枝头,低低地垂直。甚至地面上到处都是褐黄的桃果,显然前晚落雨让它们失去了重心。而在庭院的一侧,是一排两层的房宇。底楼基建是用整块石头砌成,其余全部用的木材,包括阁楼、地板、栏杆,一座看起来简约干净的农家小楼。

高桥下了车,自顾点了支烟,还没抽,谢芳就在背后嚷嚷:"把包裹放进房间嚛!"他就转到后备厢取行李,提着包经过她身边,她仍不忘低低叱道:"也不晓得脚杆抻快点,每次好点的房间,都是余晖和老汪先抢到!"高桥没搭理她,她追着在背后念,"摊还不是摊一样多的钱!"

谢芳上到二楼时,高桥正要下楼。

"房间怎么样?"她扯住他问。

"都一样的,你去看嘛。"他睥了一眼,说,"除了老沈爸妈,他们爬不得,住在底楼。"

"哦,"她突然感叹起来,"这儿太安逸了,要是小宝在就好了。"每当她独自遇到好的东西都会习惯性地遗憾于一个事实:要是儿子在就好了。可是,小宝去夏令营了。这也是儿子第一次离开她出门远行。

晚饭是全鸡宴,一只近十斤的老母鸡,那是真资格的土鸡哪,下车时还在院儿里晃荡,现在被熬制成了两个锅:一锅酸菜鸡,一盆火锅鸡。因为鸡要现杀,还要烧制,还要做许多配菜,他们放好行李灌了茶水,便各自出院转悠。这个农家乐的门前,纵横连接着两条路,一条是山路,一条是田埂路。两条都看不到尽头。大部分人没走太远,在客栈前的溪水边——那儿有一个圆形回水沱——的平坝上歇息,发呆。只有老汪他们几个,去了客栈背后,说是探险。不久后老板娘就来喊开饭。陆陆续续地，晚上七点半左右，人都回来齐了。

这晚上几乎人人都喝了一点酒，因为放松了下来，再说还要住好几天呢。就连杨大个也很轻松，似乎完全忘记了之前在路上的各种不快。毕竟，怎么说呢，这是今年上半段最后一次集体出游了，大伙儿把假期攒到一块儿也不容易。老汪呢，因为高血压和高血脂，已经不大能喝了，加上小覃在一旁监督呢，他就努着劲给高桥加酒，仿佛自己的酒搭子多喝一点，就相当于自己也多喝了一些。高桥被灌了不少，有点超量，一般他话多起来，声音高亢起来，就是喝多了。余晖则不知道为什么，平时算稳当的，这次却完全喝麻了，可能跟这个领队有关吧。总之，喝麻了，上蹿下跳的，把老板自酿的土蜂窝酒摸出来，非要拉着大家继续整。越整越麻，舌头都抡不直了。程仁德好不容易把她扛到房间，隔几分钟她又趔趔趄趄地钻出房，敲这个那个的门，说起来起来，恁个好的月光，睡觉好浪费！这闹哄哄的场面直到半夜才消停。

总体来说，这是一个极其愉快的夜晚。谁也没注意，或更确切地说，谁也不知道高桥什么时候走掉了。更不知道他为什么走。而且，门口有两条分叉的路，他是从哪边走的呢？

听到门锁响动起来，杨洋马上往玄关跑，跌跌撞撞的。

外公在阳台上喝道："宝宝跑慢点。"

"爸爸，爸爸回来了。"他嗵地把门拉开，样子有点沮丧，"是妈妈。"

沈洁把手提包搁在右手边的鞋柜上，蹲下来，抱住娃儿，把脸挨着他的小脸，轻轻蹭了几下。抱着他走进客厅。

外婆从厨房探出头，手里拿着一块棕色的抹布，问女儿吃饭没。"还没呢。"她说，"刚从谢芳那里回来，她说什么都不想吃。我就只有回来吃了。还有吃的不？"

"有啊。"外婆说，"你等等，还好我正准备收冰箱里。"她进到厨房，在里面问道，"你说去接谢芳过来，怎么，不来？"

"不来。"沈洁瘫坐到沙发上，"算了，来也解决不了什么问题。"

外婆把剩菜端出来，给她盛了一碗米饭，递给她，就坐在一旁，外公也从阳台上吸完了烟，回到客厅坐在饭桌另一侧，两只手摊在桌面上，说："硬是没消息哇？"

她艰难地吞咽着米饭。整整一个下午，她陪着谢芳，那是一种压抑的环境，现在她总算放松了一些，她不想说话。

"等娃儿先吃嘛。"外婆白了老头子一眼，自己又忍不住说，"几天了哟？"

"噢哟，第三天了！"外公掐指一算，问女儿，"你还记得我们那条街上的常叔不？"

"是不是瘦高瘦高的？卫生院的那个会计？"

"就是他。"

"他怎么了？"她用尖头竹筷子把一块豆腐乳小心地夹断。

"这个人，有一天突然就把老婆赶走了，娃儿也不要了。一个人，在山里过了几年。上次我不是回去了吗，赶场时刚好碰见他，还摆谈了几句，他说早就从山上下来了，还是一个人过。"

"他是不是在修道哦？"

"那哪晓得呢！嗨呀，说起来他老婆可说是贤惠得不得了，从早到晚，屋前屋后的，不开玩笑地说，连吃饭都是端到手边，简直把他供起来了。"

"嗯！他婆娘真是蛮好。"外婆也是认识这两口子的，她说，"但是他就要一个人过，没法。"

外公说："七八年前，他害了一场大病，好像是肝上的问题。也不晓得是浮肿还是囊肿。去医院看了几回，医生也没得办法，他干脆就不去医了。一个人跑到山上，搭了个棚子。自己种菜，天天黄昏，打赤脚走石子路，走两个小时。这回看见他，感觉他完全没事儿了！听说他现在每天打坐，念经。不吃肉，只吃素。人精瘦精瘦的，黢黑，还多健康的。"

"你们不晓得他为什么要抛家弃子？"

"那哪个晓得哪。"外公说，"各人的家只有各人晓得，各人的事只有各人最清楚。"

"世上还有这样的人，"沈洁感慨，"放着好好的一个家不要，非要做苦行僧。"

"莫说这些了。"外婆说，"今天，你不在家……哎呀，算了。"她说着说着却不肯往下说了，欲言又止。

"你说嘛。"沈洁就知道她有事要说。

"中午杨大个又跟你老汉扯了几句。不过也没啥子。"

"真的没啥子！"外公附和道。

"爸爸说外公外婆太幸福了，不像奶奶，奶奶一个人在老家太可怜了！"杨洋突然奶声奶气地学着爸爸。

沈洁怒气涌上来，说："他妈造孽，我说接过来，她在这儿又过不惯，语言也不通。怪哪个？"

"其实嘛，还是为房子的事。"外婆轻声说。

沈洁不说话了。为这事吵过好多次了，每次吵完，两人也试着沟通，每次感觉都沟通通畅了，但过几天又变了。

买洋房的事是沈洁决定的，杨大个始终反对。他认为，现在这个

突然的自我

三居室才住几年，临近市区，上班方便，而洋房不实用，说起来你有三层，但还不是只需要一层。装修又贵。再说上班又远，家里也只一台车。有一天沈洁去找谢芳诉苦，高桥也在，随口说："表面上你老公是不想从股市里把钱抽出来支持你，实际上那点小钱毫无决定权，所以症结不在他出不出那笔钱。"高桥分析说，"其一，那个房子虽说写的是你的名字，但是他装修的，这也算他在城里的第一套房，有感情，这种感情很特殊，尤其对一个农村来的家境不怎么好的人。其次，大个不像老沈你，基层公务员是稳定，但工资也相对固定，洋房对他——注意，是对他个人——来说过于高昂，有一种不可承受之重，造成他的不安全感更强烈。总的来说，"高桥下结论说，"不是说他不愿意享受更好的生活，而是他固有的意识使他目前还没有进入到享受生活的心理层面。这加重了他的不安感。"

谢芳说："你瞎掰掰什么呀？杨大个是你说的这样吗？你要搞清楚，沈洁可是川大的心理学硕士呀。你还教训别人？"老沈惨然一笑："高大哥分析得对。"高桥犹豫了一秒，又说："其实最根子上，是你们并没真正融合。婚姻把你们绑系，但相互没有融入。"老沈接话："是嘛，搭伙过日子。"高桥说："嗐，哪家不一样？大个嘛，是少点情趣，但问题不是一个人的，你也有问题。感情跟股份公司一样，既然是股份制，那都要投入，至少有个平衡。还有，你得引导他有消费意识。你是准上市公司拿年薪加分红的，他心态不一样。再说你买房还不是觉得你同事都住洋房别墅，就像当时你买车是因为下属都有车了。他又不傻，只是弯没绕过来。我给你支一招，你说现在的小区没有环境，都是租户，不利于娃儿的成长；另外你说洋房那边有配套的小学、幼儿园，对娃儿以后的教育很方便。"老沈领首说："确实，你要说是为娃儿好,他估计要换个脑筋的。他倒是特别心疼娃儿,像是他个人生的,比我这个妈还亲。"

沈洁把碗搁在桌上,说:"吃饱了。宝宝过来,妈妈抱抱。"这时门被推开,杨大个走进来,高大的身躯写满狐疑,问道:"你们悄悄说什么呢?"

"怎么就悄悄了?未必你以为还悄悄议论你唛?"沈洁没好气地白了他一眼,什么时候都记得自己。

外婆识趣地起身,端了桌上的碗碟,拿进厨房放到水槽里。

"呃,你不是去找谢芳了吗?"丈夫坐下来,沙发的绒面上顿时陷了一个大大的漩涡,"怎么,高老师还没回来?"

她摇摇头,问道:"不是拜托你给那边派出所联系一下的吗?"

"联系了呀,昨天下午就打过电话了。可是也没用。隔着省呢。他们不可能会专门派人去找的。你以为基层派出所总共有几个人?"他笑了一声,"你以为找派出所就有用吗?派出所要是这么有用,世界就太平了。"

"可是都三天了,高老师死活都不知道。把谢芳急死了。"沈洁一脸愁容。

"让你去找谢芳的时候仔细问问,到底他们之间发生了什么。"他说,"你问了没有嘛?"

"问了。她说没一点预兆。"

"那就怪了。"他站起来,从兜里摸出一包软天子,抽出一支叨在嘴里。杨洋在一旁叫唤:"爸爸,我给你点。"

"点啥子点!"沈洁用手按住娃儿,对丈夫说,"去阳台上抽。"

他于是往阳台走,到半截,又停住脚,回头说:"不可能哇。高

突然的自我

老师平常都是很和气的,也不是极端的人哪。再说……他们两口子感情也很好呀。"

"感情是没问题的,可是人不见了,这又是啥子道理呢?"沈洁还想说什么,她的苹果手机铃声响了,是谢芳。

"老沈,我想到了一件事。"谢芳在电话里说,"前几天,就去天堂坝的前一天,我开车,他在副驾驶室。他一直惊得叫唤。我本来就紧张,你晓得嚜,新手司机本来就紧张,他老是埋怨这个那个,我吵了他几句。他说:'你停车,把我放下来。'天哪,你知道吗,当时我们在高速上,他说叫我停车把他放下来。你说他是不是神经病?!"

"现在不说这些,再说这个细节也说明不了什么呀。"老沈说,"除非还有其他的原因,你再想想?"

之前在谢芳家,她已经仔细盘问过他有没有外遇的可能,有没有自杀的可能,这些都被谢芳否决了。外遇肯定不存在,这些年他从不晚上出门,从不单独在外过夜,再说他的手机、电脑都不存在秘密,包括QQ,密码都是透明的。没这个可能。二〇〇七年他因为工作的原因抑郁过一阵,但很快就调整好了,之后回归单位,心态一直很好,顺风顺水,基本上达到了天花板,做到了体制外员工在体制内传媒企业能达到的最高职务。

"再有就是,他有一次,你知道嚜,有时我说话是比较快,比较冲,不经大脑,那次他说:'你知道吗,我只要看见你的嘴唇上下翻动,我脑子一片空白,我突然有一种冲动,就想直接走下阳台。'"

"他真这么说?"

"是的。但我这个人你晓得,我有口无心,再说,凭什么不能唠叨几句呢?家里是什么地方?不就是放松的地方吗?你想想在外工作本来就装得疲惫不堪,难道叫我回家还继续装?"

"这不是装不装的问题,"老沈笑了,"你说话可不是快,是非常,很快!老实说,你脾气一上来,说话是很刻薄,搅拌机一样。"

"对你们也一样吗?"谢芳顿了一下。

"一样。"老沈说,"哦!搞半天你自己完全不知道嗦?"

"我承认。但我觉得,他是蓄意的,是报复。"

"这么说有依据吗?"

"有,我们刚结婚那阵,我刚刚才想起来,他说过:'你信不信我等你三十五岁之后离婚?'"

老沈说:"这是玩笑吧?他为了报复你花这么久跟你生活?我遇得到你!"

"还有一件事……"老沈正竖耳听着,谢芳突然说,"等等,我有电话进来。晚点再和你联系。"

"哦!嗯,那你也不要多想了。应该的……没事,没事。你好生休息。"

余晖把电话甩到床上,望着程仁德说:"问了还是没消息。"

程仁德才从卫生间出来,头发湿漉漉的,阴鸷着眼,从餐桌上摸摸索索找到了那副近视眼镜,戴上后问:"你刚说啥子?"

"我说高老师还是没得讯息!"

她背着手解开拉链,裙子从身上掉下来,溜到地上。她的脸色看起来很不满说道:"哎!我现在说啥子话未必都要讲几遍你才听得到唠?"

"老了嘛,耳背。"他侧对着妻子,嘴里嘟哝着。

"哦,我晓得了。是不是因为觉得自己快老了,所以一天去找些

突然的自我

九〇后耍,跟她们耍是不是让你觉得年轻了?或者说,是不是你看我很沉重,所以要出去找找小清新的感觉?耍可以,随便哪个耍都可以。但有一点给你说清楚,不要贴钱就是。"

"你听他们打胡乱说!"男人委屈地辩解道,"你也真是听得进去?他们说你就信?这是他们故意说给你听的,晓得你脑壳是癌[35]的,晓得你要上当。你说我好久贴过钱?我身上每天带多少钱出去你还不清白[36]?"

"又不是一个人说,人人都这样说。谢芳说过吧?老汪说过吧?"她愤愤然,"高桥也说过吧?嘿,和九〇后耍有哪样好处?谁都知道你隔三岔五去请小妹妹吃饭。你的私房钱我哪晓得藏哪里。我就想不转了,有啥子意思吧?你还不是看得到摸不着,光吃饭有啥意思?再说,程仁德,我郑重地告诉你,老子也不是没人追——你看我看烦了,稀罕我的人还多着。你想各玩各,也可以。"

"是,觊觎你的男人都排着队。你以为在磁器口排队买麻花呢?"他使劲抹了一把头发,发泄自己的郁闷,"狗日的!都是看戏不怕台高,果然被他们得逞了。要是给他们晓得我们在屋头为这个玩笑话吵的话,他们不要欢喜得河翻水翻?你记得哈,在外面莫说我们为这个吵。这个高桥也是,你说走就走嘛,非要搞这一出。我给你说余晖,你下回再也不要领队了。随便出个啥子事都脱不了爪爪[37]。你看看这回,搞得我们好尴尬嘛!"

"唉,你哪个回事?还怨我嗦?"余晖是真的动气了,"我哪个

---

[35] 脑子有病的意思。
[36] 清楚、明白的意思。
[37] 脱不了干系、责任的意思。

晓得他玩消失吔！那些还不都是你的朋友，难道是我愿意同他们耍呀，我还少了人一起耍呀？我还不是看你面子！"

程仁德把遥控板抓在手头，对着电视机，调了几个台，定在旅游频道，现在正播《大自然的秘密》。

"这个死高桥，他狗日的尿遁了，自己去当神仙，留下我们一群人，焦麻了。好生生一个假期也废了，到处找，脚板都走痛了，一阵打乱仗。唉，尽给他擦屁股了。"

"让开点！"

余晖冲洗完，裹着浴巾，抓起餐桌上的白娇子，又找到一个打火机，点上，一屁股坐在程仁德旁边，压到他大腿外侧了。

"哎，你温柔点嘛！"他叫道，揉着腿。

"惊叫唤个啥子。"她说，"当初你跟老子耍朋友时也不是现在这副颜色啊，那时黏糊的，妈吔，抽都把你抽不开，像个狗皮膏药，脸都不要。才几年啊，就死气沉沉的了。"

"我终于晓得高桥为啥子要消失了。"他烦恼地抠着头皮，长叹一声。

"你晓得，你晓得个屁！"

"我就是晓得。过日子嘛，哪个不烦？再说，高桥我还不了解唛？高桥就算我不了解，但是诗人我还不了解吗？我认识的诗人个个都是这种。"

"哪种？"她吐出一个烟圈，轻蔑地看着他。

"哎，喊你莫在卧室里抽烟嘛。熏死人，你这是秋腊肉[38]哇，一个女人，一天像个男人一样，烟从鼻孔出来，前面有镜子，你去看看，

[38] 熏腊肉的意思。

突然的自我

好看吗?"

"喊你说话,莫扯远,拉稀摆带的。看不惯你这副奸相。"

"我奸相?"他板着脸,想回击,又习惯性忍了,语气平缓下来,"莫搞人身攻击好不好。正南齐北的,以后莫在屋头抽烟。这烟味散不落的,都藏在角角里。对娃儿不好。"

"哎!耍朋友时你还说我抽烟的样儿好看得很呢,说啥子?有媚态。"

"算了,老子不跟你鬼扯。实话告诉你,什么是诗人,就是崇尚自由不愿被束缚的那种人。"

"那你还不是写过诗?你还给我写过呢。"

"靠!我八百年前就戒了。"程仁德急赤白脸的,"跟你说了一万次,在外面莫说我写过诗。现在说你是诗人,那是骂你的!说你是歌乐山下来的,是神经病!不是恭维好不好。"

"人家高老师的诗确实写得可以,这是事实嚜。"

程仁德倒是赞同: "主要是他一点也不疯疯癫癫。你看前些年,有个诗人为了出名,花钱请兄弟伙在报纸上发新闻,说自己在山上失踪了。一下就炒火了。"

"你说火了,我怎么没听说。"

"你又不是那个凼凼[39]的,你啷个晓得?我都记不得名字了。"

"这就是呀,高老师我是记得住的。"她抖了抖烟灰,"可是,他写的那些诗,我都看不懂。"

"那你看个铲铲呀。"他笑了起来,"看不懂你还飞叉叉追起看?"

"但是我能理解啊,"她说,"自己也觉得不可思议,我读不懂,但我能理解。好奇怪。"

---

[39] 圈子的意思。

"有什么奇怪。"他心烦意乱,下意识地伸手换了一个台,凤凰卫视,正在重播一个谈话栏目。

"我觉得高老师确实可以。但他的老婆,就不敢恭维了……"

"他老婆怎么了,不比你强?"程仁德和谢芳关系一直挺好,当即回击道。

"你不觉得她很夸张吗?"

"哪里夸张了?她就是那种说话的方式。"

"哎,你跟我吵啥子?我说实话嘛。未必——你是看别人的老婆看得舒服些?"

"不是——我说!"程仁德恼了,"你说哪儿去了,龟儿死婆娘,一说别人比你好你就接受不了,搞些人身攻击。你看看人家,上班回家还要弄饭,做家务,而且饭还弄得好吃。"

"但是,人家高老师在家也是什么都做啊。他家就是这个条件,没得老人带。哪像你,身在福中不知福!我老爸老妈帮你带娃儿,自己贴钱,一颗心都耗在娃儿身上,你还恶言恶语的。"

"嗐,我还敢恶言恶语呀?你言重了,余主任。"程仁德酸溜溜地说,"我在你家住恁个久,那是大气都不敢出呀。不管你妈把娃儿惯成啥样儿,天天喂饭不喂到吐是不收秤的。但是你看,我当面是从来不说的吧?"

"哎呀,好了,莫扯那些。你的气不是鼻孔出,是屁眼儿出。你不说?还不是暗地嘀嘀咕咕。"她把烟蒂摁在烟缸里,摸了摸头发,还是湿的。

"你说,高老师会不会真的出啥事了?"

"出啥事?能出啥事儿?你说他要跳河,天堂坝那一截,水都只齐膝盖,淹死人都难。"

"那,他人怎么就找不到呢?"

突然的自我

"一个人，起了心要消失，那你怎么都找不到。你说要藏一个旁人是很难藏住，但要藏自己还不容易？"程仁德叹息着，"诗人的心性太敏感了。我老实说，诗人不适合婚姻，他们就不该结婚，家庭生活对他来说就是牢狱。最终是害人害己。"

"那未见得。"她说，"他们两口子一直和和美美的，男才女貌。"

"哼，这你就不懂了，这种东西就像癌细胞，它只是没发作而已。人人身上都有那个细胞，只是在等一个时机。"

"那你身上也有嚯？"她冷笑。

"我当然，"他说，"我怎么没有呀。给你说，余晖，老子不下一百次想拔腿就走。我给你说，余晖，你跟你妈没得区别。"

"我妈怎么了？帮你带娃，万事不要你操心，回家就是热菜热饭，还生怕不如你意。你就这样说我妈？你说我妈哪样不好？再说我老汉跟她结婚快四十年，也没跑哇。"

"你看你老汉平常说不说话嘛？"

"怎么不说，又不是哑巴，他就是那种性格。"

"性格？还不是被你们这些婆娘逼出来的。跟你说不清楚。"程仁德闭上嘴。

"你走嚯！说起来啥子专栏作家，你看你好些年，笔都没动过。玩摄影就玩摄影，老是说装备不好，要买莱卡，你两个单反搁在屋头，都快锈了。你走嘛，你走了，我这边不要你管。你只管好前妻那边的那个娃儿就够了。"

他马上示弱了："我走？走个毛。我是有责任心的，哪像高桥这狗日的，狠，有狠劲。"

女人也倒吸一口气："我就奇怪了。按说，他那么爱他的儿子，对谢芳那么好，怎么可能就这样脱身呢？他舍得呀！"

"舍得舍不得是他个人的事，他都不要了，你就不要给他操心了。"

"哎，老公。你说，是不是男女在一块反而没有同性在一起那么纯粹？比如老汪和小覃。"

"那当然是喽，他们没得我们这种烦恼，你想嘛，又没得娃儿闹，又没得家长掺和，还可以各耍各。你说是不是比我们愉快嘛？"

"你就晓得各耍各的，终于遭暴露了吧！"余晖微笑着，"其实，我们也可以的。你放心，我不得拉你后腿。你要在外面有个啥想头，通知我。我还可以帮你把关。"

"哎呀！你说些啥子，二六不挂五的。我跟你说得清白吗？我的意思是，他们那种爱是最直接的，不受牵扯的。你看看我是跟你结婚吗？我是跟你爸妈，跟你七大姑八大姨结婚。"程仁德一心想结束这场对话，"早点睡，明天一清早就要开会，书记要做报告，我作为秘书是不能拽瞌睡的。再说一遍，不要说我是作家、诗人、摄影家。以后莫说这些，老子是有正当工作的。"

"滚，我比你起得早几个小时好不好！我七点前就要到校，老师们到校之前我就要守在那里，天天如此！我都不说，你叫什么苦。"她叹息着，"你的日子实在是过得太悠闲了。"

"悠闲也好，不悠闲也好，我不跟你说话了，我自己睡不行？"

"睡嘛，好难得我们两个人回自己家睡。"

她的声音温柔起来，把睡衣解开，趴在他肩膀上。哪晓得他借势一推，"余校长，真的，我明天要早起哇！"

她横了一眼，把敞开的睡衣重新裹起来。声音严厉："关灯！"

突然的自我

在楼下等了好久，小覃才看见老汪圆滚的身躯从一辆出租车里钻出来，怀里抱着一大摞破烂——不管老汪揣回来的是何种说起来就眉飞色舞的宝贝，对小覃来说，都只是一种：破烂。

他还是帮他接过这个黑色的布袋——沉甸甸的，似乎是书，还有一些坚硬的凸出物，他问："是啥子？"

"几套书，还有十几个手工饰品。"

"你说你，老同事上十年没见，好心好意请你去家里做客，你却又吃又拿，好意思嗦。"

"有什么不好意思的？我不拿才叫没意思！知道吗？你们这些年轻孩子呀，真是不懂什么叫'珍惜'。对他来说，这些东西都是废品，我是帮他们解决库存，释放垃圾。而且这些东西放他们家，迟早要甩，甩下楼还要花力气。但是存在我这里就是宝贝。要不，我怎么称得上是收藏家呢？"

"什么破玩意，还宝贝！也就你这种财迷豁眼的人，天生喜欢占人便宜。"

"老子懒得同你两个讲。来，扶我一下，嘻！腰椎间盘又不行了，胀得很。"他把手臂搭在小覃肩膀上，小覃一只手提着沉重的袋子，一只手揽着他，"你说你糖尿病都三期了，还喝，不要说我不提醒你，再喝，小心喝死你！"

小覃声音比较尖厉，一旦高声抱怨起来，声音就会越飙越高，带着金属的质感。

"呸呸！乌鸦嘴！我死了对你有啥好处？好话不会说一句。"他佝偻在电梯口，喘着气。

回家，洗浴出来，酒也醒得差不多了。老汪突然想到了高桥，问小覃有没有最新消息。

小覃神秘地笑了笑，说刚刚在微信上问了谢芳，还是没有。小覃是广东人，比老汪年轻十多岁。

"真出事了？"老汪的脸色肃穆起来，"我眼皮跳了一整天，右眼。"

"呦！你跟高老师真是心有灵犀啊。"小覃撇了撇嘴。

"说些啥子哟！一个好朋友突然就离奇消失了，几天了，现在他是死是活都不知道，"老汪咆哮道，"你说说，我还能不想想呀？"

小覃也觉得这玩笑开得不是时候，拐进卫生间冲澡，任他在卧室里发飙，发泄心中的块垒。

洗完澡出来，小覃吓了一跳，这老家伙沉默地坐在单人沙发上，脸上是湿的，仿佛在淌泪。

"哭了？"他好奇地摸他的脸。

老汪把他的手指甩到一边。

"嚯嚯，真哭了呀，这么伤心是为什么嘛？"小覃说，"你越来越脆弱了哦。我没别的意思，高老师不见了，我的心情也不好。"

"你以为我是为他？是为你！"老汪黯然道，"我发现跟你沟通起来就是恼火。你们这些年轻娃儿，蹲在家，一天就晓得抱个手机，出去旅行，无非就是换个地方耍手机。你们对身边一切、对除了自己以外的一切都不关心。你们不晓得人情，不需要感情，不像我们这一代，我们小时候，连请客吃饭，都是各家各家地去借碗，客人来了，紧着最好的东西拿出来，哪像你们这些娃儿哟……"

"是是是，汪老师教育得对。我太年轻，还不懂你们人间、你们这些大人的事。"小覃知道他火气来得快去得更快，能沟通说明气已经消了，笑道，"还是谢芳说得对，你应该跟高老师过，你们简直就是一类人。一片肉掉在地上都要捡起来吃，灰都不吹一下。"

突然的自我

"好好一片肉掉在地上就不要啦?落在地上沾点灰又咋个了嘛!"他音量又高了起来,"你们这些孩子呀!完全是娇生惯养长大的,根本没有经历过饥饿年代。"

"是呀,所以你成年后拼命吃肉,尤其是吃肥肉,把自己也吃成一个两百斤的大胖子。"

"那是以前!现在老子已经瘦成一道闪电了。"

"好吧,一百六十六斤的闪电。"小覃从书桌上摸到点心盒,打开,拣了几颗松子,递给老汪,他推了一下,小覃就直接塞到他嘴巴里。

"所以说嘛,你说得对,我们价值观不同。你是地上的狗屎都要捡起来吃,还要趁热。我们年轻人的文明程度是要高些,哪是浪费啊,是珍惜生命。"

"珍惜生命?那你一天三顿可乐?"

"嘿嘿,可乐比起酒,哪个的危害更大?"

"呸!你根本不懂,"老汪把松子壳壳吐到手上,"酒是一种文化。可乐是个什么鬼东西嘛?"

"可乐也是一种文化,年轻人的文化。"

老汪越气愤,小覃就越是要跟他铆起[40],绝对的不丁对[41]。

"嗨呀!你看你,你妈老汉出了那么多钱,把你送到大学,蹲了四年,结果你屁都没学到,就被美国人洗了脑了。你,你这还不是价值观的问题……"老汪手指头点了点小覃,想说什么,突然就卡壳了,想说什么,怎么也记不起来。

"哎呀好了好了,我们两个就莫扯了嘛。"小覃说,"高老师这

---

[40] 较劲的意思。
[41] 对路,对脾气,合得来。

一出,搞得我也烦躁。他到底是哪根筋不对?你倒是说说!哎,对了,你还记得不?上回,我们一块走荆州古城,晚上,两口子为啥子闹起来,闹得怎个凶,高老师半夜摔门就走了,最后还是我追回来的。"

"你以为是你追回来的?他在前头慢慢走,等你去给他找台阶呢。"

"对头。"小覃哈哈大笑,"还是你了解他。但是这次又没闹,又没扯,一点迹象都没有。你猜一下呀?"

"哼,我又不是啥子责任媒体,才不会乱说。"老汪摇摇头,"再了解他,也只是从我的角度,毕竟不是他本人。"

"对了,老沈,"小覃放低声说,"老沈说高老师可能是遭了[42]。她查了下新闻,说天堂坝那里之前出过这种事故的。一个游客在溪边撒尿,土块突然松陷,就栽下去,被溪水冲跑了。"

"唔!不可能!"老汪使劲摇头,腮帮子上的肉一甩一甩的,"你说的恐怕不晓得是涨多大的水!"

"但是我们去的前一天也下了暴雨呀!"

"要学会用点脑子,不要用嘴巴思考。高老师是江边泡大的,淹死?我们都淹死了他都不会死。"

"那就奇怪了,未必是被外星人掳走了?"

"有可能嘞。"老汪说,"他不老是梦想当隐士吗?呃!对了,有一次,你还记得不?我们去北碚,在金刚碑?"

"咋了?"

"那次,我们在荒山发现了一栋庄园,一个废弃的院子,里面的房子塌了一半。他当时说,要是能够留下来做个庄主,也不错啊。"

---

[42] 遭遇凶险死了。

"高老师就是这种人,每次出去耍,看见废弃的粮仓他说可以搞创意市集,看见老院子他说可以做民宿,看见农村的房子他说想来做农家乐。问题是,他总是说,想法一万个,永远都不做。"小覃哂笑道,"但是这跟他失踪有什么关系?"

"有啊,你还记得不?在天堂坝,吃饭之前,我们到客栈的后门走了一截路,发现了一栋木楼,二层的,干干净净,但是没人。"

"我记得,记得。"小覃说,"我跟高老师一块发现的,进屋的时候,还看见一条蛇,乌梢蛇,好吓人。我们上二楼,一对蝙蝠突然就满屋乱撞,好大的一对蝙蝠呀!"

"对头!"老汪说,"我马上给杨大个打电话。请他给那边派出所的打招呼,让人去看看。你想想,我们找了这么久,一点信息都没有,他不在那栋楼里,还能在哪里?"

"现在?你晓得几点钟了你就打?你果然是一个自私鬼,想起什么就是什么,也不顾别人的感受。"

"我自私?人命关天呀。"老汪腾地从床上坐起来,"亏你说得出来。"

他恨恨地滑开手机,"我这就打。"可是,他翻了半天,才发现自己根本就没存杨大个的电话。

"现在我才知道,高桥的消失或说失踪的高桥,已经不是一个让我羞耻的事件而是一种悲剧。"

谢芳打完这行字,停顿了几秒,发送出去。

"何以见得?"

男人很快回复过来。

"什么样的悲剧，什么样的后果，我也不知道，说不清楚。反正挺悲剧的，就像被人种下，享受各种爱抚后，又被连根拔起。"

"《突然的自我》。"

"什么意思？"

"这是一首歌，一个台湾摇滚歌手的。没什么意思，只是突然想到了。我觉得这个突然的事故让你，也许也让他突然找到了一种自我。"

"没看出来，你也蛮擅长分析。"

"我也没想到你会告诉我这件事。"

"都已经是悲剧了，也不怕多让一个人知道。你知道吗，上午单位打电话来，说工会要派人来看望我。看我什么呀？看我丢丑？看我是怎么把老公搞丢了，还是看老公怎么不要我了？"

"你自尊心太强了，不要把人都想这么坏。"

"其实我已经是个笑话了。"

"那你也应该是一个很好看的笑话。"他打了一个笑脸。

她正准备回话，可是电话屏幕突然亮了，她犹豫了片刻，摁了接听键。

"昨晚上不是说有事告诉我吗？后来你没打来，我也没好打搅你。"老沈一边说一边喘气，好像在走路。

"有这事吗？"谢芳想了想，说，"对，正想说的时候，余晖打来电话，我就掐了。"

"你是不是想到啥子线索了？"老沈的声音稳定了许多，显然是找了个清净的地儿，歇住了。

"倒也算不上什么线索，就是突然记起来——不久前，他出去跟几个朋友喝酒喝得烂醉，被人送回小区，喊我下去接，我看他吐得全身都是，人事不省，心里烦躁得很，抬手就给了他一耳光。"

"啊,你打他干吗吔?"

"他根本不知道,我也没告诉他。"

"不一定哦,再说他朋友不会告诉他?"

"随便了。一个烂人。"

"嘻,别老是这么说,你们家高老师人还是很不错的,对你又好,又疼娃儿,人也幽默,情趣也不缺。你还想啥子嚷。"

"那是你这么看,你说的我都承认,我自己也觉得跟他做朋友比做夫妻强。"

"哎呀,不翻旧账了。是这样的,上午,老汪给我打电话,说我们当时搜寻高老师时遗漏了一个很关键的地方,就是……你也没去过,我也给你说不清楚。这么说吧,杨大个上班后就托了一些关系,找到了一个熟人,给当地派出所沟通了一下,让他们今天去排查一下。说下午就能回话。"

谢芳听着听着,突然觉得这事已经荒谬得跟自己无关了。仿佛在听一个熟人的故事,那种切身的愤懑之感,经过这三四天的煎熬,在此刻,暂时地、奇迹般地消失了。

"重要吗?"

谢芳回了一句,反倒让老沈愣住了。

"怎么不重要呀,只要平平安安回来就好,一个完整的家,比什么都强呀。"

"他回来,这个家就完整了吗?"谢芳说。

"哎,给你说不清白。你好好休息一下,待会儿再说。"

老沈挂线了。

随后整个下午,她都在疯狂地做家务,拖地,擦玻璃,整理杂物,分拣垃圾。做家务能减压，这是她很早在买第一个房子时就体悟到的经验。中间，小覃、程仁德打来几个电话。她都接了，她知道他们的电话没别的意思，只是问个讯息，表示安慰。

她一直等杨大个来电，偏偏那边一直没有回信。这让她又开始焦躁起来。晚上，谢芳给自己下了一大碗面，吃的时候才发现手指在发抖，身体已经饿得脱水了但心理上还是饱的。

吃完后她不想动，碗碟也懒得收拾。靠在沙发上，不知怎么就睡着了。晚上她被手机的提示音惊醒了，她迷迷糊糊地拿起电话——是远在海边的夏令营领队张老师。下午她曾打电话过去，没人接。她在微信里留了个言。

夏令营虽然原则上禁止父母骚扰，但也专门建了一个微信群，每天直播孩子们的各个时段的近况。张老师单独给她传来了几段视频，又聊了一会儿，确认孩子一切都好之后，她退出对话框。发现他给她留了十几条信息：

"是不是我说错话啦？"

他是什么时候加上的，是谁先加的谁，都记不清了。看照片，是蛮符合自己的审美观的，瘦，高，干干净净。有点像她的初恋男友。初恋男友其实也在她的微信里，但几乎不聊了。加他的时候还是感觉惊喜的，只是发现，时隔十多年，两个人的立场、经历、环境彻底迥异，除了薄雾般的一点回忆，几乎就没共同语言了。这个人不同，虽然陌生，但是聊得比较投机。他说这是陌生的缘故，没有顾忌。可她觉得，主要是他很会聊天，经常是感觉被他带着带着就带进去了，偶尔说点暧昧的话语，半真半假的，心旌摇荡的。而这种距离又让她觉得安全。

"我刚一直在忙。"她回复说。

突然的自我

"有消息了?"他问道。

"依然没有。"她接着写道,"已经第四天,我已经确信,这不是怄气,不是游戏,是真的出事了。"

"如果真出什么事,你怎么办?也应该打算了,至少在心理上要有。"

"朋友请当地派出所派人今天去重新排查了,她看了看表,已经接近晚上八点。但现在还没有回话。"

"我记得你说他很怕死。"

"我是说过,但我们又真的了解谁呢?"

"哪怕是自己身边最亲密的人?"

哪怕是!

沉默一会儿,他发来一大段文字:"美国,中西部地区,一个不算小的镇子,有一个叫弗利卡夫特的男人,某一天离开他的办公室去吃午饭,就再也没有回来。他和人约好那天下午四点后打高尔夫球,但他失约了,这约会是他在出门吃午饭前不到半个小时主动订下的。他的妻子和孩子再也没有见过他。"

"哦?"她回复说,"等等,我记得高桥写过一首诗,情节完全一致。"

她很快从网上搜索到了,对他说:"标题是——失踪的人。我发给你看看:

  一对情人去首饰店挑选婚戒
  男人接了个电话
  匆匆离去,她没等到他回来
  我是说,一直没有

他和朋友在餐厅吃饭
中途，对方说去一去卫生间
那应是一个黑洞
因为他再没见过这个朋友

清晨，一个幼童在门口
轻吻父亲的面颊，每天如此
但这天之后，他再没机会
与父亲告别

那些失踪者一直活在
某种深刻的回忆里
事实上，每个人可以做的是
从别人那里消失
或者离开自己"

"确实，很相似！"他附上一个惊异的表情。接着说，"那个男人，其实和妻子的关系还不错。有两个孩子——都是男孩，一个七岁，一个四岁。郊外有一处大房子。他消失的时候，名下的产业有四十万美元左右。他的公司业务状况很有条理，有很多没处理完的事项，一切证据表明，他并不是有准备地消失掉的。而且有一笔即将给他带来可观利润的交易，原本就预定在他失踪后第二天成交。他离开时身上最多有五六十美元。警察根据他的生活习惯调查了一番，排除了犯罪，或有情人的可能。这之后，他妻子几乎每个月都到警局去问询，可是警察爱莫能助。于是她在警局大吵大闹一番后，自己四处打听——凡是有可能出现或听说有他消息的地方，她都去过。可是并无结果。"

"要是我才不去找。"她说。

"可是她找了十几年，在不抱任何希望甚至都忘记这回事时，她遇见了他。一天，她和长子一家人驾车沿着西海岸旅行，旅途结束后驾车回来，在临近的一个镇上歇脚，孩子们在餐馆里，她独自出来散步，这地方她来过好几次，几年前有人告诉她在这里发现过她丈夫，就像另一些人说在其他几个镇上发现她丈夫一样，毫无收获。这个镇子很小，在她看来也没多少变化。只是，她散步到加油站时，蓦然发现了一个弓着背给汽车加油的背影。"

"是她丈夫？"

"是他。事情其实比所有的猜测都要简单。他遇上的是这么一回事：那天，他去吃午饭，路过一栋在建的办公楼时，一根横梁或是钢板从八九楼高的脚手架上掉下来，砸在他旁边的人行道上，和他就差那么一点点，不过，虽然没有被砸中，但一小块破碎的人行道砖跳起来，击中了他的脸颊。幸好，只是擦破了皮而已。之后，他甚至没怎么思考，下午就去了西雅图，然后坐船去旧金山。几年后又漂泊回到西北部，在原先那个镇的附近——现在这个镇子——安顿下来。"

"听起来像一个悲剧。"说完，她警醒地察觉，这个故事有她不理解的结局。

"对，更让人不可思议的并不是这段巧遇，而是——这个女人发现，自己丈夫在这个镇子上，过着跟之前毫无差别的生活。他重新结了婚，育有两个孩子，听起来他的第二任妻子和自己是同一类人。对高尔夫和桥牌的兴致比较高，热衷邮购新口味沙拉食谱。"

"他对自己的行为有解释吗？忏悔吗？"她忍不住追问道。

"他对自己的所作所为并不感到抱歉。他说自己留下了足够的财产。他唯一困惑的是如何解释这整件事情——他说那个横梁掉下来时自己被吓呆了，但更多的是震惊而不是害怕。他觉得就像有人突然把生活的盖子揭开，让他看了一眼里面是什么样子。他意识到只有离开才能打破这种固有性。"

"我还是无法理解，就因为一根横梁？"

"对呀，但他后来的生活才是整个故事里我觉得最有意思的部分：那个从天而落的横梁让他觉得离开是合理的。之后没有别的东西掉下来，他又开始适应没有东西掉下来的生活。"

"你是在哪看见的？"

"记不清了，可能是《读者文摘》，也有可能是某一本小说。"

"我还以为是真实的故事。"她长吁了一口气。

"恕我直言，我觉得小说没有人生真实。"他打出一个笑脸。

"你这故事我想起了刚做的一个梦。"她说，"有很多梦，做了就忘记，但这个梦，记得特别清楚，特别真实，就像真的一样。"

高桥失踪后第三年。

一个同事突然表情神秘地告诉她，他见到一个人很像高桥。但是同事讲述时表情很怪异，似乎有些东西说不出口。最后他说："算了，也许不是他。"

她仍然独自开车去了同事说的那个地方，方才理解为什么同事欲言又止。那是与重庆挨界的一个县城，城外不到十公里有一个古镇，景区外是新修的商业区——沿着一条短短的盐茶古道，现在这个商业区比景区还热闹,是很有名的乱吼一条街,也就是说,这条街上除了餐饮,小卖部,剩下的全是酒吧、KTV。当地人一般是不会到那去耍的,当然,说的是那些正派的当地人。这条街说白了就是一个红灯区。天黑后,谢芳才敢走进去,在一个僻静的牌坊下找个石凳坐下。同事说像高桥的那个人,就是牌坊附近一家酒吧的老板。他记不住名字,只知道牌坊,不是左边就是右边。

她躲在暗处朝亮灯处打望,眼前人来人往,酒味和吼声弥漫在这条翻修的古道上。蓦然间,一只手搭在她肩上,她吓了一跳。一个年轻人,比她年轻上十岁,喝得醉醺醺的,问她:"陪唱不?"她蓦然意识到,这个娃儿把自己当陪酒女郎了。"我有那么年轻吗?"她反而没有惊惧,而是笑了。那个娃儿伸手拉扯她时,她勇敢地反抗起来,朝着他的胫骨狠狠地踢了一脚,他杀猪一样叫了起来。她飞快地逃开,可他马上赶过来,从背后抓住她的衣服,随后拽住她,掐住她的脖子。就在她差点无法呼吸时,听到一声闷响,那个娃儿松开手,硬硬地倒了下去。她回头一看,惊呼道:"高桥?"

"高桥?"那个男人扔掉砖头,说,"什么高桥?"

她盯着他,从头到脚,从下往上,不敢置信,除了声音不那么一致,一切都很像,太神奇了。

那个男人把她领到自己的酒吧,给她一杯开水,她说:"有酒吗?"他就给她换了一瓶瑞士白啤,说:"就喝这个吧。"她说不喝啤酒。男人跟她对视,觉得她不会放弃,于是打个响指,喊小二倒了一杯鸡尾酒给她。

她喝了整整一杯,有点眩晕,鼓起勇气说:"我能看看你的腰吗?"高桥年轻时得过一种罕见的皮肤病,民间称为蟒蛇缠腰,如果那一圈溃烂合围了,人也就救不活了。后来他在民间中医那里治好了,可是,腰上的疤痕却留了下来。他想了想,把衣裳脱了,站起来,转给她看,没有,一点儿疤痕都没有。

"不是,"她喃喃道,"可是,太像了。"

那晚上他送她回住宿的酒店,然后留了下来。她觉得跟他做爱的感觉很奇异,既熟悉又陌生,她感到一种喷涌的快感,连自己都吃惊。

结束后他们没睡,而是聊了一整晚。

她讲了自己的丈夫不翼而飞的事,他默默听完,告诉她,其实他也跟她丈夫一样,只不过,他是从另一个女人那里跑出来的。

天亮后,她把他留在房间,开车回了重庆。

她说:"这个梦就是这样,非常清晰,非常完整。"

"这个梦是你的强烈的潜意识的自然反应,这是在告诉你自己,你,已经跟丈夫告别了。并且——"

他继续发送消息说:"你有很多的欲望。"

"从没满足过!"她大声对着屏幕说,寂静的空间突然出现自己的声音,让她吓了一跳。

"我记得你说,最喜欢的亲密是拥抱?"

"是从背后,被拥抱着。"她更正道。

"你欲望是这么多,但你又如此缺乏安全感。"

"大概吧。"

"让我去看看你。"

"不。"

"为什么总是要限制你自己?你现在需要一个人陪着你。"

"我只需要一个人待着,偶尔隔空说说话。就像现在。"

突然的自我

"我就在你附近,让我去找你。"

"不。你在哪?"

"我在戴斯酒店这里,离你的小区不远,你的小区门口有一个立交桥,立交桥一侧是一个广场。"

她真的吓了一跳,心脏剧烈跳动,血液上涌。

"放心,你没有危险,我只是想陪陪你。这种时候你需要有人在身边。你把我当成一个道具就好。"

"我要关手机了。"她呼吸急促,感到很焦虑。

"别关!我……"

可是她已经受惊了,慌乱地退出微信,摁了关机键,快步走到阳台上。她想竭力平复自己的情绪,可是点烟的时候发现自己的手指正在发抖。她狠狠地吸了几口,渐渐恢复过来。都是幻觉,幻觉。她这样想。

此刻,阳台外一片静谧,百鸟飞走,聒噪的蝉也睡了,只有虫豸轻微地鸣叫。树林里的热气一点点被夜晚稀释,突然树叶摇荡起来,一阵风不知从何而来,迅速经过她的身体,她裸露的那部分皮肤感受到了夏天的善意。就在她闭上眼享受此际的凉爽时,门外传来嗵的一声。

她赫然回头,凝视着自己的房门。

"嗵。"

又是一声。

她待在黑暗中,手臂麻木。她做了一个深呼吸,穿过客厅,走到玄关时,奇怪的一幕发生了,她听到钥匙伸进锁孔的声音,她盯着门把——它缓缓旋转起来。

6

Great lake
｜
大湖

◆

我要讲的这件事并非我的经历,是我听来的。老实说,这不大像一个可能发生的真实的事情,但我竟深信不疑。

那是初夏,老炼的新园子建成了,任三甲、张尹和我,作为前报社同事,约好一起去恭贺他。我临时有点事,到时他们已经开吃了。席间还有一个陌生面孔,记得谁介绍说是任三甲的朋友——警察,从黔江来重庆办事,正好遇见就一块来了。

我们五个人,一共喝了三斤果酒,老炼自酿的,他的各种果酿在朋友中被广为称颂。总之我们喝了不少,饭后,继续享受他的新园子,围坐露天的石桌旁,泡了一壶生普,闲摆龙门阵。泡到第二开,老炼跟我们分享了一件很神的事。几日前,他在下半城的中兴路淘到一包六十年代的卷宗,装着一沓检举材料。他翻了翻,突然发现有几篇材料的落款是他老汉的名字。

这稀奇事儿引起了我们的讨论。可是张尹抵黄说:"这算不得多神。"然后,他说了一个出差时在旅游大巴的电视上看过的案子。

说是一个村民在自己院子里发现了一件血衣。报了案,警察来了,但是没有其他更多线索。后来,同是这村子,又有人来报案,说一个男娃失踪了。警察觉得,是不是可以跟上个报案联系起来?于是重新排查,还真的在血衣附近又找到一点血迹,但是血量不大。也不能说明什么。一个人不见了,在某个院子里又发现了血衣,你说谋杀吧,没有尸体,也没有其他更多发现。警察又没办法了。几天后,那个失踪者的姐姐从外地回来,上派出所找警察,说她做了一个梦。在梦里她弟弟鲜血淋淋的,告诉她自己被人谋害了,并且还说了非常具体的地点——埋在村子西北方向的铁轨旁边的树林里。

我们的好奇心被勾起来了,催促他赶紧往下讲。

关键是这个姐姐——跟弟弟相隔上千里呢。张尹接着说:"警察当然是不信的,谁听说过破案是靠托梦来破的?可是这个姐姐不依不饶,跪地求警察'按弟弟说的地方'去查查。后来,警察还是去了。到了那一片,还真和这姐姐描述的很一致。至少观感上,是绝佳的抛尸地。离村子很远,接近无人区,平常都不大可能有人过来,而且路边还有一片树林,极好隐蔽;其次,他们真在树林里发现了一堆新土。顺着它挖了两米深,就在下面,尸骨还是全的。"

大家一阵嗟叹。接着,老炼分析说:"是不是哪个人其实是知情的,但自己不敢暴露,就把这弟弟被害的信息传递给姐姐?"

"你这个疑惑,我开始也有。"张尹说,"可是记者调查啦,他姐姐跟所有涉案人都不认识,出嫁十多年从没回来过。所以我说这才叫神呀。"

任三甲附和说:"据说人的意识确实是可以'漫游'的——我在科教频道见过这种案例。但我不晓得真假哈,好多节目都是编排出来的。"

"这是鬼扯淡吧?"老炼看着任三甲的朋友,"正好,这里坐着一位专业人士,托梦破案,这种事可能吗?"

"也有可能的。"这位客人说。

众人哗然。

他笑道:"其实梦境破案并不稀奇,古代探案就常用,有史可载的。前两年,云南有一起凶杀案,也是被害人托梦给他姐夫,才得以找到尸体的——最终以此找到了凶手。可能很多人觉得,破案要靠证据。可现实却是,有些案件,往往是靠警察个人的直觉来完成的。什么是

大湖

直觉?很多人说直觉是一种经验,其实更多时候是一种天赋。不妨说,是一种神秘力量,是感知和沟通的能力。"

张尹笑说:"你一个警察,怎么也这么迷信?"

"照你这么说,科学也玩迷信。凯库勒打开苯环之锁的钥匙,门捷列夫发现元素周期,谜底是怎么得来的?都是在沉睡时的梦境里找到的。"他说,"我也讲个故事吧,你们就当玩笑听听得了。

"小时候,我单独跟着父亲生活过一段时间。他是基建工程师,一辈子待在铁道系统。那时我们常常在一个地方待一段时间后又开始迁徙。可能正是这个原因,母亲在我还比较小的时候,大概八岁吧,离开他,找了一个终于不用四处挪动的家。两年后,也就是十岁时,母亲在郑州稳定下来,把我接了过去。这事就发生在母亲刚刚离家的那个夏天。我生了一场病,经常低烧,后来被隔离在家里。那时父亲负责的一项工程眼看要到很关键的时期,无暇照顾我。他就把我送回老家。路上我一直晕乎乎的。只记得换乘过两次火车,然后转公共汽车,下车又在田埂上走了很久,天黑才到那个村子。那是我第一次来父亲的出生地。因为体力不支,到之后就开始沉睡,一直睡到第二天中午,醒时,父亲已经走了。

"回老家后,虽然还在发烧,但精神渐渐变好。老家是江汉平原上的一个孤零零的村子,没几户人。房子是木头结构的砖瓦房,前半边是堂屋和厢房,后面还有一间,挨着厨屋。厨屋出去就是一个小院,有一个大水缸,沿墙根儿栽种着植物,月季、鸡冠花、葡萄藤,都是乡下常见的。房舍前面是一块平整的坡地,坡下再远一些是一个湖。在一个孩子的眼里看来,有点浩渺。房舍背后,是一座山。严格来说,只是一座丘陵。

"家里就祖母一个人。清早给我准备饭菜后就下地,中午回来又给我做饭,下午又在田里,不下地也不闲着,刚放下簸箕,又拿起针线,反正手里总有活计。在村子里我无所事事,像我这个年纪的小孩几乎没有,只有一些老人。我整天坐在门槛上,也不知道想些什么。反正我每天可以看到那片大湖,尤其是早晚,那里被一层薄雾笼罩着,那些水雾像纱一样轻,不时变幻着形状,但是风一吹,就会被水草刺穿。有一次我问祖母那里有什么好玩的。她警告说:'你不要去耍水。湖边水草多,危险。'又补充说,'山上也莫去,有兽。'小娃儿嘛,哪里关得住。我偷偷上山逛了一次,不好耍,莫说兽,野鸡也见不着一只。一些黑幽幽的洞穴我又不敢进。后来,我想去湖那里看看。

"大湖看着很近,走却要一会儿。

"那天下午,我穿着背心短裤,走了许久才到达湖边。从我站立的那块坡上看,眼前的湖形状像块狭长的瓦片,它延伸的地方没有尽头。而它两侧的狭窄入口处,却竖立着嶙峋的栅栏,用锈蚀的铁丝围着。为了找到适合下水的地方,就只有往两边走深一些。我选择了左边。这一侧似乎要平敞一些。于是我折转从一片小树林里穿过,这片林子挨着湖边的沼泽。穿过林子时我的小腿被荆棘划伤了,火辣辣的,不舒服。我想赶紧去到湖边,把腿泡在水里。

"湖边水不深,我因为不会水(只是莫名感到亲近),就在浅水里扑腾。泡在水里的感觉很舒服,慢慢地我的胆子大起来,试着往更深处走。一边走,一边试着划。当然是狗爬式。走到大概齐我胸膛的水位时,我突然就踩空了,陷了下去,尽管我飞快地划动手臂,但我的身体却拉着我下坠。我接连呛了几口水,整个人都陷下去,几次感觉脚尖都捅到了淤泥,于是本能地向上扑腾。可是我的胸口闷胀得就像爆炸了,再后来连手臂都挥不动,灌了铅似的。窒息了。

"我醒来时天已经擦黑了,耳边是一阵嘈杂声,发现自己精光光

大湖

地躺在一块门板上,耳朵里还灌着水。我侧身看去,看到一种陌生的景象。一排简陋的用泥巴和木板搭成的房舍沿着岸边歪歪斜斜地展开,一些从没见过的陌生人蹲在门口,修补着渔网。一根粗粗的绳索上面,搭着我的背心和短裤。

"这时也不记得是因为害怕还是羞耻或是其他什么原因,我突然哭了起来。这时屋子里出来了一些人,走过来,围着我,像看什么稀奇东西一样。

"一个矮个子的中年壮汉蹲下来,看着我,酒气从嘴里蹿了出来:'你活过来啦?'

"我意识到是他们救了我。有些惶恐地问道:'这是哪?'

"'这是渔薪湖。'他说。

"'你从哪来呀?从来没见过你哪。'几个围观的人问我。

"'我是刚从外面回来的,'我告诉他们,'我的家在很远的地方,火车站旁边。'

"'火车是什么?'

"一个声音突然出现在我另一侧,我转过去,看见了一个比我大不了多少的男孩,身上像上了釉一样,闪闪发亮。蹲在门板旁边,好奇地盯着我。

"我说:'一种很长的铁车,要烧煤,所以叫火车。'

"那小孩一脸迷惑。但旁边的一些妇女开始吱吱笑,说这娃儿长得多好看啊。

"这时矮汉子站起来,冲着女人们说:'去给弄点吃的。'然后他也进屋去了。那些围观的人,说说笑笑后,也渐渐退回到自己家的屋檐下,妇女们都钻进了厨屋,我站起来,觉得四肢酸痛酸痛的,看见炊烟从房舍的一边缓缓飘出。

"这时，那个男孩帮我把衣服收过来，递给我。

"我穿衣服时，他突然说：'天黑了，你走不成了，晚上你要留在这里了。'

"听到不能回家，我又开始哭起来。

"他赶紧说：'别怕，明天早上就送你回去了。'接着又说，'晚上我们要捕鱼，你也一起去呀？'

"听说有好玩的事，我又忘记了悲伤。

"'你玩不玩这个？'他从兜里拿出一串小石子。我说：'不会。'于是他给我演示起来。那些小石子被整齐有规则地摊在地上，随后他用手一扫，这一排排石子就奇迹般地钻进他的掌心，接着他把石子一齐甩向空中，又是一扫，那些纷乱的石子就又被他收拢。我被这神奇的动作吸引住了。开始学着他码石子儿，然后模仿他的动作，手掌扫出去时，石子儿也飞了出去，四处都是。他咯咯咯地笑，仿佛这是很滑稽的事。我有点不服气，从他手上抢过石子儿耍了起来。他在旁边看着，手把手教我，一遍一遍地，我终于掌握了一点要领，手滑动要快，但手在接触地面时要轻，而且掌心要侧翻一些。

"一会儿，厨屋里传来叫声：'吃饭了！'他从地上跃起，拉着我去里屋。屋子中间支了一口铁锅，里面煮着鱼和一些菜叶。也不晓得是不是太饿了，那顿饭吃得很香，我足足添了两次。再后来也没吃过那么香的饭。矮汉紧着我们吃，他夹菜少，手里端一个搪瓷缸，光喝酒。

"渔村晚上没灯，静得像是不存在。我跟那个男孩睡一张床，他翻个身就开始打呼，我在床板上翻来翻去，感觉才睡下没多久就被扯起来，他已经穿戴好了，说：'你还去不去？'我说：'去。'他说：

大湖

'你跟着我,不许出声!'

"我跟着他,一路上荒野里寂静极了,只有虫豸的鸣叫。快到湖边时,他回头说:'轻点,别被发现了。'我学着他的样子,弓着背,蹑手蹑脚地走到一堆灌木后面,蹲下来。我看到,一条黑乎乎的背脊从湖里划向岸边,上岸时突然生出了脚趾一样,十分迅捷地往岸边爬去。这时一群村民从树林里冲出来,拿着鱼叉,朝那条大鱼扎去,它凄厉地惨叫着,那是一种痛苦的苍老的哭声。很快,它被叉死在湖岸上。当他们提着大鱼放进林子里的板车时,男孩拍拍我的肩膀,说:'走,他们要回去了。'

"我回去就睡了,但是没真正睡着。我不知道发生了什么,我耳边总是有那些黑黢黢的惨叫声。

"当我再次醒来,天早亮了。矮汉站在床前说:'要送你走了。'

"他带着我去湖边,湖边安安静静的,一点看不出昨夜发生了那种杀戮,一点点痕迹都没有。男孩一直跟在我身后,我上了筏子,他还呆呆地望着我。我说:'明天再来找你抓子儿[43]啊。'他跑过来,偷偷将几颗石子塞在我手心。我看着手心的小石子,有五颗,被他摩挲得几乎没有了棱角,在阳光下亮得像彩色的珠子。

"然后,矮汉划着桨送我回对岸。我上了岸,招呼都不等我打,筏子就划走了。"

"——说重点,说重点!"任三甲是急性子,硬是等不得。

"重点就是,我再也没见过他们。"这位客人接着说道,"我回到家,祖母已经快急疯了,头发都竖起了。听说我还差点溺死,抬手就是一

---

[43] 抓石子的游戏。

耳光。这之后,我被严格限制在她的视线范围内。再有几天,村里有人去省城,就给父亲单位去了电话,顺便把我带到了火车站。

"第二次回老家,是祖母去世。她活了六十九岁。当时我在武警部队服役,驻扎在杨公桥。父亲没在国内,远在津巴布韦负责一项铁路援建工程。他在电话里指示,让我马上动身奔丧。

"我请了丧假,坐火车到湖北省城,表哥大伟——他在汉正街做服装批发生意——接了我一块回江汉平原。

"父亲有两个姐姐,大姑和二姑分别有一子一女,已经婚嫁。大伟是大姑家的儿子。两个姑姑都回来了,丧事基本上不用我插手,我也帮不上什么忙。祖母丧事办完,姑妈们还要留下来烧头七,我们小辈的陆陆续续该打返了。

"临行前,我站在高坡上俯瞰,视线里全是未完成的建筑,周围搭起了高低不平的栅栏。我问大伟:'那里是什么?'他说:'那里在建化工厂。'那个幼时觉得像海一样浩渺的大湖,现在丧失了自己的形状,紧贴着那个未来工厂,萎缩得像是一只虫子。

"我提议说:'下去沿着湖走走。'

"走到湖边,当初的记忆荡然无存。那些野林子还在,虽然被砍伐得只剩小片小片的,仍然有斑鸠的鸣叫声,灌木没以前茂密,偶尔有蛙鸣声从里面传来。站在岸边看,原先的沼泽地开始变硬,湖水很浑,一些弯曲的荷叶垂在水面上,水草是不见了,甚至水藻都没怎么见到。

"我们沿着湖边走了半个小时。我凭着记忆指向前方,这里原先是一个渔村,有一排矮房子的。

"'房子?'大伟摇头说,'这湖荒了好多年。我打小就没见过这湖边有人住。我小时候——那时还没你呢——跟着妈妈回娘家时,

村子就从湖边搬到这边的高坡上来了。'

"我没和表兄争辩。但确实,我眼前也没有一点儿熟悉的痕迹,一点点痕迹都没有。

"半年后,我母亲所在的计生站组织旅游,其中一站是重庆。抵渝后,她来部队看我。因为时间不多,我们就在杨公桥附近的小餐馆吃了一顿便饭。吃饭时,想到前不久回老家奔丧的事——顺便地,我也说起小时候父亲带我回去,明明见过有人在那住着,我见到了一个村的人。但是表哥死活说没这回事。

"我母亲当时放下筷子,狐疑地看着我。

"'怎么了?'我问。

"'你说你父亲带你回老家,是什么时候的事?'她问我。

"我告诉她,应该就是她离开父亲不久之后的事。

"母亲歪着头,似乎在记忆里搜寻。但是很快说:'不可能。'

"'什么意思?'我说。

"'那时,你生了一场病——'她顿了一下说,'出奇得很,我刚离开你们父子不久,你不知怎么病了。他心粗得很,根本就没察觉。后来你开始呕吐、打摆子,他才发现不妙,把你送到医院,但是打针吃药没有任何作用。你的情况很糟糕,小医院没法子,就把你送去了省城的铁路总医院,医生安排你在特护病房,住了十几天。这期间,你几次昏迷,最危险的一次,医生都说可能要放弃了。'

"她脸色黯淡下来,说:'这也是后来你父亲在电话里告诉我的。我问什么原因会这么严重,他说问了医生,就是炎症引起的发烧,我说发烧能致命吗?他说你可能是中邪了——甚至说是医生说的。说不知道你是怎么回阳的。'"

"那么,"张尹拍着大腿,按捺不住要表达意见,"你说去老家,其实就是一个梦?!"

这时老炼挥了挥手:"哎呀,听别人摆嘛。"

他感激地看了老炼一眼,继续说道:"母亲这样一说,我心里隐隐约约记得好像曾经是在医院躺过这么一段时间,但是我又觉得没道理,那份记忆太真切了。我正要追问,几个战友也进到餐馆吃饭,我就去给他们打招呼去了。这事儿也就过去了。后来,偶尔我想到了这匪夷所思的事情,也不愿主动打电话问当事人——父亲。平常他是很冷漠的人,话更少。其实我也是。总之,我们之间相处很少。转业到派出所前,我当了接近十年兵,探亲也是回母亲那边。与他沟通更少。所以,一直到父亲去世——他是七年前走的,急性胰腺癌——我都不知道,那时我究竟回没回去过。"

"你父亲究竟是怎么样一个人?"老炼前脚说让别人莫插嘴,自己又来多话。

"我父亲?"客人摇摇头,"老实说,我以为我应该是熟悉他的,但直到他去世后,我才发现,我对他知之甚少。

"转业前,我去了父亲家,和他待了几天。他虽然没特别表现出什么,但还是很高兴的。那时我已经二十七岁了,我很想有机会坐下来,跟他好好聊聊。可我感觉他总是很紧张,老避着我。可能因为都是各自独立生活惯了,住在同一个房子里,彼此都不大适应。他给我说得最多的话就是,'钱你不用担心,给你攒着。你现在转业、调工作、结婚,都需要钱,我这里给你存起的,你要就给我说。'要不就是,'要好好工作,好好表现'之类。虽然吧,我也是为这个而去的,但总归也有点失望。我们始终亲近不起来。

"我只住了几天,折到郑州去探望母亲——我也是成年后才理解,

大湖

她那两年遗弃的只是父亲和他构成的环境,而不是我——第一次问到这个事,当时她是因为什么突然离开我们。

"她说,我们居住的大院后,有一个野池塘,有一天她下班回家,正好看见我从湖边回来。她说一直记得我当时那个样儿,矮矮的一个小人儿,浑身上下就一条裤衩,湿淋淋地在路边走着。她觉得很好笑,晚上吃饭时,一边说一边笑地给父亲讲看见我一个人去耍水了。哪晓得父亲勃然大怒,将我吊在床架上,用皮带一顿好抽。也就是那天晚上,他们第一次动手相互厮打。一个礼拜后,她义无反顾地抛弃了他。

"在母亲眼里,父亲是怪物,很冷淡,不懂得关心人,不是一个好丈夫。同时她也承认,父亲并不自私,对家庭还是负责的,对工作更是如此,他可能有情感缺乏症,从不愿沟通。

"'不过——'母亲说,'有一说一,虽然比不上别的父亲那样,但他对你,心里还是很疼爱的,只是不喜欢表达。'

"母亲述说时,我蓦然记起那年离开他去母亲家前一天的一个场景:晚饭时间,他端一个大脚盆,放在大门口,邻居们端着碗蹲在门槛上,看着他把我按在脚盆里,拿着一条皱巴巴的毛巾,给我抹澡——十岁的孩子,其实已经很省事了,我心里是羞耻的,身上是疼痛的。因为他很少用肥皂,都是用毛巾给我搓,就像砂纸摩擦在我皮肤上,我极力地压抑着,才能不让自己叫出声,不让眼泪流出来,而疼痛其实并不是最重要的,被邻居们笑嘻嘻地围观,才是我当时最痛苦的遭遇。

"此刻我突然恍悟,在那个让我羞耻的黄昏,他已预知到,这将是他最后一次给我洗澡了。

"母亲继续唠叨:'他经常睡着睡着,发噩梦,嘴里说些胡话,听不清楚。醒来时凉席上一大摊汗水。问他梦见什么,他就说:'回了趟家。'我说:'你这么想家,哪天回去一趟嘛。'他就愣在那里,一句话不说。你问他想些什么,他也不说。闷头驴一个。我心想,真是怪胎。'

"'他为什么不回去?'我第一次意识到这个事实——父亲似乎刻意保持跟故乡的疏离。

"母亲撇嘴说:'鬼晓得。'

"父亲过世后,我带他的骨灰盒回老家。这是他生前的意愿。还是大伟去接的我。路上他说,他也好多年没回了。大姑去世后,二姑做了脊椎手术,下地都难,也没人去给祖母扫墓了。村子基本上荒了,人都搬到县城了,回去也没意思。

"他又埋怨说我这么多年也不回来。我说忙,他白了我一眼,学着用重庆话说:'哪个龟儿不忙嘛,都忙,忙着死。'

"我没跟他争执,知道他心情不好。他在汉正街苦心经营了二十年的生意垮得厉害,诉苦说汉正街的老板跑了一大半。这么焦灼的情态下,他还能主动要求来接我回去,也算不错了。

"开车一个半个小时就到了老家。他绕过村子,径直开到湖边,墓碑提前就请石匠刻好了。墓地在一处高高的山坡上,背靠崖壁,坐望湖面——这也是父亲的遗愿之一。我要做的事情,就是在墓前放一挂五百响的鞭炮,在喧闹中把墓门打开,将骨灰盒放进去,再合上。插上三炷香,摆放准备好的瓜果、酒水,因为这个季节没有白菊花,路过市镇时我在花店选了两捧百合。将父亲入土后,我跪下来,拜了三拜。接着大伟也跪下来拜了三拜。

"敬了香,烧完纸钱,往回走时大伟问我要不要去村子里看一眼。我说:'既然回来了,还是去看一眼吧。'

大湖

"大伟载我从小路颠簸——实话讲,我一点儿印象都没了。上次我来过的那个村子似乎被埋了起来,取而代之的是一个崭新的地方。大伟介绍说:'你们长期不回来,不知道农村比城市更管钱[44]了。'他指着一些新修的度假小楼说,'这儿在发展乡村旅游,原来的农房大都推平了,像这样的农家乐村里有十几家了,湖边更多。'

"我喃喃说:'现在都看不见大湖了。'

"'大湖?'他侧身瞟了我一眼,把方向盘扭了一下说,'我们干脆就去那儿吃个午饭。'

"不一会儿他开进一家名为'大湖野鱼庄'的农家乐,规模挺大,进到寨子形式的院门后,还要继续沿着坡道开好几分钟,两旁是果树,果林里有各种休闲设备,石桌、石凳、长廊,一些游客模样的人,显然刚刚吃过饭了,三三两两地聚在林子里打牌,还有些孩童在荡秋千。

"我们坐下后,大伟指着菜单上的大湖野鱼,问服务员:'你们的鱼是从哪儿贩来的?'服务员赌咒发誓说鱼都是下面大湖里的野生鱼。大伟笑笑:'我就这村里的人,还不知道大湖早就没鱼了吗?'他让服务员上一锅鱼,又点了几道小菜,跟我说,'杀鱼还有一阵,去逛逛。'

"他带着我走向湖边,这时我发现我的记忆是混乱的,原来的湖边,除了灌木、树林,几乎是荒凉的,一眼能见到头,但现在,我的视野被遮蔽了,眼前是密不透风的树林,偶尔能瞥见林中隐没的小楼——大概是另外的一些农家乐。

"我问他:'记得上回来你说在建厂,那个化工厂呢?'

"他说:'已经搬了。'

"'难怪,'我说,'不然哪有这么好的生态。'

---

[44] 更值钱。

"听到我这样说,他笑了:'化工厂为什么搬走?因为大湖被挖断了源头,山那边——'他指着一侧方向,'都刨秃了。化工厂是沿着湖边建的,一个好生生的湖,整个成了一个垃圾坑,不光是渔薪,邻近的好几个村都是臭烘烘的。那些村民就开始上访嘛,有些极端的村民还在湖边埋雷管,幸好没炸死人。总之是闹了不少风波,这样闹了几年还是不顶用。'

"'那怎么还是搬走了呢?'

"'嘻!县城不是要打造国家级园林生态城市吗?县领导出面都说不动,又请了省里的大领导,经过层层沟通,化工厂才同意搬走了。'

"'你现在看到的湖——'他接着说,'其实不是原先那个湖了。'

"'原来的湖呢?'

"'那个湖早就干涸啦,后来没有办法,花了好几百万,把大湖清淤后,重新灌的新水呀。为了把水养活,湖边又开始栽果树,看起来这些果子是好看,但哪个敢吃嘛。都是些毒果子,有些果实打开看,芯是黑的,简直把果农害惨了。后来为了排毒,开始种一些蜈蚣草、竹柳。现在你看起来环境还是不错,妈的,就像是装饰。养个眼,骗骗城里人是可以的。'

"'原来如此。'

"我蓦然想起,路边的果树上,果实沉甸甸的,难怪无人采摘。在湖边站了一会儿,记忆中的轮廓、模样,完全画不上等号。它的野性已经被驯服了,整体被沿圈的石廊包裹起来,又被石桥穿插成一小块一小块,仿佛某种模型。不过那些荷叶仍然鲜艳。我发呆时,大伟突然感叹一声说:'听我妈说,原先这湖里还是有大鱼的。'

"这时我突然想起一件极重要但又总被我忽略的事:'又不是没条件,父亲为什么总不回来看看?'

"我把疑问说后,大伟表情很奇怪,似乎有难言之隐。

"在我催促下他才张口说:'这个,我说的也不一定准确哈……'大伟突然开始字斟句酌起来,'我也是听别人这样说,你就当听个传闻这样听。农村嘛,那些婆婆嘴就喜欢嚼舌头。'

"'你说嘛。'我给大伟递了一支烟。

"'是这样的。'他点上烟,脸部严肃起来——'村里有一种传言,说是你爸害死了自己老子。'

"'有这事?'我惊愕起来。

"'我也不确切究竟是多久的事。反正大概十二三岁吧,你爸特别喜欢下水。渔薪嘛,听名字就晓得,原来是打鱼人家的村落,哦,对了,原先这大湖是连着汉江的。那年代嘛,没人管娃儿,他成天泡在湖里。半夜三更的,你爷爷起夜发现他不在床上,就找出去。走到湖边,喊了几声没人应,赶紧下水去摸人,他也是命不好,那晚上突然发洪水,汉江的水倒灌过来,把整个湖坡都淹了。你爷爷没找到你爸,反而把自己沉了。还有一种说法,说是那晚上打雷扯闪的,被雷打到了。反正第二天清早,村里人划着船在湖垭口发现你爷爷的浮尸……几个叔伯捞尸回来,看见你爸居然窝在被窝,提起来就是一顿暴揍。说不是为找他,人也不得亡。后来,村里背地里各种说法都有,但是,归根结底就是说受你爸爸的害。'

"大伟一声长叹:'一年还是两年后,你爸爸考上中专,后来又上了大学,反正是离开老家后就再也没听说他回来过。'

"这个说法让我有一点心理不适。我狠狠吸了几口烟,觉得有些事情仍不大能理解:'那我父亲呢,那晚上他在哪?'

"'哪个晓得?!打死他都不说。'接着大伟又说,'还有一种说法,说是你爷爷是喝醉酒,被湖怪拉下水的,要不,以他的水性,怎么淹

得死呢?'

"'湖怪?'我问。

"'哎呀,都是鬼话哩。我小时听妈说,原来这湖里是有湖怪的,能上岸。祖上为了占据这块湖,扎篱笆,设卡子,布置了很多陷阱,把那些上岸的湖怪全部消灭了。都是哄孩子的鬼话。'

"不知怎的,我猛然有一种似曾相识的感觉。"

"你刚刚说湖怪?"任三甲忍不住说,"是不是你之前那个梦里见到的大鱼?"

"我可没说那是一个梦啊!"他更正说。

"但你母亲也说了,你生病那时节根本就没回过老家嘛!"任三甲说。

"正是!这就是我一直想不通的一件事。父亲去世后,我把他的寓所信息交给中介(与母亲离婚后他没再娶),大概挂了七八个月吧,中介电话给我说有人看中了那间房,喊我去一趟,要付定金,签协议。于是我最后一次去了父亲那个家,准备将他留下的遗物清理了。在一个木匣子里,我发现保存了自他工作以来的全部汇款及邮寄包裹的存根,好些票据已经发黄了,纸张变得脆薄。我小心翼翼地翻开,那些钱汇集起来并不少了,其中大多是寄给我的两个姑妈的。有些存根上还记录着清晰的用途,如'此款用于翻修老屋屋顶''请于春节前购黑白电视机一台''添置新衣、新棉被''装载电话机一部'等等。这时我才发现,虽然他执意不回家,可无时无刻不在记挂。我把那个木匣子跟他的相册放在一起,这一堆是我准备要带走的。其他的,更多他经常使用的诸如书籍、收音机等等我既带不走,也没有带走的意义。

"但是在整理杂物间时,我意外地发现了一些属于我的东西,很

大湖

整齐地放置在杂物架的上方,整整两个大纸箱,里面全是我的轨迹,多是小时的奖状、玩具、作业本,甚至还有书包。在一个已经发黑的帆布包里,我震惊地看到了一样东西——几颗黑黢黢的小石子儿。

"我好奇地将它们取出来,总共有五颗。我用脚边的布片揉搓一番,它们就恢复了原有的亮色。蓦然间,那段被父亲称为子虚乌有的经历潮水一样回到我的脑子里。"

"石子儿?"听众们惊道。

"是啊,那就是我第一次到——可是母亲说我根本没有回去过的——老家时,那个男孩给我的那五颗石子儿。"

老炼说:"但是,你也不能肯定,那几颗石子儿究竟是你父亲的,还是你自己的吧?"

"但也不排除我真的去过,要不,怎么解释它们的存在?"他说,"另外,如果说我没去过,可是我对那儿的记忆完全符合实况,包括屋子的形状、村子、大湖,还有我祖母。"

"确实很神奇。"我自言自语。

"我这个故事,"这位客人突然望着我,"您是记者,又是诗人,觉得有点意义不?"

"故事本身没有意义,但是呢,只有讲述出来,才使得故事对于我们具有了意义。"我说,"这是一个悲伤的故事。"

"您说得很学术呀。"他笑了笑,"故事还没完呢!

"去年冬天,我到珠海出差,在表姐家做客,她是二姑的大女儿,一个妇产科医生。我们以前几乎没怎么打过交道。虽说是这么亲的亲戚,实际上就像是陌生人。不过她性格很好,开朗,热情,所以我们相见还是很愉快。

"她请我去她家,弄了一大桌菜,怕我拘谨,倒杯酒,陪着我喝。因为喝了点酒嘛,渐渐就放开了,我也说到那个似梦非梦的经历。以为她作为医生,会很严谨、死板,无法相信,哪知道,恰恰就只有她能理解,甚至说:'梦都有遗传性。'我吓了一跳:'梦怎么可能遗传?'她说:'那你觉得基因是怎么回事?那些与父辈相似的性格、行为,从何而来?基因就是信息储存,你的生老病死都跟它有关。只不过,只有少数重要的信息碎片能够留得下来。'

"表姐饮下一口酒,叹了口气,说:'看来你爸爸的心魔已经转移到你心上了。'

"她这样表述时,我突然剧烈心跳起来,仿佛有什么正要扑腾出来。
"表姐说:'你爷爷是死在奶奶手上的。'
"这个说法让我毛骨悚然起来。

"据表姐讲,祖父是上门女婿,打鱼好手,但心眼小,更是远近闻名的酒鬼。家里三个孩子,该有多少琐事?可是他浑然不管,只有酒罐一个亲人。在任何家庭,如果有这样一个酒鬼都是一场悲剧。清醒时还好,喝醉了,他什么话都说得出来,极为难听。尤其是祖母,如果被他瞧见跟哪个男汉走得近一些,说什么笑话儿,晚上就要遭殃。出事那晚上也是,孩子们都睡觉了,他喝完两瓶高粱酒,又开始发浑,又哭又闹,鼻涕眼泪的,不知道发什么癔症了。祖母没办法,拿着裁刀把他吆出去,两人在湖边继续吵,他又发浑说自己婆娘跟哪个男人怎么怎么地了。祖母又羞又怒,也兴许是积压的情绪被燃爆了,手里的裁刀就捅了过去。他倒下来半天不说话,她摸了摸,没有鼻息了!半夜她跑到族长,也就是村长那,两人商量一会儿,回来换了衣服,把他沉到湖里伪装成溺死。清早,村长喊人到湖里寻,把尸体捞上来。去捞人前,恰好有叔伯看见你爸从湖边回来。于是，就有了后面的那些传言。

"'你是怎么知道的？'我感到特别震惊。

"'这个，实话告诉你，连我妈都不知道。'表姐说，'村长的孙女，她也在深圳，我们是老乡会上见到的。后来成为朋友，她告诉我的。她说，最开始，她爷爷跟你奶商量的是，你爷爷是喝多了溺水而死的。后来觉得不牢靠，毕竟这么大事，要偿命的嘛。就改口说是被雷打死的。哪晓得你爸爸那晚不在家，又被人看见从外面回来。不知怎么就被扯上了关系。'

"'那其实不关我父亲的事呀！'我很迷惑。

"'所以说你爸爸是背了一个锅，但是又不能不背。'表姐说，'我分析，当然，只是我个人的分析呀！那晚你爸爸正好在湖边，他肯定是看到了什么情况，你想想，第二天他什么都不说的嘛，后来也从不回去。另一个，我想啊，这事，你爸爸不可能跟别人说，也不能跟自己妈妈说，你奶奶也不好给儿子解释，更别说给其他人解释。总之吧，这事，就是搅棉花糖，搅着搅着就变形了，然后就定型了。谁也出不来，也进不去。这个秘密，他们都背负了一辈子。'"

这时，作为听众的我们也长吁了一口气。

任三甲有点茫然，问道："这就是真相吗？"

"老实说，"客人叹息道，"每个所谓知情人，都有一个自己的答案。真正有发言权的亲历者反而一言不发。当然，现在他们再也没有机会发言。这让我觉得，没有人曾经确实地抵达过——真实。"

"我关心的是，小时你到底是去还是没去过？"张尹还纠缠于那个故事的开头。

"那就是我要说的。听说人的大脑只被开发利用了10%，我想，时间、故事、人，都是这样。被我们所了解的只是很少的一部分。说不清了。"

说着他突然笑了："其实,这也是我第一次真正意义上的独立破案。"

"哦!"我们说,"你不是警察吗?"

"听起来是这样,但不是所有基层民警都是福尔摩斯。我在乡镇派出所待了五年,全是鸡毛蒜皮、家长里短的小风波;后来调到局里,干纪检,几年后又调到局办公室,也就是负责通信、接待、媒体宣传、档案管理这些。所以我说,某个特定的时刻,或某种意义上,侦探是一种超验的能力。到底是梦,是真的记忆,还是时空穿越?不必计较了,它的暗示得到了回应。这个才是最重要的。"

"可是,这中间所产生的误差,才是故事的意义呢。"我说。

"哦?"他的瞳孔收缩了一下,透出某种亮光,"您能解释一下吗?"

"人总要相信点什么,才能得救——"我顿了一下,试图解释得清晰一些——"听这个故事时,我觉得有个人就像趴在一条绳索上,上边看不见来路,下面看不到尾端,你唯一的线索就是它,你要牢牢抓住它才行。"

实际上,这是很久之前的一次聚会了。

老炼那所按《园治》指导在裙楼上规建的园子,只存活了两年。那时间,北京出了个最牛屋顶花园的新闻,随后,它的影响慢慢扩散,老炼耗费很多心血的空中园林被作为城市违建而强制拆除。如今,他的悲恸都化为了力量,说要在异地"重建家园"。

但我一直记得这个故事。偶尔我把它从记忆里掏出来,独自品尝它。不可思议的是,我发现这近乎一个故事的魔方,你可以随意从哪个角度进入,然后会发现一个新的拼接方式。当然,无论怎么拼接,总归是一个残缺的轮廓。你的疑问会更多。

不久前,我在渝东南采访,到黔江后,当地文化宣传系统热情接待,席上有一位是公安局分管刑侦的副局长。我向他打听那个讲故事的人,依稀记得他姓刘,老炼和三甲叫他刘老师,他个人说自己是办公室主任。可副局长诧异地说:"咱们这儿没这个人呀!从头到尾都没一个姓刘的。"我说:"不可能呀。"他笑说:"我在这儿待了十几年,如果有这么个主任难道我不知道吗?"

晚上,我在酒店里给任三甲打电话,用了好长时间他终于记起来那次聚会,他赌咒发誓说根本不认识一个姓刘的当警察的朋友,更不可能带陌生人去参加这样的私人聚会。末了他还埋怨我说:"你那天完全喝麻了,不晓得好久跑了,也不晓得跑哪去找哪个婆娘鬼混,害得老子跟着遭罪——半夜三更的,你老婆一直打电话来。嘿!你喝麻了,找我要人,这合理不?"

"对了,"他突然想到什么似的,说,"你那晚还清醒的时候讲了个怪兮兮的事。你说一个朋友来家里做客。开席前,朋友坐的一把诚牌餐椅突然就塌了,整个人都摔了下去。无缘无故地,裂处是全新的,就这么莫名其妙。第二天一早,你接到电话,说你父亲走了。我当时还说那条腿就是来报信的吧。狗日的你未必真是失忆了,一点都不记得吗?"

"不记得。"我怔怔地握着电话。

挂线后,我在浴室里刷牙,在镜子里,突然看见父亲沉默地匍匐在我的脸上。那是真的,死去两年多的父亲把他某种习惯的姿态、某种独有的神情,以及他的那种清晰的犹疑,不知不觉地转移到了我的脸上。那一刻,我几乎是惶然地离开镜子——可是,我迈腿时,发现他又存在于我的步姿里了。

你看,我们活着,往往就为这种根本不知其所来也不知何所去的屈辱。

✦ **To Himalayas garden** ✦

|

✦ **去喜马拉雅公园** ✦

◆

"先生,是你需要服务吗?"

高跟鞋的声响停顿下来,李东文从按摩床上侧过身,脑壳像被夯了一下!"这不是——?"

"嘶!"女孩儿的嘴唇收成一个椭圆,随即又慢慢张开。

"噢、噢,是……"李东文有些慌乱。叫什么呢?顷刻间怎么也想不起来,浓重的酒意从体内散得干干净净,毛汗从背脊冒出来。

"是你呀!"女孩儿捂着嘴,低低笑了一声。这个微小的动作,很大程度缓解了李东文的紧张和犹疑。

"咳——"李东文摊开双手,"那个什么我……我就不需要了吧?"

她脸红了,飞快地说:"我去拿工具,给你洗脚吧。"她几乎是跌跌撞撞逃出去的。他顿时感到一种解脱。

谁能想到,会在这种场合跟熟人撞面呢?而且,以这样的身份。不由自主,李东文在脑子里回味刚才她温柔的声音,"先生,需要服务吗?"

对这种场合,李东文基本是适应的。平均下来,每个月都要来那么一两回,都是陪客。这一次,也是。部门老大康师傅来了一行北京的书商朋友,抽不开身——一家地产集团的征文评比结果下午揭晓,康师傅既是幕后策划,又是执行评委,没法缺席。于是,就由李东文全权接待了。

外地人到重庆,那老三篇是显然绕不过的——美食,美景,还有美女。中午,他先是领一行人去了其香居茶馆,感受坝坝茶的风味。日头一晒就是几个小时,晚饭就在对面金牌酒家。等主菜摆齐,康师傅也杀马赶到。按照接待惯例,一定要把来客"喝好"的。这个酒东道,自然也是李东文了。

跟往常一样,他一整杯一整杯地敬了这个敬那个,跟玩击鼓传花似的。总之,要找出各种理由,将客人灌安逸了。陪客到这个点,接下来的菜单心知肚明——带队的多是李东文,这半专业的观光事业领队,逢上队伍浩大,难免也郁闷,狗日的,洗脚城老板真应该给自己弄点回扣,快赶上团购了。

招待别人是很拿手,他自己倒还真没觉得"享受"。这回遇上一个小姐竟是熟人,喜剧!准确地说,应该叫学妹吧!

一年多前,他回母校由他创立的文学社做讲座时,她就在其中,晚上聚餐她也在。她叫什么呢?他点了一支烟,努力在脑子里搜索,就是想不起来。

二三分钟后,她拎了药包回来。气氛彻底改变了。具体什么味,李东文也说不出来。两个人似乎总是难以启齿,尤其这第一句话说什么,都很踌躇——幸好康师傅解救了他们,从隔壁闪了进来,两眼发直,一看就是酒劲儿上来了,嘟哝着:"咳,遭不住了!"圆鼓鼓的身干一个啪嚓就滚上另一张按摩床,舒服地欢唤了一声,"哎哟",几秒钟后就呼呼地扯起鼾来。

中间插进了一个观众,沉默就成了最好的表达。他们保持着这一默契。他是一个顾客,她是一个尽职的按摩女郎。对话简约又普通。

"是太重了吗?"她问。

她使力的时候,他忍不住别了一下。肌肉的僵硬被她发现了。他笑着说:"没事,我就是有点怕痒,特别是脚心那里。"

她也笑了:"越是按得轻,就越感觉痒。"

去喜马拉雅公园

"哦？为什么呢？有依据吗？"

"我多加些力，会痛些，就不会觉得太痒了。这是我自己乱说，没有依据的。"她咯咯笑，像是玻璃互相撞击发出的声音。

还有某种交流是看不见的。她的手与他身体的对话。从手指的力度、张弛和分寸，李东文能感受到她在用心为自己"服务"。这令他有一种感动。按到大腿内侧时，她迟疑了半秒钟。说来说去，她也一样，是尴尬的。

漫长的九十分钟终于结束了。他伸了一个舒服的懒腰，赞美道："技术不赖，真是享受啊。"

她红着脸说："应该的嘛。"

直至回家，李东文还是觉得，这次偶遇隐藏着一种巨大的荒谬感——好像是分别遇见了两个相貌长得完全一致但相去千里的人。他难免也有一些懊恼。单早给买了——自己却只能无辜地、干巴巴地躺着，像一具木乃伊。怎么不想到换个人呢？但是，好意思换吗？她也知道你在里面做什么呀。他忽而又想，当她问自己是否需要服务时，自己的回答如果是"要"，结果会怎样呢？

一个多月后，李东文又遇见她了。

这场饭局是几个师弟组的。快毕业了嘛，想进到报社实习或见习。传统媒体渐走下坡路，但各大院校的新闻专业却是方兴未艾。本埠每年数千名新闻专业毕业生，主流媒体招聘量却不会超过二十人。残酷啊！幸好自己早毕业几年，在酒桌上遇见前诗人康师傅，刚接手副刊部，需要有"自己的人"。要不自己也得跟无头苍蝇似的四处乱钻。

话说回来，很多朋友李东文都是在酒桌上认识的。喝酒，是李东文争取生存权的最重要手段。酒品看人品嘛,这年头,口碑和资源都是酒桌上拼出来的。要不是这样,康师傅也不会看中他。

慢慢地,李东文也理解了,什么是江湖,什么是圈子。就像康师傅说的,才华是个屁!就是个低端概念。相比才华,重要的是站队,更要站对。两年了,他有点领悟,渐渐也知道怎么混了。因为他能喝,确切地说,是敢喝,圈子里接待业务都少不了他,陪吃,陪喝,陪睡,一条龙。慢慢地,江湖中有了他的名声,他成了资深"李三陪"。

三陪也不那么容易。人累,心累,疲于奔命。有时候整晚不停转台,从南岸这个酒桌奔赴三十公里外的沙坪坝的另一张酒桌,不转几个圈,怎么叫圈子呢。有时刚睡着,电话却急嘟嘟来了,等着他救场。这年头,不能得罪的人实在太多了。他甚至丧失了挣扎的欲望。但是呢,他也完完全全摆脱不了这种生活了——每到下午四五点钟,他就习惯性地要关注手机——基本上这个点,不是这个,就是那个,电话内容无非如下几种:"晚上怎么安排哒?""大师,下午有饭局吗?""兄弟,XX过来了。"……这种来电,接多了想吐,但如果哪天没有,反而隐隐有些失落。

一进火锅店,他就从一堆人里瞧见了她——安静地坐在一堆人当中——那夜的奇遇又跳回到眼前了。

她也看见他了,头抬着,眼眯着,朝他微笑,一副自自然然的神态。直觉告诉他,在座并没人知道她的秘密。就在四目相对这刻,他心底迅速跟她达成了某种心照不宣的默契。有些事发生了,但可以不说。

他不知道她的名字,大家叫她小鱼儿。跟学弟在一起,李东文的心情一向很好。酒也喝得畅快一些。不似那种随从而赴的酒局,坐在那些"大人物"中间,常常感到无端压抑。在此处,他就是权威。事业呀,理想呀,工作呀,困境呀,喝了酒,大家都在高谈阔论,唾液横飞。唯独她文文静静地倾听。不过,在大家交流好耍的去处时,她推荐了一个据说是极为奇妙的地方——语气极为兴奋,说那里拍恐怖片、鬼片,或是悬疑片再合适不过了。

李东文一阵好笑,真要是有这么好的地方,自己作为一个消息灵通人士,怎么会不知道呢。

他故意问:"在哪?"

她回答:"在鹅公岩大桥下坡,到江边。但一般人是摸不去的。"

"有名儿吗?"他又问。

她想了想,说:"叫'喜马拉雅公园'。"

"还香格里拉呢!"他忍不住笑了,"这个谎扯得可不高明。"不等她分辩,他拿起小二敲着火锅,"我提议,为小鱼——美好的侏罗纪公园,来来,集体喝一个!"

饭局一直持续到晚上十一点过,极为惨烈,"现场直播"了好几个。师弟们歪歪扭扭地上了出租,路边就剩下他跟小鱼。她也喝了不少,至少也有五瓶啤酒吧。深夜站在道上,被凉风一吹,脸红彤彤,眼神迷离。李东文侧身看着她,她摇摇晃晃,也不说要去哪里。招来的出租车停泊后,她一头就钻进座位,歪在车靠上。李东文瞬间就找到默契。麻烦你,南坪!他一边把自己的住址报给司机,一边把手臂从她颈后的空当伸过去,她顺着胳臂把头移动到了他的肩膀上,仿佛这是一件极自然的事。倒在怀里时,她还愉快地哼出了声音。

距离上一回做爱,又是两个多月了——性这个东西,跟他的情感一样毫无规律。他的性欲就要被燃着了。但回到租屋才发现,想跟她发生点什么,几乎是不可能的。

到家后她开始哇哇地吐,地板上堆积着秽物,整个卧室弥漫着一股难闻的酒气。用拖把打扫的时候,他忍不住也几次想吐出来。

吐完之后,房间暂时安静了。她哼着,很虚弱,身子蜷曲着。他伸手在额头一探,有点凉。他到厨房烧了壶水,用毛巾烫了,拿过来给她敷在额头上,来来回回,擦了几次。她的酒也醒了,声音嘶哑:"嘿,师兄,给你添麻烦了。"

"没事,人都有要人照顾的时候。就把我当护士好了。"

"呵,"她笑,"原来以为是一场艳遇,结果当了一回陪护。也不错呀。我看你也挺会照顾人的呢。"

"总不能见死不救吧。"他讪笑。

"这么多书呀?"她看见卧室那个近两米高、大四开的衣柜——被改装成了一个大书柜,杂乱地堆满了书籍和杂志。

"也就七八百本吧。这点书不算什么,我送出去的,朋友揣走的,扔掉的,比这还多。"他起身,随手抽出几本时尚读物甩给她。

"我不喜欢这些。"她说。

"喜欢就随便拿。"李东文指着书柜说,"我穷得只剩下书了。"

"那——就说明你不穷。"她突然皱起眉头,"你家够乱的。臭袜子呀,脏衣服呀,烟灰呀,到处乱糟糟的,一股霉味——半月没开窗了吧?"

"这哪是家呀!"李东文叹道,"明明只是房子。还是别人的。"

她感慨:"是啊,生存是不容易。"

李东文注意到,她用的是"生存",而不是"生活"。

沉默了一会儿,她忍不住探问:"雪雁呢?"

去喜马拉雅公园

李东文和雪雁的爱情迄今还是校园恋情的经典。当初他提了一桶红色油漆，在通往她宿舍的必经之道上，用排笔赫然写上了一行大字：爱你是一辈子的事。现在那油漆还残留在那里。但"一辈子"已经变成解放碑的钟，停摆了。李东文说："我们早分了。"

　　"哦。"她眼里流露出惋惜。

　　中午，李东文醒来时，小鱼已离开了。

　　手机上有两条未读短信，第一条是雪雁的。她告诉他，正在三亚晒太阳，吃海鲜大排档云云。他知道，她是跟现任男友去的。这种事情告诉我干吗？尽管分手一年多了，他的心还是有点刺痛，随后是恼怒，怎么着，报复呢？受害者明明是我呀，是你甩下我的呢。但他还是摁了回复键，麻利地打出几个字迅速回了过去："你慢慢幸福。"

　　第二条稍稍令他有点温暖"我上班去了，拿了你几本书。看完就还。有空还是正经找个女朋友吧，瞧你这狗窝！"这是小鱼的。

　　"上班"是个有意味的词。李东文一直好奇，这个词到底是动词呢，还是名词？虽然编了两年多副刊，但他还是没搞清楚。搞不清就搞不清吧，他现在给自己的定位，就是混日子。

　　刚进副刊部那段时间，他一心趴在上面。初进报社的年轻人都这么急切，渴望被承认。何况做副刊本就是他的理想。为推新开的"文化周刊"，他把家安在办公室了。偏偏在这关键时期，跟雪雁之间发生了问题。

　　他一直稳稳当当地以为，他们之间剩下的就是结婚这最后一项了。两人一起四年多，双方家长都没意见，接下来的事是很自然不过的了。但自打他进到报社，雪雁去读研——预示着未来将会更稳定和幸福的时刻——感情却沦陷了。

这对周末情侣聚少离多。便是相聚两天也是不得安逸。究其根源，还跟李东文密集的"三陪业务"有关，跟他的"事业心"有关，而这两者，往往存在千丝万缕的关联——至少在这个圈如此。按说女朋友难得来一次，要殷勤相待，但总有些酒局，是不能不去的。不去吧，得罪人；去了吧，得罪女人。权衡再三，只能牺牲亲近的人了。幽怨的雪雁，每次等回的都是一个醉醺醺的、拉都拉不起来的李东文。干脆，周末也不见面了。

她不来，李东文不能不去找她。从主城到远郊，五十公里的路程每周这么跑个来回，很累。再说也跑不起了，每个月工资不够付的士费。幸好还有电话。但喝酒、睡觉、工作时得小心，若是没接或是胆敢挂掉她的电话以及在她的唠叨中睡着了——后果就会很严重。

分手前一段，雪雁不知发什么癫，不是说他自私，就是说他冷淡。他有点郁闷，也很不解，不可能总是热恋期那样，天天都腻在一块，生造所谓的浪漫吧？

一次，她深更半夜突然一个电话过来，什么话也没有，就是哭。他叹着长气，咬牙切齿打着出租往她那里长途奔袭。去了之后，任凭你怎么问，她也不说，就说心情不好，想哭。他强作安慰状，心里的愤懑像炸开的锅。两个人筋疲力尽地维持着，直到她生日那天——这次雪雁并没提醒他，而是他翻手机记事突然翻出来的，他没声张，想给她一个惊喜。早早把活儿干完，打了个车跑过去，他知道她同屋的室友去昆明旅行去了。他买了她最喜欢吃的老婆饼、德芙巧克力。经过寝室前的花圃时，摘了一大束栀子花，用巧克力盒上的黄丝带，绑成一束，哗，香喷喷的，香得让人有痛哭的欲望，香得像是失散多年的洁净的妹妹,他使劲地嗅着那股清香,叩击她的房门。

一下,两下,里面有一阵骚动,过了一会儿,门没开,但里面的骚动——突然静止了。可疑的,可怕的,最不敢想象的静止。

那扇凝滞的房门就像一个难以窥探的黑洞,一直到现在,都没在李东文的心里启开过。

多年的爱人丢了,事业也是鸡飞蛋打。辛辛苦苦拉扯起来的《文化周刊》,被一点点蚕食,调整,调整,整到只剩下"麻辣烫""人生百味""幽默笑话""漫画王"这四个"串串香"了,终于达到了新任老总的要求——不能有一克的文化味,我们的副刊,就是要让全城的棒棒都看得懂!他自认不走运,没赶上副刊的黄金时代,甚至连个末班车都没搭上。

李东文给小鱼回信息:"你以为我是偶像派?捡个包包的问题不大,找女朋友呢,难度太大了。劳驾你调动一下人力资源?"

她很快回话:"要得。"

他问:"要是没帮成呢?"

"那,好像也只有把我赔给你了。"

说实在的,他喜欢这种暧昧。稀里糊涂的,模模糊糊的,欲言又止的,让人觉得安全的距离。

跟雪雁分手后,李东文接触的女孩不算少。做生意的,混娱乐圈的,搞地下音乐的,做杂志的,实习生;漂亮的,一般的;小几岁的,大几岁的;豪放的,婉约的,非主流的,啥类型都有。但几乎都是一个模式:开头美好,中间通俗,结尾潦草。感觉像吃快餐。奇异的是,其中许多竟倒成了朋友,当然,是好哥们那种——甚至,有的见新男友还请他当参谋。

身边女孩走马灯一样，东不成西不就，难免也被揶揄。在单位伙食团，康师傅说："你娃天天在搞啥子名堂，一边谈，一边散，是不是爱无能哟。"

康师傅比李东文大十多岁，光秃的脑瓜子上都流淌着人生的睿智，重要的是，他离过两次婚，称得上一个情感专家。他腮帮子塞满粉蒸肉，含含糊糊地问："你是不是从来没有一种'完全拥有'的感受？"

他点点头。的确，他再也找不到那种"爱"的归宿感。不管跟哪个女孩，都有一种不真实的感受。

康师傅说："你的问题在于，你把跟女孩相处就像跟编辑稿子那样搞混淆了。"

这个说法很新鲜。他被吸引住了。

康师傅继续絮叨："编辑这玩意，就是不断地挑剔稿子的过程，挑剔到最后，你眼里就再也没有什么新鲜和兴奋感，哪个人是经得起挑挑拣拣的，你要那样看，神仙也能看出很多毛病！"

李东文有点触动。他对自己的患得患失也有所反省。

康师傅总结说："你呀，心态不扭过来，遇到的女孩儿就全是临时性的，活该你开培训班，免费给别人培养女朋友——"他拖长着语调，"你娃！就只有做'好朋友'的命喽。"

"培训就培训吧，有培训总比没有强，就像副刊，虽然不断削减，但聊胜于无，每周两个半版，总比没有强吧。就这两个半版，也得看人嘴脸——好像每编半个版，就是替报社亏损了几万块钱的广告款一样。"

周五，李东文忙了一上午，筹划版面。下午，总编办一个电话打来，通知今天不用做了——被广告挤了，也习以为常，约了几个同事喝酒，

去喜马拉雅公园

发牢骚，说怪话，泄愤解气。带着情绪喝，几口就麻了。电话来了，他懒得接。铃声很执拗，他不耐烦地接起来，老康劈头盖脸一阵痛骂，说："十分钟，不管你龟儿死到哪里去了，十分钟，给老子爬回来！"

原来广告部刚通知说，广告不上了，等着他重新上版。他带着满身酒味匆匆赶回办公室，把版样调出来，等着老总签清样，临到晚上十点，又一纸通知——广告还是要上，副刊还是被牺牲了。

"我日你先人板板！"他一屁股又坐回熙熙攘攘的夜市，偏偏也怪，没一个得空陪他。妈的，没事一大堆人缠着你，你想倾诉，连个鬼影都找不到。他绝望地在手机上翻来翻去，突然看到小鱼的号码。

电话打过去，响了几下，没人接。他也不管，再拨，那边电话通了，突然又挂了，只剩下嘟嘟的忙音。他不相信自己的耳朵，又拨，干脆关机了。他突然有种被遗弃的感觉。悲凉地群发了个短信："如果生可以分享，谁愿与我们分享死亡？再见。"

凌晨时，迷迷糊糊的李东文被一阵电话铃声吵醒。接通后，传来小鱼焦急的语音："我在滨江路，叫不到出租。快来接我。"

等他叫了车到达滨江路，她已蹲在深宵的江风里哆嗦一个多小时了。她是中途从酒店跑出来的。

李东文充满歉意，拥着她用体温为她取暖，右手握着她的手，左手搓着她的膝盖，冰凉冰凉的。他谴责自己，太过了！人家晚上不接电话，那肯定是暗示你有业务嘛。再说，跟你什么关系？不依不饶的，有病！

回到家，他忙不迭熬姜汤。她似笑非笑瞧着他忙忙碌碌，说："刚刚急吼吼要死要活的，啥子事嘛？"

他哪里好意思说。跑到厨房端来一脸盆刚烧的开水，又兑了些盐。

"来，来烫脚。"

看着他装出的这副苦瓜脸，她说："告诉你，我可知道，找我肯定没啥好事。"

"是是是，没好事，没好事。"他听口气就知道，该缓解的都缓解了。

"扑哧，"她终于忍不住笑了，拍着床铺说，"上床吧！赦免你啦。"

瞧他满脸狐疑，她又笑着说："别想歪了啊！让你上来睡，是同情你。你就睡边上吧。"

一个小时后，他们一齐从巅峰上滑落。对李东文来说，这是一次难忘的经历。他终于体味到"享受"的含义。因为他完全是被动的，这给了他观察的空间及角度。总之，他是十分欣喜地、愉快地享受着她的经验带来的新奇的快感，以至于竟有如梦似幻的错觉。

她从卫生间出来了。一想到她刚刚还跟别的男人在一起做爱，他突然有一些奇怪的从未有过的感受，一种嫉妒和欲望搅拌在一起的复杂感受。

他抚弄着她的乳头说："像个杏子。"

"什么？"她没听清。于是他重复一遍，她眉头一展，扑哧笑道，"你的一些比喻都很怪。"

"其实你长得小乖小乖的。"他说。视线也随着手指从胸到腹，再由髋到大腿，膝盖，最后滑动到小腿肚上。

"哎，说我长得乖的人，你是第一个呢。我这里——"她拿着他的手放到腰上，"我没腰，又矮，这里又太粗。你看嘛，腿也太粗了。"她把小腿朝外扭。

"那是。你本来也不是传统型的美女嘛。"

这句恭维也算恰到好处。"哦？"她眨巴着细长的眼说，"你也不错。

挺厉害的。"

"真的?"他的欲望鼓胀。

第二次的感觉,比第一次还要绵长,也更为激情,满足感也更充裕,他正细细回味,小鱼突然问:"你刚才给我发的,是你写的诗吗?"

李东文这才发现,除了小鱼,那帮狐朋狗友,竟然没一个人回复他的短信。幸好老子不是真自杀!他想。

"你写的?"她继续问。

"不是。"李东文告诉她,"这是布罗茨基一首诗里的一句。"

"真奇妙。"她感叹着,"上次我给你介绍的那个地方——喜马拉雅公园——就像一首诗一样,奇妙。"

喜马拉雅公园?许久李东文才记起来,上次她的确提到过。此刻,她试图重新给他描述那个地方,尽管听起来依旧荒谬和夸张。但这次,李东文敷衍着答应,陪她一块去那里看看。他还发现一个有趣的现象,当她说起那个地方,瞳孔里就闪烁着某种亮晶晶的东西。

三天后,他如约到达鹅公岩大桥时,她已等候在那了,远远就跳起来摇手。

她依旧是老样子,连衣裙,小黑包,逃不脱学生模样。这是初夏,不算太热,但背上还是有汗不断涌出。他们在鹅公岩大桥的北桥头拐角下坡,往码头方向行进,下行了大概一里多的路程,绕过一间正在运行的砖瓦厂再走几分钟,就看到下面的码头处有一个豁朗的坝子,小鱼气喘吁吁地指着说,到啦。

这是块工业废墟,前身应该是一个繁忙庞大的电厂。如今,它残缺地存于喧嚣之外,和滚滚逝去的江水、杂草间荒芜的铁轨相伴。残墙破屋，杂草沟壑，遍布奇形怪状的石头、瓦片，和各种丛生的植物，正对着广阔的江滩，背后是小丘，小丘下面还暗藏着一个十几米深的防空洞，斜上方就是鹅公岩大桥——夜晚站在那里，就能看见川流不息的闪烁的车流——如果远眺，还能看见解放碑最高的建筑——纽约·纽约大厦的尖顶，美轮美奂。

李东文没想到，还真有这样一个被遗弃在城市一角的幻境。他为自己之前的武断暗暗羞愧。

小鱼领着他来到一堵灰墙前，指着中间说："喏，这就是它的名字。"

李东文凑近一看，斑驳的墙面有一行石片划出的小字——喜马拉雅公园。又仔细看，不禁莞尔。题词是："小鱼，2007。"

小鱼一副自得的样子，领他朝后走，用铁锹铲出的煤渣路两边，都是荒废的菜地，如今是野草的天堂。他们还经过一间老院子，里面是四间平房，三间是宿舍，透过窗子，看得见木制的天花板都已发霉，撕裂下垂，墙壁上贴着报纸，一片昏黄和污垢。一间有灶台的，肯定是厨房了。

"这几间房，破是破点，但还齐整，连厨房都有。"他四下环顾，说，"如果哪天我改行写惊悚小说，这里再合适不过，但……"

"但是——"小鱼俏皮地说，"到时候请不到人，我给你做厨娘。"

"多么奇怪啊"！李东文心里想，"为什么她总是能读出我内心深处的声音？"

小鱼带着他一直走到这处废弃工厂的最深处，那里藏着一个深深的防空洞。她指过去说："喏！那就是了。"

李东文看到，在丛生的花草树木间，居然真隐匿着一个宽阔的防空洞。走进去，清凉爽快，人站在里面还能看到很远处。两人在里面说话，四周是嗡嗡的回声，听起很舒服，如梦似幻。洞里居然还有一套藤椅和茶桌,两排书架——甚至还摆陈了十几本旧书,什么《设计概论》《素描石膏像》《西方建筑美学史》,还有几本旧刊物:《青年视觉VUSION》《中国国家地理》。

"怎么回事?"李东文很诧异。

"很奇异吧?"她笑说,"我平时没事,就背一壶茶,带几本书,坐公共汽车来这看书,看一下午。"

原来此处另有主人,是四川美院的一位雕塑家。洞里所有的东西,都是他雇人搬来的。他几乎每周都来这里,画画,看书。小鱼跟他也很熟了。小鱼说:"他想一点一点将这个地方改造成一个艺术空间。就是,类似于昆明的什么库——"

"哦,是创库——"李东文告诉她,"一位叫叶永清的画家在昆明建造的一处艺术空间。"而他几乎也在心里肯定,这个现成的环境如果稍加艺术化的修饰和改动,还真是一个天然的艺术场馆。他也兴奋起来,"哎!有趣!哪天我也背上茶壶,来这里看书。"

"听歌也很舒服,尤其是蔡琴的歌,在这里听,格外清凉和沧桑。"她说。

"这里怎么听歌?"他很诧异。

她从包里掏出MP3,得意地朝他晃了一晃。

他长叹:"我都觉得自己成陶渊明了。这哪是洞穴啊,这简直是世外桃源啊。我曾经看过一本书,上面说只有王室贵族才生活在洞里。现代人呀,透支一生的劳力,拼死拼活,就是想尽早挤进那些水泥格子。你说荒谬不?"

"更傻的是,虽然人人都明白这个道理,但还是得拼命地往里挤。"她说。

"有道理。"李东文回头打量,褪去了工业时代的繁荣,没有物欲污染，这里有一种原始的苍凉和淳朴。

他忍不住问："你是怎么找到这个地方的？"

"我是平原上长大的，喜欢骑自行车撒野路，重庆到处都是爬坡上坎的，骑自行车的少。那天看到一个二手自行车要处理，就买了，没事骑出去到处溜达，不小心就逛到这里来了。"

"就这么简单？"

"是啊，就这么简单。"她笑嘻嘻的，"喜欢吗？"

他长吐一口气，依旧无法置信："喜欢，简直喜欢得要命！"

他问："你去过西藏？"

"没去过。"她反问，"你去过吗？"

"我也没有。"他突然有阵惆怅。去西藏，是他多年前最大的愿望，但此刻却发现，这事儿早被自己忘了。他问，"为什么是喜马拉雅呢？"

"因为藏语里，喜马拉雅的意思是'女神'。"她说。

"不对吧，"他说，"我记得应该是'雪的故乡'。"

"哦，"她若有所思，"也许是我记错了，但'雪的故乡'更好呀，多么干净，那是最原始的世界。"

"可惜，"他苦笑，"重庆从没下过雪，雨倒是从来不缺。"

逛到码头边，他发现那里居然还有一个古老的轮渡。李东文感慨："这还是小时候坐过的玩意啊。"看起来小鱼与老水手十分相熟，她磨蹭了一会儿，老水手真的把舵盘让给她，让她亲自开了一会儿。李东文坐在身后，看她握着轮盘，风吹长发，仿佛能掌握自己的命运一样。

每天醒来，李东文就能收到她的短信："起床没？再给我介绍几本好书嘛。"

去喜马拉雅公园

他十分好奇,她会在什么地方读书?难道,她把他推荐的书带到洗脚城里读——他想象她蜷在一个宽大的沙发上,夹杂在一群妖艳的女孩儿当中,在浓重的香水跟飘忽的体味之中,在一个个男人色情而挑剔的眼光当中,专心致志地翻着手上的《刀锋》,或是《米格尔大街》——这是一幅多么奇异的场景呀。

小鱼哈哈大笑,为李东文丰富的想象力。"我有那么瓜[45]?上班就上班,我一般只在家里和公车上读书。"

他只能啧啧地表达惊奇,当然,还有某种心疼。

两人作息时间十分一致。都是中午前起床,吃完午饭,随便干点什么,就得上班了,然后一直持续到晚上。他最晚不过凌晨,而她,有可能整个夜晚都在工作。不过,李东文每周还是有两个休息日的,而她的休息日,就是例假期。不过,她说自己随时也可外出,或告假。

他们经常相互慰藉、关心,或是挖苦、揶揄。好像被绑在电话的两个端口。她的电话,总是在上午十点半左右打来。

"你真敬业呀。"他说话的语气,还真不让人觉得讽刺。

"当然。"她坦然回答,"怎么说也是一份工作吧。"她似乎很强调"工作"这个词。

他故意绕个圈子,"你学的中文,但跟你的专业好像不是很对口哦。"

"那外语系的姑娘,是不是非得去外国不可?"她的应答机智,无懈可击。

她的第一份工作是在一家文化公司,推广学生卡,三千元一个月。条件是每个月要签下四十个客户。六十元一张的学生卡,连接了一些优

---

[45] 傻子的意思。

惠合作项目，可以享受打折。买卡需要缴纳押金。谁买？只能找朋友，朋友的朋友。千辛万苦签了四十个客户，经理的反应淡得出鸟来，她再傻也看出来了，他就关心卖出去多少张卡，根本没兴趣听自己在大热天怎么辛苦地去跑会员。再后来，经理携着押金消失了。至于损失，谁管她呢？

"洗脚城还单纯一些。不需要你求爷爷告奶奶的，也不讲究什么厚黑学，甚至不要装模作样，做自己的事就行了。"她自嘲。

"那，跟——顾客相处，你不觉得？……"李东文好奇地问。

"既然把这当工作，就得习惯，就得忍受。杀人是不合理的，也会有心理排斥，但如果你是职业军人，在特定时刻，杀人就是工作，就得承受别人不能承受的东西。如果你只想它是工作，一切容忍都是必须的。"她说话时看上去很平淡。

"一切容忍都是必须的。"放下电话，他在房间里把这句话重复了好几次。下雨了，他看着窗外肿胀的阴影，发现自己也被遮蔽在一团浓墨当中。

雨停了，他出门，今晚报社聚餐。

他无趣地坐在同事中间，他们的话题始终离不开房子。眼下，工资增速远落后于房价的提速。看来想在一两年买房把母亲接到城里的愿望，是很难实现了。突然就想到了喜马拉雅那几间废弃的房屋。那里住着，该是多诗意呢。据说，现在还有人把房子搭在树上，真成鸟人了！

一通铃声把他从冥想敲回现实，是雪雁。一听她低沉的嗓音，他就晓得，出事了。

"我去你那过一夜。"雪雁问，"方便吗？"

去喜马拉雅公园

"方便,怎么不方便呢!"李东文立即打车回家。付司机钱时,他看见雪雁伫立在台阶上,孤单的身影。

被李东文撞见"私情"后的第八天,他们见面了,有点谈判的意味。李东文愤懑的是,雪雁并未像自己预想中的那样哀求、乞求,她甚至不提自己有何错误,反而主动提出分手:"既然你都知道了,我们不可能继续下去了。"

一切都完全出乎李东文意料。

最开始,他愤怒得不可抑制,无数次想该怎么报复才能缓释自己心中的怒气。但同时,他感觉自己被彻底摧毁了。他的自信,他的傲慢,他的自尊,统统消失了。他甚至害怕她真的为此离开自己。他决定,等着她来忏悔、乞求,然后,宽容地接受她,以及她的污点。

但没想到她主动提出分手,如此决绝,他第一反应居然是哀求:"你是不是太冲动了?你别急着做决定,先考虑清楚?"她毫不犹豫地拒绝了他的"好意"。还是结束吧。

他心里被猛割了一刀。

后来他知道,雪雁跟那个男的早就有苗头了。回想起来,雪雁早给他讲过,有男孩在追求她——但他却当笑话在听。其实雪雁早已给出暗示,譬如吵闹。但他哪有这么细的心肠,何况彼时他正为自己的生存权决一死战。

李东文费了一番周折把床铺打整出来,雪雁问:"你明天上班吗?"

"有事你就说。"他说。

"我想你陪我去一趟医院……"她欲言又止,"我怀孕了。"

嗡!他脑子响了一声,问道:"那你准备?"

"做掉。"她果断地说。

"非去不可？"他提醒，"干脆趁这个机会结婚，生了吧。"

"不行。"她说，"我得了那种……病。"

李东文震惊之余马上想到什么，问她："他传染你的？"

她不解释，也没否认。

雪雁睡熟了，他却失眠了。心里憋得疼，胸口像是被谁狠狠地撞了一下。有杀人的欲望，但却没有杀人的理由。他无力地看着眼前的黑暗，黑暗中那些沉默的家具好像长了脚趾，陆续活动开来，其中一个白色的身影，就如神父，戴着一顶尖尖的帽子。不一会儿，他似乎听到一个婴孩在哭泣，他跑过去，一个孩子躺在地上，他却怎么也抱不起来，怎么也抱不起来，就像在水里捞月亮那样徒劳。他急眼了，朝水里跳，醒了。

天亮了。雪雁已经穿戴整齐，说："起来吧，还要去排队。"

回到办公室，屁股还没放下，座机丁零零响了，李东文拿起电话就听到仓皇的声音："哎呀！你这几天到哪去了？怎么也联系不到你！"

是小鱼，她告诉他："喜马拉雅公园就要被推平啦！"这个消息让李东文吃了一惊。

这三天他关了手机，请假陪着雪雁。虽然手术后她就提出要走，但李东文看得出，她并无地方可去。同处一屋，他的心情尴尬而复杂。更不能问，或追究——说任何话，做任何事都是错误。他想，我能做的一切，也就是不往她伤口上撒盐——而唯一令自己灵魂得以救赎的就是，在这短暂的几天，尽心照顾好这个身心俱伤的前恋人。他有说不出的悲楚——难道年轻时，我们都要为没经验的爱付出如此高昂的成本吗？

直到雪雁离开，他也没开机，是刻意的，想让自己的痛在意识里驻留得更清晰一些。

"怎么回事,你慢慢说,"李东文对着话筒说,"天塌不下来。"

"要不你过来一趟?"她十分焦灼。

李东文打车赶到时,她及那位主人——雕塑家刘景活,已等候他多时了。

才两个月不来,喜马拉雅已完全变样了。李东文看见那些荒废的房间和车间,已被大幅度整修出来,有的被改成了图书室,有的被改为办公室,有的房间悬挂了一些架上艺术品(不依赖其他艺术品而存在的艺术),仔细看,大多是美院艺术家的作品。最大的车间,现在变成了一间展览馆——里面是一批新加坡艺术家的架上作品,似乎正待展出。而在原来一片荒弃的天井里,一块池塘已被清淤,灌满了清水,放进了金鱼和锦鲤。四周的断墙上,悬挂着艺术家荣涛系列摄影照片。总之,整个园区,因为经过了进一步宽阔而细致的加工,整体性显得更强,氛围浓郁。

简单寒暄几句后就进入到正题。刘景活介绍,自己是两年前租下的这块地,租期十年。但是对它的具体改造,还是近期的事。就在他这个拟命名为"废墟美术馆"的空间产品快要打磨完成时,产权方突然单方面毁约,声称要立即收回这块废弃空间。刘景活打听到,这块地将卖给一间地产集团开发。

"这种情况,你们能不能报道?"刘景活求救似的看着他的眼睛。他如实说:"这个我现在还没法答复你。不过放心,我一定会尽力。"艺术家紧握他的手:"那就好。"

"我这样做,是不是给你带了麻烦呀?"离开前小鱼有些不安。

"怎么会?"他说,"这是个好选题呢。"

"谢谢。"她低低地说,"在一些人看来,它只是一块地皮。"

"是，"李东文附和道，"地皮象征着繁荣和利益，但没有风景，也没有灵魂。"

"我还是担心，"她仰起脸，"万一它被拆了，就再也没有了。"

"别担心。"李东文安慰她，"你看，这块地方本来是没有名字的，你来给它命了名，它就是你的了。以后，永远都是你的，谁也抢不走的。"他从背袋里拿出相机说，"你看，你能把它——还有它，它，全部都装在这里。"

那个下午，李东文陪着她拍照，她对眼前的每一个镜头都那样仔细，这使他有种错觉——她好像是在做一场细致的手术。

当晚，李东文通宵赶制了一个详尽的方案。

按理说，他只需写出一篇报道，对刘景活、小鱼或是喜马拉雅，都有个交代了。但他清楚，即使报道出来反响也不会太大，更不可能改变喜马拉雅的命运。难点是，对这个地方知者寥寥，公众难以产生共鸣。首先就得打通渠道，让喜马拉雅与大众之间产生联系。

天亮前，他终于细化完方案，满足地点上一支烟，突然被自己全面而完整的逻辑思维吓了一跳——从业至今，他从未像此刻这样，充满激情但不失理性地做一份策划方案。

第一个活动是跟本地界限文学网站合作的"仲夏夜诗歌朗诵会"，看上去跟拯救喜马拉雅风马牛不相及。当日，百多位文艺界人士被邀到神秘而陌生的喜马拉雅。这还得感谢那个可恨的圈子——圈子的坏处跟好处是同样明显的，它具备病毒传销的功能，通过一个人，就能链接上另外一个人。当这些人加起来，就成了一种重量。

诗会反响出奇地好。其实是，大家被报道里的废墟折服了。接连几天,几位有分量的作家和艺术家的关于喜马拉雅的游记刊载在几家副刊上,但更多的私人记述已大量流传于网络。

开局不错,有了这些铺垫,李东文马上要组织爆破点了——在取得领导首肯后,他撰写了一篇三千字的报道,用整版推出,配了几张冲击力极强的大图,不仅体现了这座废墟美术馆的空间之美,同时明确地述说了它正经受的现实遭遇。

这篇报道出来后,反响极大,同城其他媒体也纷纷跟进。这个由私人出资打造,并向市民免费开放的废墟美术馆在一段时间内极大地吸引了读者关注,不少驴友实地游耍后在网上发布文图。很快,喜马拉雅的拆迁被网民炒成了一起"文化事件"。

最新的后续消息是,喜马拉雅或将被本区文化部门定性为"创意园区"。这不过就是一个半月的时间。

这一天,李东文也第一次去财务领到了好稿奖,他捏着厚厚的信封,无比感慨,从业两年多,这还是自己第一次拿到总编奖。在报社的走廊里,他突然接到小鱼的电话——这一个多月,她每天都很紧张地关注事情的进展。

他按了接听键。

话筒里一阵沉默。良久,小鱼哑着嗓子说:"谢谢。"

"该说谢谢的其实是我。"李东文很认真地告诉她。其实,他事先也没料到自己的稿子能有如此大的影响。而在拯救这座废墟的过程里,他甚至难以置信地获得了一种久违的职业成就感,隐藏在他内心的一些死去很久的东西,也开始悄悄复活了。

"你别客气。"小鱼声音温软,"不管怎么说,是不是——也要庆贺一下嘛?"

"要得。"他说,"月底我有三天假。去哪耍呢?"

她想了想,说:"去我家吧?你不老在念叨想吃家常菜吗?"

为什么她把自己租住的地方称为"家"呢?李东文在公车上有点无聊地冥想。小鱼说除了他,没任何人去过。她是个奇怪的女孩儿,让人看不透,但同时,她是那样简单,简单得没有任何内容。

偶尔,李东文也好奇,自己跟她究竟是什么关系?有一阵,他很想劝她搬过来跟自己一起住。理由都想好了。两个人一起合租一间房,总比一人租一间房经济得多吧。当然不光是性的原因。在一起能说说话,一起吃个晚饭什么的,生病了,还能相互照顾,多好。而且,重要的是,他跟她在一起,很轻松。他也劝她几次,希望她改行。但从语气里,他感觉她似乎对从事其他职业没有什么信心。

李东文按照地图找到一栋藏在小学背后的老式筒子楼,她住三楼,门开着,仿佛一直就那样开着,就等着他。

小单间只有二十几平方米,但五脏俱全。居然还带简易卫生间和厨房——在房间后窗位置,砌了一堵墙,然后隔出一平方米的地方充当卫生间,剩余地带就是厨房。

她已经烧好水,为他沏上茉莉花茶。这微小的细节令他温暖。他曾告诉她,自己喜欢茉莉的清香和简单。这个房间实在太旧了,没有任何时尚的陈设,甚至没有女孩子房间常见的饰品、花瓶、玩具或是五颜六色的艺术仿制品。但收拾得干干净净,纤尘不染。房间唯一的装饰,就是整齐地摞在那张老式的、掉漆的书桌上的几排书。

他翻了翻,多是文学读物,有些书已经很老了,比如那本《世界最佳情诗选》,显然由于经常翻阅变得膨胀。房间也没有电视机,只有一个小音响,放着舒缓的音乐,是小野丽莎的《美丽新世界》,忧伤,安静的忧伤,充满了整个房间。

他留在了那里。

事实上,整整三天他们都躺在小野丽莎轻滑的嗓音里,待在那个小屋子里,待在那张木制的单人床上。

新鲜的性爱总是愉悦的。

两个人都一样贪婪,像讨糖吃的小孩子,舔光嘴唇上的糖分,还不满足,还要朝对方索求。直到掏光了彼此身体里潜藏的欲望,掏光了骨头缝里储存的力气。

李东文靠着床头吸烟,她去厨房给他下面条,光着身子。他用眼睛抚摸着她的背胛,青涩的小小的臀。他突然想,她跟别人做爱时,也是这样的吗?

"你说,我们这算什么关系?"他突然很想知道她如何定义。

"我们?"她不假思索地说,"好哥们儿呀!"

"好哥们儿?你可不是男人。"

"我们……挺相似,挺默契。"

"到底什么关系?"他逼问。

"呃——应该是第四种关系吧。"她说,"是哥们儿,也是暂时的亲人。可能我们都是那种敏感的人,不是很适应城市。所以呢,既然我们遇见了,就用彼此来取暖吧。"

两人厮磨到第三天,她给李东文抱来一堆日记。这年头用笔写日记的人很少了,但她却一直坚持着。他认真读了,说是日记其实不甚准确,该算是质地不错的随笔。

她在日记里提到了喜马拉雅:"我迷路了,渴望在这里遇见一个鬼。那些从不迷路的人,并不值得羡慕。我很小就习惯迷路,我习惯了不向任何人问路,任凭自己在恓惶的内心左奔右突。我不能阻止自己的迷路,也不喜欢迷路后的感觉:恐惧,惶惑。但我渴望遇见一些意想不到的东西,我渴望在喜马拉雅走着,走着,突然听到背后传来一个轻轻的声音:'喂,你好吗?'"

他突然有一种说不出的惘然。她在深夜写字时,自己在哪?他只记得自己不停地转台,从一个酒桌,到另一个鼎沸的酒桌,谈女人,发牢骚,说酒话,讲大话,吹牛,一会儿拥有一切,一会儿又藐视一切,甚至也悲观一切……

"呵,我喜欢瞎写。"她仿佛洞悉他的悲哀。笑嘻嘻地指着窗外,"你听,下雨了。"

"哦。真的下雨了。"他竖起耳朵,听到了雨丝打在树叶和窗棂上的声音。微小的声音。

"不知道鬼喜不喜欢雨天。"雨天总让他有点感伤。

"不如我们去淋雨吧?"她总是有些怪提议。

李东文也来了兴致,套上T恤:"走吧,两只喜欢淋雨的鬼。"

两个人走在街上,她突然说:"想了想,还是告诉你,我要改行啦!"

"真的?"这个消息有点突然。

她肯定地点点头。

"好呀!"他张望着,"那——庆祝一下喽?"

夜很深了,但那些辛勤的夜市大排档的摊主们仍是在的。这世上,多少人是在无望的日子里一秒一秒地挨过去的。她情绪很高,大声唤道:"来人呀!十瓶雪花,最冰的!"

他笑着举杯:"为将来干一杯。"

她有点忧虑:"我担心自己——不能成功。"

他很生气:"靠,要是你都不行,谁行?"

她很愉快地举起杯子:"行啊,就忽悠我吧!"

也不知喝了多少,她拿出手机,按了几下,递过去给他。

他借着微弱的路灯看到一张合影:她和一个男孩,两人一脸幸福地做出 V 字手势。

"男朋友?"

她从未讲过自己的故事,他也从未打听。

"是的,跟我一样,另一株草根。"

"人怎么样?"

她笑了,他也觉得自己问得没头没脑的。

雨停了,他们却喝醉了,拥抱着从夜市回家。经过长长的街道和甬巷,经过了灯光和大篇幅的黑暗,歪歪扭扭地回到床上。一个小时后,他们从猛烈的性爱里醒来,酒也醒了。

他坐起来,靠着床头吸烟。

她默默地看他吐着烟圈,它们朝着上方飘动,好像完整地钻进了坚硬的天花板之间。

她打破沉默:"明天我就走了。"

"哦。"又一个意外!他舔了舔嘴唇,有点干。不知接下来该说什么,吞吐着烟雾。

她仰头说:"再来一次?"

翌日,他想去火车站送她一程,但她不肯。

他独自坐上公交,有什么似乎从自己体内溜走。走进办公桌,开启电脑,打开手机——许多未接电话,有雪雁的,还有几个是刘景活的。

他拨给雪雁:"怎么了?"

雪雁说:"没什么,就是告诉你,我结婚了。"

"什么?!"他很惊愕。

挂上电话,他依然无法相信,她如此迅速就把自己的一生给安排了,如此轻易。他甚至不知道,那是个什么男人,是伤害她的那个吗,还是另一个陌生人?他长什么样?多高?有什么癖好?什么职业?多少岁?也像自己那样爱喝酒吗?也像自己喝醉了就站在床上给她大声朗诵诗歌吗?也像自己当初那样,不声不响爱着她吗?

不知道。一切都不在掌握之中,也不在预料之中。他能做的,只是被一股说不清的力量裹挟着,推搡着,往前走。

浑浑噩噩的,编前会上他突然接到小鱼的短信:"又下雨了,城市到处是湿的,我们也是湿的。我们的灵魂湿漉漉。我们存在过吗?幸好,对灵魂来说,湿润代表着一种快乐。"挨到会议结束,李东文给她回拨过去,话筒里一直在重复那句:"对不起,您所拨打的用户已关机。"

他在稀稀拉拉的车厢里,感到一种茫然——像有只啄木鸟在身体里一下、一下、一下地啄着,既不疼痛,也不尖锐,空空的。

几天后,他下夜班回家,拿出啤酒,顺手打开电视,正在重播新闻,他把冰箱里库存的剩菜放在茶几上,四处找起子,突然在厨房听到电视里蹦出一个熟悉的词——废墟美术馆。

他心里咯噔了一下,走回电视前——镜头一闪而过,但他还是看到了刘景活的身影,旁边是一行醒目的标语:抗议非法强拆!

怎么回事?不是已被定性为创意园区了吗?哪里来的强拆?李东

文突然记起刘景活的几个未接电话。

在电话里刘景活确定了这个事实。尽管拥有民意支持以及百余文艺名人力挺,但在土地开发的大势前,无异于螳臂挡车。但他仍礼貌地说:"谢谢你所做的努力。"

李东文挂掉电话,习惯性地拨了那个号码。"嘟嘟嘟"的忙音让他猛然意识到,小鱼不会再回来了。她将在另一个城市,过根本不被自己知晓的生活。也好,她不会知道喜马拉雅公园最终的命运。

天快亮了,他脑子里全是那片废墟,神秘的废墟。那是她的废墟!就要沦丧的废墟。他披上衣服,下楼,站在丁字路口,向远处闪烁的出租车摆手。

半个小时后,他到了这块死寂的废墟。他拿着手机照明,像一个历史学者访问着那些瓦片、草丛,还有她刻在墙上的字痕。他曾问过她:"你为什么这么在意这里?"她说:"我喜欢它,觉得这块废墟就好像未来和过去之间的一座桥,又像一株奇怪的盆栽,四周都是新景物,它却想要往回生长……"

他歇下来,坐在一块宽阔的卵石上,迎面是夹杂着腥味和青草气息的凉风,背后传来隐隐的江涛声。他缩紧脖子,使劲想,她叫什么名字来着?她没说起过,他只知道,她叫小鱼儿,鱼儿的鱼。

在大块大块的寂静中,他轻声对眼前的黑暗说:"喂,你好吗?"

Invisible

隐身

1

他跟着前面的女人从站西路一直走到重庆师院后门,不紧不慢。尾随的全部精髓就在这个距离的把握,跟紧了,会被发现;跟远了,容易丢,快感缺失。现在这个距离保持得不错,他很满意。她就要在巷口拐弯了,游戏应该结束了。这时他该做的是折返离开。尾随游戏的本质尽在于此:窥视、心跳、满足,但不产生实质性伤害。可这次他的行动偏离了预期,跟着走到巷口,发现女人的背影消失了。他在原地怔了一会儿,好奇心催促他进入巷道,走了大约十五米,在尽头左拐,然后,他因眼前的一幕而战栗——那个陌生的女人不见了,华雪却侧卧在地上,瞳孔空洞,血从她的脖颈处汩汩流出。

——他醒了。

手机在床畔急促地尖叫。他抗拒着,可铃声一直不停。他举手投降。拿起来一看,是辛夷。他摁了接听键。一个陌生的粗喉咙突然从话筒里冒出来,吓了他一跳:"喂!你好!我现在在汽博中心转盘,可能还有十几分钟到你们小区。麻烦你到门口来接一下嘛。你家属喝麻了。"

他在黑暗里坐起来,怔了几秒。看着手机,显示屏上闪烁着时间:两点四十七分。

她就有这个本事,半夜喝得不省人事,还记得拨这个电话——哪怕他们差不多一年多没怎么联系了。他有些愠怒。对他而言最困难的就是睡眠,她不是不知道,可是她不会考虑这些,即便清醒时也不会。

现在他彻底醒了,刚刚他还试图回到梦里去。但梦境很难有返程的。

走出小区,一辆黄色的羚羊泊在路边,街道上一片寂静。司机站在车边吸烟,像在跟谁赌气——吸得龇牙咧嘴的。后车门敞开着,酒腥臭从那里飘出。他伸脖瞟了一眼,辛夷卧在后座上,一动不动。司机冲他说:"刚是你接的电话?"他说是。司机抱怨道:"你看看嘛,吐得我一车都是!"他抱歉地说:"给你添麻烦了。"随后从兜里掏出五十块钱,递给司机。司机愣了一下,果断接了,说:"你婆娘完全醉得不行了,一路上胡言乱语。"他连说不好意思。司机扔下烟头,说:"赶紧抱她下来吧,我去找水枪冲一冲,还要跑业务哪。"他钻进车内,想将她揽起来,可是一个人醉死了似乎会比平时重很多。司机从后面搭手,把她拖了出来,又帮忙把人托到背上。他说声谢谢,吭哧吭哧往小区里走。

背到十栋她楼下时他发现一个问题:深更半夜的,这么背上去,弄得河翻水翻的算怎么回事呢?算了,干脆多走几步。有句话怎么说的,一顿打都挨了,还在乎这一招吗?

这是他第一次带人回来。十九栋,十二楼顶跃。幸好是夜半,没人会看见。电梯里,她在背上哼哼叽叽的,间或跳出几个含混不清的词。进到家,将她甩到床上,足足歇了五六分钟,那口气才缓过来。

跃层基本空着,仅下面这一百多平方米完全够用了。晚上他偶尔待在上面,给自己泡杯白茶——有一位客户是专营茶叶的微商,建议他晚上可以喝点白茶,有助睡眠——坐在露台上,但不开灯。从露台上能见到的事物并不多,四周都是高大的建筑,视野被遮蔽得牢牢实实的。当然他也并不想真的看多么远,远处无非是漆黑,以及被漆黑笼罩着的一幢幢模糊的建筑。他一般喜欢将目光放在楼下的主干道,在上面观察行

隐身

人有一种奇异之处,仿佛下面是另一个微观世界。这也算一种习惯。平时,他的活动区域多在下面一层,没住主卧,而是次卧——让他多一点安全感。不临街,也更静一些,适合他这样的失眠症。主卧的灯他晚上很少开,这使得房子就像无人居住一样。事实也是如此,客厅里只有一排孤零零的沙发;一台壁挂电视,很少使用;厨房有冰箱,那是他最用得上的;屋子里有餐桌,书柜是空的。他那台联想手提电脑更多放在床上和小阳台的木桌上。除此再没有更多。所以房间尤为空旷。

他去厨房倒了一杯温水,把辛夷搁在床靠上,给她喂了一点。本意是想减轻她的痛苦,哪知道起了相反的作用。她的胃里已经不能容忍任何物质,哪怕是一点点水分也不行。哇的一声——他根本来不及把她挪到床边——她接连吐了三次,直到胃里没有任何内容。床单和地板上喷射得到处都是。他试着找了把毛刷清洁了一会儿,用拖把来回拖净。但没用,整个房间都是那种复杂的味道,虽然她最后吐出的是清水,可是你分明能分辨出,那是酒、牛油、海鲜、牛肉、豆干、腰花、鸭肠、毛肚……那些食物现在散发出你绝不想亲近的腥臭。过火了就是这样,那些气味提醒你没有谁的内在是洁净的。

把所有的窗子打开,风顺从地灌了进来。然后,他在阳台上茫然坐着。作为一个重度的失眠患者,这一夜已然是报销了。

"你是家属?"

当然不是。但他自己都说不清楚辛夷和他啥关系。邻居?不只。朋友吗?又比朋友多了一些内容。情人?算不上,至少不准确。那他们是什么关系呢?

天放亮时,他点了支烟。他很少抽烟。口气对于一个销售员来说是最大的禁忌,他总是遗憾于同行们几乎意识不到——有时仅仅因为口腔的原因，一单可能的生意就会泡汤。他不抽，他的烟多是用来招待别人。阳台上这包软玉溪大概是半个月前收到一个同学的喜帖时附带的。烟杆潮潮的，但还能点燃。就让它燃着，烟味可以冲淡房间的腥味。

这支烟燃尽时，辛夷的声音从卧室里传来，有些萎靡。

他回到屋内，她仰望着他，黯淡的脸上有点委屈："我又喝麻了。"

"哪个喊你喝那么多嘛。"他责备道。

"哎呀，我要早晓得喝麻我就不喝了。"她闭上眼，又睁开，"几点了？"

他拿着手机看："六点过了。"

"哎！要回去了。"她从床上艰难地爬起来，"你房间好臭。"

他哭笑不得。

"噢，还是洗个澡再回去，不然我妈又要啰唆半个月。"她说着就开始褪除衣物，脱到只剩胸罩和内裤，毫不避他。他看见她小腹有个文身，一朵紫色的花，但只能看见一部分，那冒出来的花瓣似乎要从窄小的蕾丝边缘挣脱出来。

"拖鞋呢？"她瞪着他。

他把脚下自己的拖鞋褪下来，推到床边。她把双脚放进去，一瘸一拐，披头散发地去卫生间。一边走一边东张西望，诧异地问道："咦？你多久换的房子？"

他坐在沙发上，含含糊糊说："有段时间了。"

"噢。"她停顿一下，反手把门关上。"噗！"他听到水从莲蓬头里迸射而出。

就像某种重启程序一样，十分钟后她出来时又还原为白天那个慵

隐身

懒的、干净的女人。穿着一件他的衬衣,这让她看起来更为娇小,也更年轻了。但是他很遗憾,那朵花瓣现在被完整地遮蔽了。

她彻底清醒了,环视着房间:"这么大房子,你哪阵换的房?我一点动静都不晓得!"

她沿着客厅转了一圈,看见了楼梯,惊叫:"啊,还有一层?快带我去参观。"

"上面是空的。"他说。不大情愿带她上去参观。

"我自己去。"她白了一眼,噔噔噔地上楼了,不一会儿下来,一脸严肃,"你是想干吗?"

"什么干吗?"他吓了一跳。

"怎么啥都没置?黑洞洞的搞得像座古墓一样,"她吐舌头,"看起瘆得慌。"

他长吁一口气,说:"我一个人,也经常不在家,无所谓的。"

她盯着他,好像在打量一个陌生人,盯得他发毛:"我今天才发现,你狗日的藏得深哪。"

"我……"他还没想到如何解释呢,她看着手机,"啊呀"一声,"回去了回去了!我老娘恐怕打了几十个电话。"

她迅速剥掉那件衬衣,把那身还带着火锅味的外衣套上去。他站在她身后,略感遗憾,还没看清楚那是一朵什么花呢。

辛夷走后,他抱着一个抱枕躺在床上。一个清晰的事实是,他的身体早已疲劳得接近休克了,但意识却仍旧活跃。这种失眠的状况已经有好长时间了。可是重医附二院的神经科医生并没有检查出什么特别的原因。最后她建议说:"要不你去内科看看。"她盯着他,斟酌着说,"你太瘦了,瘦得有点不科学,可能是内分泌失调。"他礼貌地应允,走出诊室就将那张没有任何结果的诊断书揉成一团扔到垃圾桶了。他并没按医生说的去做,而是回了家。

此刻他脑子里尽是一些奇怪的念头。比如他在想,这个城市据说有三千三百万人。如果把这些人都集中在一起,需要多大的一个广场?三千三百万,这个数字有点庞大。一个人陷入这堆数字里太容易失踪了。可是他又觉得欣慰,这样的话,自己挤在那堆数字里,和其他人也就没有什么区别了。都只是大时代里的一个小数点而已。

再后来,他又想起辛夷小腹下面的那个图案,这个图案吸引了他的思绪,他竭力想象那是一朵什么花。想着想着感觉就快接近睡意了,可那个梦又跳了出来。混沌的脑子就像被打了一针,瞬间就清醒过来了。

▷ 2 ◁

搬到渝北这片郊区是他的主意。可是直到几年以后他才意识到一个事实:华雪之所以默许这个行为,是因为那时她就已经做出决定了。

他跟华雪是同乡,还是同学,从初中到高中。后来一同考到重庆,虽然是不同的大学,但挨得很近。毕业那年,他们两个搬到了一起。没有什么曲折,也没什么值得一提的浪漫。总之搬到一起既是权宜也是实惠的,至少节省了一半房租,做一顿饭不怕剩下。当然,可以充分享受性的自由则是另一回事了。

同居三年,他们搬了四次。从沙坪坝搬到渝中区,又从上清寺搬到观音桥,最后是这里。搬一次家就像揭一块疤,尤其当陪着家什一溜蹲在路边等待货车时,觉得自己甚至比那些担货的民工还惨淡。事实确实如此，等到读完新闻传播专业，他才知道，一家报社一年仅需要补充很少的几个新鲜血液，而他肯定不是那少数佼佼者之一。如果不是父母还有一座果园能够及时接济的话，他真可能就被城市扔弃了，像那些广场上流落的癞皮狗一样。谁想过，它们也曾是备受宠爱，而且高贵的。

毕业第三年，他还是没攥到那根命运的绳索。华雪托朋友介绍他到一家民营医院，负责每日的网站维护与内容更新，同时每月编辑一期刊物，二十四页。这种薄册子主要在公交站和地铁口等人流密集处散发，印量大得惊人，一期十万册。他只做了三期，就出事了。一篇介绍无痛人流的稿件，下载了一张明星的图片没打马赛克。不知被谁告了，工商局来了一趟，第二天他就被扫地出门了。

就是那一次，华雪建议他干脆跟着自己做保险销售。他跟着华雪跑了几天，熟悉流程。无非就是电话联络，上门拜访，组织讲座，跟报纸上说的传销差不多。选这个小区，也是那些日子拜访客户意外发现的。植被多，环境好，除了路程远点。最主要是比市中区便宜得多，租金才六百五十块钱，套内四十八平方米的一居室，阳台却有十五平方米——虽然享受它的时间极少。总之，他一眼就看中了这个小区，并竭力说服华雪搬到这里。理由是，在市区住固然方便，但租房不是小区，很难接触到有效客户。实际上他想的是另一层：合租最大的坏处就是，晚上怎么也放不开，总觉得有耳朵贴在墙上，偏偏华雪又不是那种矜持型的女孩。他们在个性上完全是相反的。两人在一起，她是男性的角色，而他承担了女性的那一部分，包括各种家务。他像弟弟，华雪就像他的姐姐，虽是同龄人，但华雪显然成熟得多，老到得多。

刚搬来时，华雪给他的建议是，"要勤于联络和发掘，先从身边的人下手"。所以他第一件事是加入了小区业主群。他就是在群里认识辛夷的。

群里一般没人说话，除非有事。比如："谁晓得说好的游泳池好久开建？"或者是看稀奇："喂！听说三十三栋昨晚遭小偷接连摸了好几家，哪个知道详情？"要不就是："哈哈，刚刚下夜班，在小区看见有一个男娃儿在遛猫，别人都是遛狗，他娃遛猫！"当然，最能激发潜水者热情的是跟每个业主息息相关的牢骚："同志们，小区物管太可恶了，行人道上随意停车不管，健身器材坏了也不修，水管爆了说是业主自己的事，物管费倒是收得勤！姐妹们要不要联名抵制？反正我是一毛钱物管费都不得交。"辛夷很少掺和这些。她发言一般是深夜，懒洋洋的：

"有人出来消夜吗，打平伙[46]？"

"肉平伙？"有人不无谑意地回这么一句。

"素的。"她也不纠缠。

她第三次这样问的时候，他回复说：

"有。"

也是事出有因。之所以搭这个飞白[47]，主要原因在于那天华雪明确表示晚上不回来。他对着电脑，有种悬空感。他想要找点什么事来填补一下。总之他们在夜市的"小脑壳烧烤"碰头。那是二〇〇九年初夏。一头短发的她看起来很精神，短裤外面露出的大腿很匀称。宽大的背心恰当地暴露出白皙的胸脯，庸俗得大大方方的。她看着他过来，挥起手臂，桌子上摆了一排啤酒。他坐下，有些难为情，说自己过敏，从来不喝酒。她愣了一下，但并不勉强。坐在对面他才看清她眼底有颗痣，并不破坏五官。总体来说她是一个看得过眼的女人。

---

[46] 一起摊钱的意思。
[47] 搭腔的意思。

那晚她一个人喝了两瓶山城。说雪花喝不惯,"水渣渣的"。作为一个不喝酒的人,他实在没法回应这样一种评价。难道山城就不是水渣渣的?液体本来就应该是水渣渣的呀。这是他们第一次见面,很友好,很客气。他在小区没熟人,她也是,刚从广东回重庆。她说不喜欢寂寞。她的确不像是喜欢独处的人,爱闹热,爽性。这是他对她的第一印象。她喜欢他的奉承。他的工作使他习惯把对面的人当成潜在的"衣食父母"。

"有第一次就会有第二次",华雪说得没错。后来全是辛夷主动联系他,凭借出色的社交能力,她很快就在小区结识了众多朋友。两人达成了一种奇妙的默契,她约麻将,他给她搭架子;她约消夜,他出来作陪。然后她向每个新朋友义务介绍保险业务——这比他提出来,可信度着实要强许多。实话说,在这个行业干了几个月,他仅有的一点可怜的业务都是本小区的业主,都是在牌桌上谈成的。

有了些许成绩,他开始飘飘然,对华雪说:"你说那个辛夷是不是看上我了?"

"她能看上你哪一点呢?"华雪警告他,"你不要把需要当作情意。"他马上羞惭起来。华雪太清醒了,她对错综复杂的人际关系认识之清晰之理性简直令人发指。那时已是他们同居生涯的末期。他已经清楚他们不可能有一个传统意义上的"结果"了。她开始不经常回家,最初还会说点理由遮挡一下,比如"回去太远了",或者"跑起很烦",后来连这些理由都不需要了。其实他知道她在哪儿,跟谁在一块。他不是傻子,可他只能扮演一个傻子。他知道自己不符合华雪对"丈夫"的想象,她对未来有着具体规划和需求。

其实早在同居之初华雪就说过了,"我们只是一种感情上的临时违建",是"阶段性"的。她说这话时他想起小时在乡坝头见过的草台班子——戏唱完就完了,空地上,只有纷繁的脚印和垃圾。

一开始他还没以为然。但渐渐地,他们的差距一再拉大。一晃几年,他晃荡了好几个单位,跨了多个行业,依旧一事无成;她则显示了性格中坚韧的一面,踏踏实实地待在一个地方,一步一步挪,但绝不挪窝。她现在已是公司最年轻的业务经理,而他躲在她的双翼之下接受庇护。

有时她也挺深入地跟他探讨未来:"说你呀,骨子里就少了一点闯劲。既然没野心,还不如回老家呢,或者回去考个公务员吧,说个心眼好的姑娘,过个小日子,不比在城市里安逸吗?"

"你呢?"他不服气。

"我嘛,我肯定留在这里!"她的眼里噙满了光芒。

有新的追求者,她也不瞒着。会给他讲那是谁,为什么拒绝他的爱意,理由是什么。她一直说——似乎只是一种友善的提醒而已——我迟早是要嫁人的。

看他表情沮丧,她试图安慰:"对你,至少我是真实的。我是因为你的人而和你在一起的。如果我以后跟其他的人在一起,也不一定意味着我就是爱上别人,或是不爱你了。"

他默默地龟缩在一片阴影里。他大概也知道,她不爱任何人,她爱的是她自己。

搬进小区半年后,她把和他一同积累的杂物遗弃在这个租屋——就像扔掉厨房里用坏的一个带把的铁锅——并且很轻易也很合理地把他逐出了她的行业。

这个结果是能预见的。华雪倒不是怕他对自己那个情人——公司副总经理有什么行为上的报复,而是觉得他的存在让那个中年男人有些尴尬和妒忌。那个人的双眼总是肿胀的,好像从来没睡醒。确实,他无数次想过要怎么怎么的,但他对华雪恨不起来。她就像他的导师,陪伴他,启蒙他,在很多方面。华雪让他知道了性在很多时刻仅是本能的需要,没有爱也可以达到愉悦。她教他学会"站在对方的角度考虑问题",辅导他如何从被动变得主动——把他培训成一个随时都能叩开陌生人家门并且还能侃侃而谈的人。他心里知道,华雪离开几乎是注定的。跟她在一起,他一直有一种提心吊胆的感觉,就像深夜在井边扔了一颗石子,然后等着它落到水里。现在,他终于听到了石子在水面溅起的声响。

被踹了,又失业了大约三个月。但那段时间并不怎么凄惨,也没有格外伤感。这得感谢辛夷。如果说那时他是空空荡荡的,那么,辛夷把他的皮囊塞得鼓鼓囊囊的。

主项是牌局,辛夷组织的麻将局极大地转移了他的注意力。都说情场失意,赌场得意。那段时间他确实经常赢——竟然支撑了一段时期的生活开支,俨然打了一份收入不稳定的零工。话说回来,毕业后他干过好几份工作,还没有哪一份收入是稳定的。

不打牌的时候,他就是辛夷的丘二[48]。辛夷的爱好,归结起来其实就一样:买买买。不管是去奥特莱斯,还是去沃尔玛,或是海鲜批发市场,她满足于那种充实感——必不可少的,她需要一个跟班,他就是那个提包的。

有那么一段,他在辛夷那里找到了一种依赖感,她身上有一种类似于华雪的东西,或者说,她有华雪的某一部分。至于具体是什么东西,是哪一部分,他说不出,但那种被支配的感觉让他心安。可不久,

---

[48] 店伙计的意思。

这种虚假的充实感消失了。

认识半年多，也就是春节前不久，辛夷打电话来，问他节假日有什么安排。他说："懒得回老家，就在小区待着。"其实他是没法回家，华雪跟他隔得不远，相邻的两个村子。"那正好，"辛夷说，"你有时间就帮我过去看看房子，过年过节的，家里没人，不要被人把门撬了都不晓得。"他反过来问："你春节要出去耍呀？"她说："我们全家要去江西。"他追问："去江西干吗？"结果，她说的话叫他吓了一跳："回我老公家，跟娃儿团年呀！"

他愣了半秒钟，有点不知所措。在辛夷家打麻将都上十次了，但他竟然从不了解这个事实：她还有丈夫和两岁的儿子。他一直以为她是离婚还是怎样了，跟母亲住在一起的单身无业女人，甚至连"无业"这个感觉都是错的。辛夷仍旧是有单位的，铁路乘务员，不过办了停薪留职而已。

"我哪里埋伏了？"她不承认自己有所隐瞒，讽刺道，"是你眼睛生得太小，不懂得观察生活细节，娃儿的照片在客厅和电脑桌上都有。"

不知道为什么，他突然松了一口气。但是，这么奇特的家庭他也是头一次见到：丈夫和妻子分别待在两个相距遥远的城市，他们的孩子则在另一个遥远的地方跟爷爷奶奶生活。

他无法想象，这种积木是怎么组装的。

▷ 3 ◁

隔了一天，辛夷打电话来说要请他吃饭，感谢他那晚上的搭救。

他当然没有拒绝的道理。一个单身汉可以不需要别的什么，但通常没法拒绝家常菜——大多数人司空见惯甚至是厌倦的那道程序,对于孤单的异乡人却是一种难得的馈赠。当然了,这也是辛夷能够给他的为数不多的回报。

这个电话同时意味着,他们的关系又回到了原有的轨道。当然了,依旧是由辛夷主导的。

二〇一二年之前,他们一直比较亲密。虽然知道她已婚的身份,可那跟单身没什么两样,是吧?他对她还有一些依赖和兴趣。再说,那时不像现在,她身边没这么多男性朋友。他是唯一和她走得近的男人,当然,他也试图在她那里找到更多。

有一次,麻将散场后,几个人去吃饭,人越吃越多,就转场去了KTV。一群人在包房里喝了两瓶红酒(除他以外),耍了两个小时,人在结账之前跑光了,只剩他俩——若不是要载她回小区,他也溜了。已经凌晨了,他说:"回去吧?"她意犹未尽,说想吃烧烤,于是他出去给她打包了一堆烤串回来,她又要了一打啤酒。拿起话筒哼唱《知心爱人》,这时她已经有点醉意了,摇摇晃晃的。他一只手拿话筒,另一只手揽着她,像一个真正的知心爱人。他感觉她喜欢被人搂着,因为他把手搭在腰间,她并没抗拒。这个晚上她很兴奋,红酒和啤酒开始在她体内产生反应,脸颊绯红。唱完一支歌,她进了包房内的卫生间。出来时,他堵在门口,一把将她搂入怀里。她下意识地推了一把,但他用更大的力气将她搂得更紧,按在墙壁上。她的身体瞬间就从僵硬变得柔软,眼睛紧闭,他将嘴唇贴上去时她配合地将舌头递了过来。他非常确定一件事:她想要。可是当他掀起她的短裙时,她突然梦醒了一样——不是那种剧烈的反抗,但她的神情和声调,却有着不容置疑的坚决:"不行!"

那次他根本就没发现，她小腹上还文着一朵花，不是灯光太昏暗，而在于他的注意力完全不在那个点上。那是一次失败的经历。

原以为，第一次的失败只是偶然，完全可以再"近"一步的。之后，他下意识寻找求欢的机会。这是再正常不过的。可悲的是，她似乎根本不记得有那么一个忘情的过程。对于他各种暗示和亲昵置若罔闻。他才发现——距离仍然存在，那个界限一直掌握在她手上。有那么一两次，至多两次，她迎合过他的亲昵，可仅限于拥抱与抚摸。每当要进一步，她就果断制止。她解释说，她不喜欢做爱。性爱对她来说只有痛苦，那种痛苦甚至超越了痛苦本身。就是不行。这中间有一种他完全不能理解的巨大空白。她只是自私地享受那个漫长的事先——最好是永远处于前戏中——比如说从背后抱住她，在耳边柔声说话时。可是，没有下一步。没有过。

辛夷是坦率的，但他很沮丧。他从未真正得到过想要的。他渐渐放开了这根欲望的井绳。二〇一二年，当辛夷怀上第二胎，他在内心踩下了刹车器。在他那里，两人关系终于明确了某个"节点"，那是一个正常的安全的位置，介于"邻居"与"哥们儿"之间。

但对辛夷来说，"界限"并不存在。这个比他大四岁的女人，还是把他当作"编外家人"，就连她为什么比平时焦躁也会告诉你原因所在："我大姨妈来了！"该喊他干吗就干吗。有时，他觉得她需要的其实是自己那部新入手的 2006 款伊兰特。

她的那种亲密感到底是什么时候减弱的呢？他认真回顾了一下，应该是两年前。那时她是铁了心要干点"事业"，跟小区做海鲜批发的老尹，还有做 KTV 连锁的老朱几个打得火热，而他只是一个置业顾问。他们走到了一个必然的分岔口，有聚首就有分手，亲密过后就是平淡。他理解，

隐身

接受。他也是那时才明白,她擅长这么一件事:把陌生人变成朋友,再从朋友变成自己的某种伙伴。可是,这种合作关系总是源于她的需要。

不过,蹭饭始终应该称得上一件愉快的事。

到辛夷家,他抬眼就看见客人不止他一人。还有一个女人,扎着长长的马尾,比辛夷略高,年龄略长。更有意思的是,她有着跟辛夷几乎一模一样的那种说不出的感觉,说是颓废,好像不尽然,反正就是那种懒洋洋的对什么事都提不起兴趣的样子吧。当然,对于家里多出来的客人,他也是有心理准备的——每次邀请他来,自己只是那个捎带的添头[49]。

他探着头,家里除了这两个女人再没其他人。他问道:"怎么没见你妈妈和辛华他们呀?"

"带二娃到公园耍去了。"辛夷说,"二娃这段在查过敏源,不能让他看到海鲜,干脆让他们把娃儿带出去,也清净些。"

这时,他看到桌上堆着两篓子的贝类、鲜虾、三文鱼什么的。

接着辛夷给他介绍:"这是我闺蜜,慧娴。我们老同事,一条线上跑了十几年。哦!刚刚我们还在说你呢,你来了我们就三缺一了。"

他赶紧伸出手,这个女人的手心也是懒洋洋的。

果然,他就是那个添头。慧娴机场送朋友,回来时路过这里,就联系了辛夷,然后两人去海鲜批发市场采购了一堆食材。觉得可能吃不完,也可能觉得差点热闹,于是给他打了电话。

他窝在沙发上,眼睛盯着电视,顺手拿起一个拨浪鼓,无聊地弄出声响。女人们一边在拣弄贝壳,闲扯着龙门阵:谁谁找到一个靠山,

---

[49] 指买东西时商家为促销而额外赠送给顾客的东西。

做起了城市绿化工程赚得嘴边流油；谁谁的老公被实名举报了；谁谁把钱拿去放贷，一个月光利息就是一两万。说到某某发财，怒气冲冲的；说到某某遭殃，一声叹息。不外乎是些单位熟人的八卦消息，他支着一只耳朵间或听着。

闲聊不多久，海鲜锅炖好了，两个女人开了一瓶红酒，他用一杯白水相陪，她们又激烈地讨论起另一件事：奥特莱斯下周搞活动，全场低至二折。

他吃完了，去了趟卫生间，回到客厅时，她们不知道怎么说起辛华来了。

慧娴问道："你不是安排辛华上了铁路吗，又咋个了？"

"哎呀，莫说，说起就烦！"辛夷气不打一处来的架势，开始絮叨。大意是，半年前，她花了不少钱打点关系，才把这个宝贝弟弟送到铁路线上，暂时在厨房帮工，可是辛华干了四个月，招呼不打一个，撅起屁股就跑了。

"你说说！我们那个年代，多少人想上列车工作？有几人上得去呀！就是帮个厨而已，上两天休息一天，有啥不好呢？"辛夷气得遭不住[50]，"他居然说干不下来？靠，切个菜有啥难的？再难也可以学呀。我这弟娃，简直没法说。老子到底要哪个才能把他扶上墙？"

"小娃儿嘛，不晓得世事艰难，还有个过程。"慧娴安慰道。

"哪里还小？再过几天二十七岁了。呃！他还以为啥子都可以帮他包办呢。我给你介绍工作没问题，但我能替你上那个班吗？老子问，你到底是为啥子不干？结果他说不适合他。日他妈哟，这世上有合适的东西吗？"

---

[50] 表示程度，抗不住了的意思。

他在一旁提醒道:"他妈也是你妈。"

慧娴扑哧笑出声来。辛夷原本板着脸,也咧嘴笑了:"算逑,老子再也不管他的咸淡了。"

可下一句,她却转向他说:"让辛华去你那里试试?"

他觉得有点突然,一时不知该怎么作答。

慧娴好奇地插话:"你做生意?"

"我?不是。"他回答说,"我在房屋中介公司。"

她"哦"了一声。

辛夷说:"你可别小看中介哦,他才做几年呀,就住进了大房子。我靠,好大一个。"她随即将手臂张开做了一个怀抱状。

"挺好的呀。"慧娴夹了一片三文鱼,在芥末酱里蘸了蘸。他感觉她仍用眼角的余光观察着自己。

"可不嘛!"辛夷咽了一口红酒,"所以说让辛华跟着好生学习一下。"

他仍然迟疑着:"……辛华恐怕不大合适。"

"有啥不合适的!你就当帮帮他。做了好事,有好事在嘛。"辛夷挑了下眉尖,一副暧昧的神情。慧娴在一旁,看着他们俩,笑意里莫名也有点暧昧。

看见他做为难状,慧娴在一旁帮腔说:"辛华也不是很次嘛,起码嘴巴还可以,待人接物是没问题的。"

他顿了顿,敷衍说:"那我去问问老板吧。"

说完他偷偷地瞟了一眼慧娴,她垂着眼,一副事不关己的样子。

很快,麻将搭子全到齐了。他们在茶馆一直打到接近凌晨,直到辛妈妈电话来,说二娃有点不舒服,不知啥原因。辛夷急匆匆回家,牌局就散了。他代辛夷送慧娴，坚持把她送出小区，在门口替她叫了一辆出租车。

回到小区，他照旧沿着小路漫游。这个类似"日课"的习惯持续快三年了。每晚临睡前他都要在小区走几圈，至少是一圈。一边走，一边观察。每一栋楼，甚至每一扇窗，都不曾放过。毫不夸张地说，这小区在他脑子里已经竖起了一幅立体式的动态图案——比如某间房刚换了主人，而哪一间房一直喑哑。他像一个兢兢业业的小地主勤勉地巡视着一片虚无的领地。另外他注意到，小区有两辆车自他住进来一直没挪动过：一辆2006款的灰色大切诺基；一辆黑色桑塔纳2000。最初它们还是健康的，但长久的寂静让它们的生命衰败不堪，车身上顶着厚厚一层枯叶，枯叶下是一层不规则的厚度不一的垢泥，那是鸟粪堆积起来又被雨水冲刷的结果。它们像是一种玩具被抽掉了空气，毫无气力地瘫在那里。尤其让他想不通的是，俯在窗前观察，前后排车座上除了灰尘，居然还有不少树叶、污渍，甚至划痕。灰尘还可以理解，但树叶是怎么钻进去的？那些划痕又是怎么回事？

每次经过这辆切诺基时，他总有一种使劲扯开车门的念头。

▷ 4 ◁

挨了两天，但他心里知道是躲不过去的。他了解辛夷。果然，第三天下午，她的电话就追过来了。

可是，电话里说的是一件别的事。她说最近一直在筹备火锅馆，接连看了一些场地。然后说让他给参谋参谋——其实也带着显摆的意思。

既然是参谋,于是他正经八百地提了一些建议,说:"做加盟更稳当——看起来是像吃了亏,但实际上占了大便宜。毕竟别人的品牌效应,成熟团队,经过检验的服务内容都摆在那儿。"她说:"没必要,挖一个炒料做大厨,然后再由大厨自己配一套班子,节约了加盟费,而且呢,兴许还能自创出一个新的品牌。"他争辩道:"这不可能,品牌没十年八年是难以做起来的。再说,这种挖厨师的做法风险很大,你生意不好,他随时拔腿就走;你生意好,他又给你加条件,你到底是满足还是不满足?满足他,你不安逸;不满足他,他可以甩手不干。"

但辛夷油盐不进。这是辛夷的一个特点,当发现没她想听到的话,干脆不听,甚至都不再提了。不过就他对辛夷及其对"事业"的认识而言,这倒是比较符合她的:一个十几岁就主要生活在列车上的乘务员,能够从车窗玻璃外见到的事物,并不多,而且很难看得清楚。虽然,如今她全身上下都是奥特莱斯买来的新款时装,这形象让她看起来足够知性和智慧,但衣服里面的那个人,那个人的思维,依旧是陈旧和愚昧的。

一个电话聊了半个小时,他都忘记了自己的担忧。可搁电话前,她给了他措手不及:"辛华的事,你到底去跟老板谈了没?"

他支支吾吾的,说:"搞忘了,等会儿就去问。"他不懂拒绝,但他知道的是,一个夜半的电话,一个好心之举,产生了后遗症:一个原本疏远的女人重新回到自己的生活,并轻而易举地敲碎了固有的平静。至少他是这样觉得的。他甚至隐隐有种感觉,前几天那顿饭都是刻意安排的,都是铺垫。辛夷做得出来。

其实他的拒绝也没有多大原因,就是一种本能,毕竟要负责——负责本身就是麻烦。

对于辛华,说不上陌生,但也谈不上了解。也就是撞见了互相点个头,或寒暄一两句。都是毫无意义的那种对话。第一次见到辛华,大概是二〇一一年左右。那时辛夷的二娃还没出生呢。辛华毕业后,留在成都晃荡了几个月,始终没找到工作。当然,这是辛夷的说法。辛妈妈的说法是,娃儿还是恋家,不愿留在四川那边。总之辛华是突然出现的,也是突兀的。毕竟,辛夷住的是小户,拢共才四十八平方米。虽说隔出了两间房,但多少也是四口人吧?辛夷、辛妈、二娃,再加一个一米七五的辛华。看起来就挤得慌。没想到一晃这么些年,他还楔在这小房子里。

其实辛华读书比他强呢,211本科院校,机械工程专业。可是,他起码还在网络科技公司、民营医院混过几轮,辛华甚至没有哪怕一份正儿八经的工作。最体面的一个职务是经理助理。说起来好听,就是建材批发市场上一个门店的伙计,跑跑腿,记个账什么的。辛华不愿进工厂,但就业情况一次比一次差。最后不是在网咖送咖啡,就是KTV做迎宾。就这,还全赖辛夷的那点人际关系。

有次他送辛夷去她朋友的酒吧,泊完车,走到门口,无意看见了辛华,穿着侍应生的工作服,脖子上系着黑色领结。手里拖着一个圆盘子,看起来就像黑色童话里某个城堡的怪物。由于辛华取下了那副塑胶的黑框近视眼镜,一时并没认出他,用一种显然受过培训的看似热情却又无比机械的声音说道:"先生您好,欢迎光临!"

他总觉得,辛华和辛夷不像是亲姐弟。辛夷大概身高一米六的样子,辛华比姐姐高整整一头,辛夷总体是饱满的,而辛华的每个部位都是凹陷的,他的脸颊两边像是被削去了一些,臀部是瘦削的,像一张扁平的卡片。卡片起码是平直的,而他有着与他年纪不匹配的老态——肩和背总是佝偻起的。从背后看,那种弧度总让他觉着一丝哲学家的哀愁。

隐身

老实说，他不觉得让辛华去自己那儿是个好主意。没有什么具体理由，就是隐隐觉得不对头，不像那回事儿。但站在辛夷的角度，他也是能理解的。在她家，如果说那是一个小国家，那她就是总统，还是总理兼财务大臣。她习惯操这份心，好像这是她的天职。而她的母亲和弟弟相反。万事都等着她来安排，她来组织，她来统筹。

没办法，下班前他还是给谢妈说了，有个小伙子还不错，想介绍来试试。谢妈也没当多大个事，说："就来试试呗。"

谢妈毕竟是充分信任他的。说起来，这份工作倒是他人生中为数不多的主动选择。以前，有华雪在，他几乎没怎么思考这些，按照她的图纸做就行——无论什么。华雪离开四五个月后，他毛遂自荐加入到谢妈的地产中介公司——就在小区对面。这不是迫于无奈，而是一个灵感。之前，在上门拜访的常规销售保险业务的过程中，他发现这片新兴城市区域的小区有十多处，但并没多少住户，大部分是闲置房。他拜访客户时，经常遇见那些明眸皓齿的置业顾问小姐。她们给了他灵感。失业后，他在小区附近闲逛，逛着逛着就清晰了。他觉得自己也可以干这个，专注于二手房——他想的是，与其费力推销新楼盘，还不如盯着这些闲置房，只要掌握了这些信息，销售是迟早的事。事实证明他的选择是正确的。这行业跟保险销售差不多，主要靠亲和力、口才，以及芜杂的资源。他原先的工作经验使他迅速适应了这个行业。相比那些无头苍蝇一般的美女置业顾问，他有自己的优势。说了可能人们不信，但事实确是这样，一般在买房这个事项上，都是家庭女主人在做主。拥有拍板权力时，妇女们更愿信任一个长相憨厚、说话诚恳的男人，而不是另一个浓妆艳抹、举止妖冶的同性。他的选择是对的。至少从业这四年，仅就这片区域而言，二手房比新楼盘销售更好。

去见谢妈的前一天,他跟辛华单独聊了一会儿。

他问:"你到底对中介这行业有没有兴趣嘛?"

辛华一脸憨厚地说:"兴趣,有啊。"

"那你有啥具体想法没有呢?"

"想法?"辛华搔了搔后脑勺,"哥,我听你的,你怎么安排我怎么做。"

他噎了一下,反而笑了。翌日,他带着辛华去了门店,谢妈看这个年轻娃儿的形象没啥问题,也没多难为,问了几个常规事项,辛华按他事先提示的一一作答,口齿也没问题。于是爽快地留下了。

可是辛华只在店里待了几天,谢妈就开始不安逸了。

这天他照例起晚了。昨夜提前吃了半片安眠药,觉得马上就要入眠了,赶紧躺着。可是一躺下去,脑子就清醒了。没办法,又加了一片。结果,睡是睡着了,又起晚了。这种周而复始的痛苦没法述说。有时他半夜从楼上下来,把车库里的车开到小区空地上,然后在车里躺着。奇怪的是,在车里他倒下来没多久就有感觉了,比在房子里容易入眠。

晨起困难,是他一直没有跳槽或转行的主要原因,也只有谢妈能够容忍他,容忍也是一种惯性。换成其他公司,其他任何环境,都不大可能。所以他的工作效率是门店六个员工里最高的,这也是一种会心的回报。当然这也是华雪留给他的一笔遗产——"学会站在对方的角度考虑问题"。

走到中介所门口,他看见谢妈坐在电脑后冲他眨眼睛,神秘兮兮的。他知道谢妈肯定有什么不好说的,在外面等着。她噼噼啪啪敲了几行字后从电脑前起身,把他拉到街边,瞟着门市里说:"喏!你看看那个死娃儿。"

他顺着她的目光望去，理着小平头的辛华，顶着那副宽大的黑框眼镜，木然坐在店内，犹如一尊泥塑的罗汉。辛华就从来是这样一种木然的姿态。他不知道这是如何形成的。

"简直是木头桩子一个！他一天坐在店里动都不动，你说，你说说，我要他搞哪样？我这里又不是小卖部，守着收个钱就行，还要有点能动性哇，出去挖呀，不挖哪有矿呀！"很明显，谢妈对辛华极为不满。

"现在的娃儿都是这种个性，不投入，毕竟才来几天，要让他熟悉一段时间……"人是自己介绍的，他当然还得争取一下。

"还要咋个熟悉？"她摇头，一副很痛苦的表情。

"人家是211院校高才生，智商不是问题。"他说，再等几天就适应了。

"我管他几个么？能捉耗儿的才是好猫。哦！我又不是开培训学校，也不是搞慈善的。我这里是要一来就能打仗的兵。再说——"她嗓子噎了一下——"我确实受不了那个神样儿。坐在店里像尊神像你晓得吗？"

"你店里供了个财神，有啥不好。"他笑。

她翻了翻白眼："这位爷老子还给你！他倒贴工资给我，我都不干——主要是受不了那神戳戳的样儿，不像这回事儿，你知道不？"

"好嘛！"他开始讨价还价，"至少等他做完这个月嘛。"

谢妈叹了一口气。

他知道，成交了。

这时，他看向辛华——拿着一支笔，一动不动弓身坐在沙发里，像一个坐在神坛上苦苦思索诗句的猴子。这辛华呀！原来，他自以为对辛华多少算是熟悉的，觉得他为人处世还是可以，心态也不错，不然怎么甘心去做门童呢？看来，还是太乐观了。辛华为什么在哪儿都待不久？肯定是有原因的。回想那个跟他寒暄的辛华，他突然觉得，那种笑脸其实是刻板的，空洞的。辛华一点不像年轻人，但他同时又是一个孩童——不是说他有孩童的天真，而是除孩童的天真之外的那些惯性仍在他身上存在。他发现自己其实一点都不了解辛华。

可是接下来该怎么办？他是一点儿也不知道。头疼。

▷ 5 ◁

她在人行道上走着，高跟鞋有节奏地踢踏着地面，黑色紧身长裙使得她的腰肢看起来十分柔美，卷发在肩上荡起一阵一阵的小波浪。她丝毫没有发现背后跟着一个晦暗的男人，弓着背，一直尾随她。在马路街口，她停下，等候绿灯。那个男的慢慢移动过去。而他则在稍远一点的街边，观察着前面的两人。这时一群老年人涌了出来，穿着统一的服装，举着旅行团的牌子横插过来，正好阻挡了他的视线。他从那群老年人当中穿过去。奇怪的事儿发生了，路口的绿灯亮着，但人却不见了。她，还有那个跟踪她的男人，都不见了。他焦急地穿过马路，一阵急刹车声彻底叫醒了他，同时把他驱逐出了梦境。

他躺在床上，一遍遍回放刚才的梦。实际上梦中要生动很多。可是，每一次回顾就会损失一些。那些逼真曲折的梦就像是在运输过程中产生了某种损耗，每一次回顾总要消隐部分具体的细节，最后只剩下一个残缺的轮廓。

这两年来他总是陷在这种重复的梦里，那个梦仿佛具有一种丝绸般的吸力。在梦里他总是能追踪到一个又一个女人，可到最后当她们转过身时，全都是一张脸。华雪的脸。

华雪走后，他试着接触过一些女孩，大多在还未开始就已结束。看起来最有希望也是相处最长的一个，是在一个著名征友网站上认识的，他缴了一百二十块钱的费用，把自己的照片、简介（当然都是精心处理过的），还有各种联系方式留在上面。注册成功当晚他一口气添加了十几位意向好友，只有梓君给他回复了。他们用手机短信联系了三天，她就搬过来了。

梓君并不是每天来，一个礼拜大概来住两到三次。按她自己的说法，之前是个小老板，在观音桥开了个服装店，一年下来亏了不少，不得不去了百货商厦做导购。她说有时夜班上到很晚就懒得回来了。他问她住哪里，她说在女同事那里。

因房子里有了女人，他特意去采购了一批厨具，还有几本菜谱。如果她确定过来，他就试着做几个菜，都是简单易学的，比如青椒肉片、清蒸鱼、西红柿炒蛋、小菜豆腐汤之类，感觉还不错，他挺投入。平常他们之间的交流主要是短信，每次来时他总是感觉她累得没有语言了。一开始她是和衣睡觉，理由是她跟男朋友刚分手不久，心理上还不能转换。后来松动了，可是从不配合。他觉得自己抱着另一具棉絮，了无生趣。梓君断断续续在他这里逗留了半年左右。最后一次她说，她觉得两人不适合。他试着追问原因，但她从来没有回复过。当然，这还需要回复吗？再后来，她就完全没有了音讯。

当然这都是两年多前的事了。之所以还记得，完全是因为她之后，他再没有成功地约到另一个女人。她是最后一个。她走之后，他就退了租房搬进了现在这所房子里。

实际上，他的记忆已经拼不出梓君的模样了。她普通得就像任何一个路人,这是他记得她的第二个原因。最早华雪就说过,他长得没有一点特色;辛夷后来也说:"你适合演间谍。"他问这是什么道理,辛夷说:"你有个优势,就是只要把你丢在人堆里就会不见。"

他艰难地从床上爬了起来。今天是周六,可以多赖一阵,但最终还得起床,有一份资料要送到江北的一位客户家中。交完资料后,他不想马上回去,去了观音桥步行街,看见肯德基时才意识到自己还未吃早饭。点了一个汉堡、一杯饮料,找了个靠窗的位置。就在这时他接到了慧娴的电话。在辛华家,他们交换号码时他以为这又是一个无效的今后不会有交集的数字,看着闪烁的屏显,联想到那个慵懒的女人,他莫名竟有一种兴奋。

"还记得我吗?"

"你的马尾挺好看。"

"嘿,嘴甜。记性不错啊。呃——你在哪儿?"

"我?在江北办了点事,现在观音桥,正准备补充点能量。"

"我也在附近,要不,咱们一块儿呗。"

"好啊!"他不觉握紧了手机。脑子里迅速转了几转,虽然并不明确她的动机,但仍满口应承道,"你在哪儿?"

"我吗?我离你近得很哪,在建新东路这边,这里有家江湖菜不错,但是,我一个人懒得去吃。发动机,知道吗?"

"我听说过这馆子,马上过来。"

结果他冲出肯德基,一眼就看见她——斜挎着一个黑色普拉达肩包——笑吟吟站在面前。这么巧,原来慧娴刚从新世界逛累了出来,路过肯德基,从透明窗看见了他,突然有了恶作剧的念头,给他打来电话,看看他究竟怎么反应。

隐身

她带他去了那个据说很有名的江湖菜馆。终于知道为什么叫"发动机"了——整整一盆炒制的花椒淋在细碎的鸡块上，每吃一口，舌头和口腔都像被电了一下，急速振动。

快吃完时她又问："下午有事没？"

当然有。按计划，他还要送另一份文件给客户。但他迅速权衡了一下说："没什么事。"

"那好，要不，我们去看电影吧？今天有新片。"她建议道。

两人又慢慢走回步行街，她选了新世界商厦六楼那间影院，说是新开的。他取了票，又去抱了两桶爆米花和可乐。下午场人少，几乎等同于包场——还有一对情侣，在最后面。间或，他听到后面传来的舌尖吮吸的声音，恶从胆边生，忍不住把手试探着伸了过去，抓住她的手。她用指尖戳了一下他掌心，戳得不疼，有点痒。然后就不动了，任他抓着。

那场电影他看得魂不守舍，事后也记不起来什么情节。他那时只希望电影多放一会儿，然后他们可以在黑暗里多待一会儿。散场时，灯光唰地亮起来，他有点沮丧。接下来该怎么办他一点儿也不知道。她也一直沉默。可是到楼底时她突然仰起头，似乎征询他的意见："我家在附近，去坐坐？"

那是他和慧娴的第一次，差不多也是一年多来的第一次。上一次，他跟一个老乡去过一间隐蔽的茶楼改装的那种地方，感觉不好，很被动，草率，紧张且身不由己。他再也没去过。积蓄了这么久，难免地，他释放得很彻底，从未有过的透彻之感。可他觉得，她比他更冲动。

慧娴居然在观音桥拥有自己的精装公寓，这是他没想到的。虽然是小户，但这几年房价一涨再涨，就这小户在郊区也可以置换一个四居室了。在打车回去的路上他突然意识到，慧娴那里并不像一个单身女人的闺房。只是一种直觉，也可以说是一种职业敏感吧：一个普普通通的乘务员，喷的香水是香奈儿的；背着正品普拉达；住在寸土寸金的观音桥步行街；各种品牌鞋子塞满了鞋柜。随后，他几乎是刻意地抹掉了这点疑问。

只隔了两天，他就开始怀念那次偶然的欢爱了。尤其午后，整个店内都昏昏欲睡时，只有他的脑子里还放着小电影，一帧一帧的。他忍不住给慧娴发了一条微信：

"在干吗？"

慧娴："在路上，这几天当班。"

他很想询问一下："就那份工资还值得你赶去上班吗？"可是，手指敲出来的却是：

"好的。"

突然间他有点百无聊赖，想着从辛夷那得到些什么信息，心里有想法，就下意识地拨了电话，电话"嘟嘟嘟"响起来，又觉得这么直接询问不是很适宜。他正要挂机，辛夷却接通了：

"好巧！你咋个晓得我正要找你呢？你等着，我正在回家的路上，有事要跟你说。"

趁谢妈出门，他溜出来，在街道拐角尽头的一个茶吧里找了一个角落，等着召见。不一会儿，辛夷闯进来，带着满脸喜气，大大咧咧地嚷道："嗨呀！这回老子给你一个发财的机会。"

不知怎么，他右眼跳了一下。

辛夷一屁股坐下来，开诚布公："长话短说，我的火锅馆已经筹备得差不多了，地址也选了，位置好得很。现在，我隆重邀请你——参上一股。"

果然,找我就没好事,他心想。随后支支吾吾说对餐饮行业完全没兴趣,又说对火锅不是很了解,等等之类。

辛夷对他的含含糊糊明显感到失望,质问道:

"我们好早就开始商量这事,怎么你突然就散黄[51]了呢?"

的确,辛夷要做一个火锅馆的想法不是一天两天了。他们讨论过这事,但他清楚自己充其量是个支着儿的,或者说陪聊的人,谈不上"商量",更莫说什么"共创大业"。

不过,他至少知道了这个尚不存在的火锅馆已经有三个股东了,她、老尹,还有老朱。她说的时候,他想起牌场上长舌妇背后的嘀咕,说老尹和辛夷搞上了,还拉着老朱,一块给辛夷投资。他当时心里发笑,搭伙做生意是绝对的,搞上是不可能的。后来又想,当时不知道自己是不是也被人这样在舌尖传播,说这小男娃儿跟妇女轧姘头呢。

他们在茶吧里僵持了一会儿,辛夷放话了:"你不参股也可以,要不你就借我一点钱——我还差一点资金。"

他问说:"差多少?"

她开口就把他吓到了:"不多,才二十万。"

他说:"没这么多钱。"她不信,说:"你又不开销,也不急着讨婆娘,钱存起来干啥子吗?哎呀,我给你算利息嘛。"

停顿了一会儿她说:"小气鬼,不找你借钱了。"

他正要表达感谢,她却说:"你只把房产证借给我就行,我拿去做个抵押。"——看来她来之前就做好了第二手准备——"老尹和老朱给我拉了个股东进来,她是下面一个区县银行副行长的夫人,有这个关系,

---

[51] 分离、解体的意思。

你放一万个心,房产证就是一个幌子,只是借几天,很快就还给你。"

他嗫嚅着,挨了一会儿,才说:"证不在我手上。"

辛夷没想到他会这样回答,愣了一秒,突然干涩地笑出声来,从靠椅上直起身,说:"那我再去想别的办法吧。"

▷ 6 ◁

不知辛夷短短半个多月在哪儿想到了什么办法,总之,她的红鼎时尚自助火锅旗舰店在九月十八号开业了。就他所知道的朋友、邻居都被招呼遍了。他提前在花店订了一个花篮放在车后座,下午四点出发,先到火车北站接慧娴。她今天交班,让他直接去那里等着,然后搭伙去恭贺。

到观音桥不远,但很堵。他踩着刹车,问副驾上的慧娴:"你说,辛夷这么折腾,为什么不干脆留在广东呢?"

"因为她自由惯了。"慧娴拿着手机,一边给别人打字聊天。

"可是她就这么放心自己男人?"

"你以为她天天腻着男人就能绑住他?"

"但我实在不能理解,毕竟她一年跟自己老公都见不上两次。就算她没有需求,她老公应该也有呀。除非——"

"除非什么?"

"你觉得——那个男的是不是同性恋?"

"同性恋会生两个娃?你脑壳是注水的吧!"

她收起手机,给他摆辛夷的故事。

"那男娃儿是做洁具批发的,经常要从景德镇到广东。我们当时一块跑那条线嘛,那条线确实很打挤,卧铺票难买。有一次他找到辛夷,说想换卧铺,辛夷看这男的蛮帅气,又年少多金的样子,就帮他去换了。然后来找我说:'刚刚有个男娃儿,全身都是名牌,长得又帅,简直有点控制不住呀。'我笑她:'那你还不赶紧把他打来吃了?'她说:'我就还真想呢。'辛夷确实有心计。你猜怎么地?火车靠站之前,她不是还要检一次票嘛。她就多了一点心,走到那个男娃儿那里时,说:'是你呀!干脆这样,你习惯软卧是吧?软卧不好订,我给你一个号码,以后你提前给我电话——我帮你拿票就是。'那个男的后来果然给她电话了。到第三回时,她在车上就把他办了。"

"怎么办的?"他问道。

"笨蛋!女人只要想,那还不简单。后来才知道,他比辛夷还小一岁!没几个月,两个就结婚了——奉子成婚。她那次就没做预防措施!"

"但是——"他问道,"她不怕他提起裤子不认人?"

"所以我说她运气好噻。"

他蓦然想到,辛夷拒绝自己时说的——"我不喜欢做这个,非常不喜欢。"但是为啥又这么主动?于是他试探着问询,也不指望得到答复:

"辛夷说,她对性这方面很恐惧。"

"哼哼!"慧娴嗤之以鼻,"回报高一点,恐怕就不恐惧了吧。"

他还是无法理解:"结婚了,又不想在一起,没这个理呀?"

"在那边,生意上的事她完全插不上手。她男人出去也不愿带上她。人生地不熟,只有待在家里,在家当黄脸婆就要做黄脸婆的活呀,要洗碗、洗衣服、做清洁、带娃儿。你觉得她受得了?再说,不一起多好,都不顾娃儿,各有各的生活。"

"我懂了。"

可是,他发现实际上自己还是不懂。

一刻钟就到了目的地。他停好车,和慧娴步行到火锅馆。这是一条美食街,人流量不小。辛夷的新店在美食街末端,招牌很大,但门厅很小,要从窄小的楼道上到二楼,才是她的火锅馆。上了楼,堂口倒是大,豁然开朗。他沿路上观察着,周边高楼林立,上面密密麻麻的写字楼,应该蕴藏了很庞大的客流。从区位上看,选址没毛病。当然,这还要看具体的房租了。在这样的区域做餐饮竞争是很激烈的,但那是另外一回事了。至少在开业酬宾期间,三百平方米左右的大厅几乎是打起了拥堂[52],挤得水泄不通。看来辛夷把阵仗整得挺大,也算成事了。他和慧娴找了一张桌台,挨着坐下。

烫火锅时,他看见辛夷像是一只兴奋过度的蝴蝶,在各个桌上穿梭,敬酒,脸颊红扑扑的,意气风发。来到他们这桌时,他看她步都走不大正了,好心提议说:"在座都不是外人,就不单独喝了,打个批发算了吧。"同桌者都附和。她仍然要逐个来碰杯,逐个地敬。

慧娴在耳边说:"你看,浮躁了吧?她硬是懂不起。"

他伸脚在桌下轻轻碰了下她的腿。

"等会儿不许走哈。"敬完酒辛夷拿手指了指上面,"楼上还有一层会所,吃完了去坐坐,我那存了一些好茶。哎!包房有机麻哟,你们刚好两桌。"

他端起杯子随着大家一起"嗯嗯"应承。

等辛夷带着既满足又昂扬的姿态离开,慧娴低声问他:"等会儿

---

[52] 四川和重庆地区的方言,意为拥挤。

隐身

你还留下来耍不?"

"算了,"他环视四周,"太闹了。"

"那走吧,现在这个点还可以去看一个夜场电影。"她把背包提在手上,站起身说,"免得等下走不脱。"

但他们并没去影院,而是直接去了她家。

不知道是不是有几天没见,她有些亢奋,直接拉着他一起进了卫生间。他感叹说:"你们这些中年女人哪。"

接近凌晨,他离开前——虽然他想留下来,可她从不挽留——站在门口告别时,刻意打量了一眼她的房间,但没有什么明显的痕迹,比如另一个男人的生活痕迹。没有得稍显刻意。

回到小区,散步时他突然觉得,慧娴的房间布置得就像一个酒店,如果没有那么多她的私人用品的话。

不知是不是体力消耗足够的缘故,这晚他入眠还算顺利。早上起来时甚至都不记得曾经做了什么梦。可是一到门店,谢妈就给他吃了一个瘪脸。虽然她没说,可他知道,辛华的事再不解决是不行了。她那张写满情绪的脸已经清晰表明了一种态度。

本来他还存有一点侥幸,前些天也跟辛华深度沟通了一次,告诉他必须要有所改变,重要的还需要有所表现——对于一个置业顾问来说,个性、习惯,甚至形象、过程,都不是最关键的,最关键的还是结果。

他还特意把一个客户让渡给辛华。这个客户他已经跟了一段时间,凭经验他觉得是做得成单的,互信已经建立了,客户的购置心态也完整地流露——尤其当他透露说这个意向小区将会是今后的学区房,一所区重点小学的分校已经备案,最迟明后年就要开建完工。他说动客户的一点是,虽然开建小学的消息还没正式披露,但这个项目备案在区政府官网已经可查证。他把网址打开给客户浏览，说，目前这块区域还没打学区房的概念，一旦这消息被披露，价格就不是现在这个档次了。抖搂完这个重磅消息，再看客户的表情，他知道问题不大了。

这个客户基本上可以说是板上钉钉的事。他虽然非常不情愿，但还是让辛华也一同参与了。之后，他让辛华独自带着客户最后再去查看一遍，然后就准备签约了，协议合同什么的都给他备好。就这样，只差临门一脚的一单被辛华刨脱[53]了——他很没经验地被客户支开，客户有了直接与卖家沟通的机会。客户看了房，说接到一个紧急电话，临时有事，协议等改天再来签。屁！当然再也没来。几天后他接到卖家电话，让他清除网上信息。他追问得知，房子已经出售了，一口价，全款交易。他这才懊悔地发现，这颗大枣儿生生地从猴子嘴里掉了。

可是辛华呢，没有任何准备检讨或认错的迹象，一脸无辜。当他质问辛华现场的情形时，每抠一个细节，辛华就要用十个理由来抵挡——他心里长叹一口气，知道辛华习惯了推卸责任。至此，他知道之前跟辛华的沟通，好意，全是白费——他根本没听懂全部的暗示。在这点上，他和自己的姐姐倒是统一的，在意识里全力抗拒自己不希望得到的讯息。

在告知辛华前，他给辛夷打去电话，没说那么细。他解释说："不全怪辛华，只是老板跟辛华不对付——"他为此表示抱歉。辛夷正在火锅馆忙着呢，说："算了算了，肯定是他个人的问题，这娃儿没药医了，还是喊他来我这里打工吧。"

她又说："明天有空不，请你吃个饭？"

---

[53] 弄丢了的意思。

隐身

他说:"事情没办好,要请也该是我请嘛。"

"哎呀,莫客气。"她说,"上次说的事,你还是考虑下嘛。房产证借我用一下。"

"真的只有副本。"他说,"正本没在我手头。"

这时他听到电话里有人在喊"辛总",她撇下电话跟身边的谁谁交代了几句,回头跟他说:"那算了,等见面再说,马上我要出去一趟。"挂电话前,她突然记起什么似的,"说,你跟慧娴怎么回事?"

他装傻:"什么怎么回事?

"少唬我。我还不晓得你们两个搞到一块了?"她说,"那天晚上我亲眼看见你们两个钻进车里溜了。怎么,不去干那偷偷摸摸的买卖能跑那么快?"

他讪笑说:"不是你介绍给我的吗?"

"屁!我可没介绍你们睡到床上。别人是有男人的……"她声音变得严肃起来,"一年前,她和一个男娃儿耍,被她男人逮到了。也不晓得她是怎么搞撇脱的。莫说我没警告你——就别去惹这荤腥了,那个男人是有背景的。"

"嗯嗯,好好。"

他敷衍着,心头有点乱。之后,忍不住给慧娴发了微信说:"我还以为你单身呢。"

"我要单着就不找你了。"一刻钟后,慧娴回过来一句。

他沉思了一会儿,居然觉得,她说得挺有道理。

第二天,辛夷来电话说:"晚上聚不成了,我老公要来。"

他不无嫉妒地发现,辛夷在告诉他这事时连说话的声音都在发抖,他听得出,这不是惊吓而是惊喜。他说:"那你好生陪老公吧,我们吃饭随时都可以的。"她说:"那就改天再请你,我老公晚上七点多到,从上海过来,明天上午就要飞回广州。"

他说:"机会难得,那你赶快去美容院给自己做个装修吧。"

她笑道:"那是必须的。"

他故意说:"今晚上要陪老公吗?"

"当然。"

"家里住得下吗?"

"谢谢提醒,我开了房的。"

放下手机,他觉得自己未免过于刻薄了。那是她丈夫。可是他忍不住瞎想,为什么她对丈夫可以,而对自己就不行呢?蓦然他又想起街坊那些娘们儿在牌桌上的笑话,她跟老尹呢?但他很快就否定了:不可能的。他想,那个男人为什么选择辛夷?他在她那里能够得到什么样的乐趣?他想不通。这真是一对奇特的夫妻。

不过有一点他是清楚的。

辛夷为什么突然要"搞点事做",跟她丈夫有直接的关系。

二〇一一年秋季,辛夷在广东陪了丈夫一段时间,回来后,要求丈夫每天一次电话。然而有时丈夫电话里模糊的背景声让她隐隐有些不安。质问,威逼,当然是无效的。她实施了新的办法——视频。这样可以看得见后面的背景。可是,你要知道,养成一种习惯并不容易,尤其是对一个成年人,而且是一个常年混迹于各种生意场合的自由散漫的男人。

让她开始产生危机的,是她丈夫失踪了整整五天。当然这个失踪是要打引号的,并不是真的在地表上消失了,只是消失在她的掌控范围之外,他们相连的只是两部电话,他关机了。关机了五天。

可以想见,辛夷暴跳如雷。第五天晚上,丈夫的电话终于通了。他若无其事地解释说,他在上海出差。刚出机场就被小偷把手机摸了,才把卡号重新续上。她当然不信:"那你也可以用另外的电话联系我呀。"男人始终咬着,说她重庆那个号码记不住。同时他也没法提供出差的机票、酒店的证据。她气得禁不住笑了,知道他在撒谎。但她能做啥子呢?那五天成了一段谜。她不止一次地幻想,他在哪儿?跟谁在一起?他跟她在干什么?她第一次认识到,就凭自己的远程遥控,是不能真正驾驭一个男人的。她像一台高倍速的计算机,开始重新审视和计算自己的婚姻以及自己的角色。——以上这些,其实是辛妈妈讲给他听的。

辛妈妈很少跟小区的老人来往(这很奇怪),有一种不屑一顾。看起来她是孤傲的,可是她跟其他老太婆没甚区别,她喜欢唠叨,只是愿意跟更年轻的妇女,还有他。她夸奖他"抻抻抖抖的[54]"。

她爱美甚于自己的女儿,有一次去她家,看见她正在熬汤,他问:"熬啥这么香?"她说了一个土词儿,他没大懂。她重复说:"就是胎盘咯。"他差点吐了。

"小伙子你不知道咯,我们女人就要吃这个咯。这个东西,养颜。"辛妈妈在家一般说四川话,但是在外面或者跟客人聊天,就说普通话,末尾还加个"咯",听起来不土不洋,椒盐味十足。

他想要离她远一点。可是她就喜欢拉着他闲扯。老人家,寂寞嘛。她也没别的什么话题,就说她女儿。

"辛夷你们都是好朋友咯,她男人离得远,家里头得亏你咯。"

他说:"朋友嘛,互相帮助应该的。"

然后她就开始倾诉,说:"辛夷的老公一个人在那边,财政也搞

---

[54] 形容很有精神。

不清楚,他把钱给了外面的女人你晓都不晓得。"抱怨一番,又说,"辛夷也是哈(傻)儿,说想把儿子夺回来。弄回来干吗呀!"

他觉得很奇怪:"未必你不支持辛夷把娃儿要回来?"

"要回来做什么咯?本身房子就小。她一个人,又要做事情又要带娃儿,烦不烦,累不累咯?再说奶奶带得挺好的,你要她也不得还给你咯。"老太太撇着嘴,"要我说,男人嘛,你拿绳子都绑不住的,不如再生一个,这个就留在这边。你怕和尚跑,未必庙也会跑呀。"

半年后,辛夷真的怀孕了。

▷ 7 ◁

翌日中午,他估摸辛夷老公已经去了机场了,就到生鲜超市称了三斤红富士,外加一个哈密瓜,给老太太提过去。请神容易送神难,先打个预防针总要好些。辛华的事儿,老太太马上就会知道。提点礼物去家里,日后老太太也不好在底下讲小话。

老太太的厉害他是晓得的,极为护短。她把女儿当作骄傲,有人在外面说闲话,她会指着别人说你烂嘴;对儿子更溺爱,辛华见对象遭拒,她说其实是自己的娃儿不想要。辛华要被辞退,老太太会觉得连他和谢妈一块是"没长眼睛"。不管怎么说,都是自己惹的腥。自己编的筐,扎出血也要兜个圆。

敲开门,辛夷三岁的二娃在客厅盯着动画片,老太太手里还沾着菜叶屑,显然正在做饭。见他拿着果篮来了,脸都灿烂起来,说:"你这是干吗咯?"

他也不直说辛华的事,说:"别人送了一点水果,一个人吃不了。"

二娃扔下电视跑过来,站在门口仰望他。他摸了摸二娃的头,故意问他:"你爸爸呢?"

"走了噻。"辛妈妈在一边说,"一清早就走了,做生意的嘛,忙得很哟。"

"他是专门过来的呀?"

两人开始攀谈起来。

"是呀,不是听说火锅店开起来了嘛,就请飞机刹了一脚,下地过来瞧瞧。过了一夜,早上就走了。"老太太压低声音说,"他不同意辛夷做生意,让她回单位上班。上班有个啥前途?一点点死工资,养儿都不够。"

"他不知道辛夷做火锅馆的事呀?"

"是不晓得噻!开先辛夷跟他商量,他死活不同意,非说辛夷做不来生意。哪个规定男人可以但女人不可以?嘻!这个娃儿精得很哟。总之,就是不愿投入。"老太太唠叨道,"早前辛夷要把老大从江西弄回来,那边爷爷奶奶死活是不同意。后来说辛夷再生一个,一边一个,不就都解决了吗?他每个月打一万块钱的生活费过来。昨天辛夷跟他打商量,说现在火锅馆资金有缺口,让他一次性给两年的,也不用每个月打来打去那么麻烦了。"

"那他给没有?"

"这……我就不清楚了,都是他们两个的事咯,我懒得打听这些。"老太太问道,"我饭都弄好了,一起吃点?"

他马上说:"算了,还有事。"

"哎呀,还劳烦你专门送水果来,"她在背后喊,"谢谢咯。"

下到楼底，正好撞见了辛华。他拉住辛华："走，我们去外面吃。"

坐在炒菜馆，辛华满脸喜庆问道："今天是啥日子，还专门请我下馆子？"

"同事一场，请你吃个便饭嘛。"

虽然整个门店都晓得了，但看辛华的神情，似乎就只有他本人完全不知道自己即将被逐出的事。他也不急，等着上菜时，跟辛华东拉西扯。

问到他姐夫的事，辛华毫无戒备，说昨晚在饭桌上两口子就开始吵，回家又接着吵，说来说去还是为钱的事。大概就是，辛夷觉得自己眼下有困难，但丈夫不支持她，没良心；而丈夫又指责妻子根本不尊重他，这么大投资，竟瞒着他。总之就是没个结果，不欢而散。一早上，丈夫亲了亲二娃，提着行李箱就去了机场。

听到这他大概也能知道辛夷没能跟丈夫达成共识了，换了一个话题，问辛华说："老是看你一个人，你那些同学都不来往一下吗？"

"同学呀，呃，基本上不怎么来往。"

"就没关系耍得特别好的朋友吗？"

辛华想了想说："没什么特别好的。"

"我看你一下班就闷在家里，也不出去，在家有啥子耍事？"

"看电视啊。"

"看电视又顶不得真，还是要出去耍，耍个女朋友嘛。"

"嘿，光说我，未必你不也是一个人？"

"我？我倒是想啊！但是没遇到的嘛。"

"我不想找。"

"咹？到这个年纪是该耍朋友噻，你不结婚呀？"

隐身

"结婚？结婚有什么好？自己的心都操不完，还要给别人操心，还要照顾这个那个。"

"不耍朋友，你又天天看《生活麻辣烫》《雾都夜话》，都是些情感故事。"

"就是嘛，我看看电视就够了。"辛华认真地说，"我觉得这样一个人蛮好的。何必还要多一个人，再说我啥都没有。"

等菜上来，他就不说话了，一个劲刨饭，把筷子在回锅肉里扒来扒去。他确实觉得辛华总算是做了一件正确的事，他说得对，他不需要一个女人。他家里已经有两个了，两个都很强势的女人。

临到结账时，他看辛华仍旧毫无反应，不得不假装漫不经心地告诉他："谢妈让我通知你，下个月，你就不用来了。"

"不来？为什么？"

辛华愕然地盯着他，看来他是真没听懂。

说起来，他听辛夷摆过一回自己弟弟的故事。那是两年前，辛夷的二娃差不多半岁，她自己带着，闲得发烫，又开始张罗牌局。他去的时候，其他牌友还没到。有些无聊，在客厅转来转去。辛夷房子很小嘛，是他最早搬进小区住的那种户型，他第一次意识到这个问题：两间隔出来的小房，她跟她妈一人一间。那么，辛华——这么大一个人，睡哪儿？

辛夷指着窄小的密封阳台。他顺眼看去，这才恍悟，一张收起的折叠床靠在墙壁旁。

他说："你有老公养着，又不缺钱，为什么不换个抻展一点的房嘛，这里手臂都伸不开。"

"凭啥子！那是我的钱，我的钱就是我的，又不是公家的。"她说完，又笑道,"我就喜欢挤,挤着舒服。又不是不够住。"

辛夷就是这么一个人,既甘愿供养家人,但又不让家人舒适。他不再提房子的事,转而问:"辛华回来都耍些啥子?"

"看电视噻。"她说,"从《天天630》开始看起,然后是各种狗血电视剧,尤其喜欢看那种年代家庭戏,一直看到十一点,倒头睡觉。"

"老太太才看这些。"

"是呀,他就像一个老头儿嘛。"

他压低声音:"辛华也不出去耍个女朋友哇?"

"耍个铲铲,"她没好气地说,"吆都吆不出去哇!每回给他介绍对象,见面就像是请鬼吃饭——吃了白吃。"

"不可能,恁个大的男娃,憋得住?"

"哎!你莫说,他真憋得!我告诉你,他还是雏儿。"辛夷悄声说,"辛华可能连自摸——都不会。"

他根本不相信:"这么大年纪了,哪可能嘛。"

可是她赌咒发誓,说经常偷偷检查他的床单、内裤,包括卫生间的篓子都翻了一个遍,从来没发现什么蛛丝马迹。

他觉得滑稽,想笑,可笑不出来,猛然间有点悲伤。辛华只比他小三岁。

就是那一次,辛夷跟他摆,说:"其实辛华原来不是这样儿的,小时候是很聪敏的,读书很行,性格也千翻[55],不像现在,一点也不怪。"

他说:"辛华现在也不怪呀。"

她嗔了一眼:"听你说还是听我说?"

---

[55] 调皮的意思。

他摊了摊手。

"十一岁的时候,辛华出了点事,性格就怪了。你知道嘛,我们住在铁路站道旁,在山沟里面,农村嘛,也没得其他耍事,电视信号也不好,频道少。还经常没电。放学了,娃儿一般都在坝子上耍,大人也不当意[56]。有一次,辛华跟那些调皮娃儿一起躲猫猫,城里叫躲迷藏,一个意思。躲猫猫嘛,你也肯定耍过的,要躲到别人找不到就算你赢。被人找到、发现了,你就输了嘛。这娃儿生怕别人把他找出来,就跑很远,不晓得躲到哪里。总之,第二天我们在一堆草垛边找到他的时候,他身上衣服全部没有了,不停说胡话。我摸他的头,很烫。你晓得嘛,四川那种小山村里根本没得医院,我妈就去给他找了个巫医。巫医说他是中邪了,把我妈吓得半死,哭哭啼啼的。最后给他连做了两天法事,人是醒了。但就老是迷迷糊糊的。你问他那天晚上是怎么了,他总说不记得。你问他躲在哪里,他还记得是在草垛里。但其他的,他一概说不记得。就是那事之后,我发现他跟原先不大一样了。很安静,不调皮了,突然变得像个小老头一样。"

他问辛夷:"有没有可能是遇到别的事了,或者他自己出于本能,排斥着,不想说?"

"哪里嘛,就是遇到鬼了。"辛夷说,"大家都这样说。"

他心想,哪里有鬼?这故事里的疑点是太明显不过了。找到他的时候他的衣服为什么没了?衣服去哪里了?但他不便继续发表意见,也没必要。

事实上他觉得辛夷的心里也有一块空白。而自己呢?他觉得自己心里也有一块这样的空白。每个人大概都有一个这种其他人进不去的

---

[56] 注意、重视的意思。

一个黑洞吧。不过,他至少还有一点探究的心情,而辛夷从不关心旁人,甚至也从未问过他:"哎,你女朋友呢?"或者"你为什么老是一个人呢?"无论什么疑问都没有。

有天晚上,他跟慧娴也谈到了这点。她于是笑道:"那你倒是说说,你女朋友呢?"

他侧身看着她:"你真想知道?"

"你说嘛,我喜欢听故事。"她眯着眼,脸上的红潮和身体的满足感还未完全消退。

"她嘛,跟她在一起的时候我就知道我们是不会长久的。"他望着天花板,述说道,"她长得太漂亮了,是一个目的性和规划性都很强的人。对她来说,找到自己想要的那种男人不难。她也找到了。那个男的看来是真喜欢她,为她离了婚。分割了一部分财产,但不影响,还是有钱人。房子七八套,活这么一辈子肯定是够用了。"

"很好嘛。"慧娴喃喃附和道。

"我们分手后,有段时间,"他停顿了一下说,"我跟踪过她。"

"呃!"她惊了一下,瞪大眼睛,"你想干啥?"

"嘻,别瞎想,不是为了什么打击报复。那应该是前年吧,突然地,就很想她,老是想。毕竟是我的第一个同居女友嘛,再说从小就耍得很好,像亲人一样了。分开了,心里还是放不下。有一次,一个客户说要我帮他处理自己的淘汰车,我就买了,就是我现在开的那辆。下班了我开过去,我晓得她上班的地方和住的地方。把车停了,等着她,在后面偷偷跟着她。"

"她没发现?"

"没有。"他摇一摇头,"可能发现过一两次,也可能没有。我

隐身

一般都很隐蔽。"

"你又不为报复,为什么还跟踪她?"

"不知道,就是想看看她,知道她在做什么,怎么样,没什么特别的想法。"

"哦!"她拖着口音,对这个无趣的故事有点儿失望。

"我跟了她三个月左右,就一天,"他的脸沉痛起来,"就一天没去,那次我走到新牌坊,把前面的车追尾了。车主把交警叫来,拍了照,最后交警让我们私下解决。总之,那天晚上因为这破事没去成,就出事了。"

她说:"你不要老是卖关子。"

"还是告诉你吧。"他痛苦地笑了笑,"就那天晚上,她在小区旁边的一条巷子里被害了。"

"啊,为什么?"

"就为了一个包。"他说,"其实,就为挎的那个包,香奈儿。一个吸毒的,毒瘾犯了,趁黑躲在巷子里,刚好遇见她了,抢她的包,他是为了包里的现金。但是她舍不得那个包,攥着不给,那家伙反手挥了一下,就一下,然后跑了。说来好笑,他被抓的时候自己都不晓得杀人了,不知道自己手里的刀片划到她颈动脉了。等到被人发现叫了救护车来,去急救的路上就断气了。"

"就为这个?"她满脸写着遗憾,觉得不可思议。

"我想,当然只是我想,她在意识里其实还没意识到自己已经是富婆了。只想着,一个包好几万呢。她的本能害了她。当然,也可以说,害她的人还有我一个。"

"跟你啥关系嘛?乱接砖头!"她白了他一眼。

"如果那天我跟在后面,至少她不会死吧。"他长吁一声,从床上弹起来,"算了,我也该走了。"

▷ 8 ◁

接下来这一个月过得很快。尤其是国庆七天长假,不停连轴转,疲劳简直快把他的失眠都要治好了。送走辛华那个瘟神,门店业务看涨,谢妈的脸色缤纷多了。他呢,也如释重负。

他尽量躲着那一家人。有天,远远眺见辛妈妈,想侧身拐开,但她老早就招呼起来,他只得站在原地。

辛妈妈走过来,说:"辛华的事给你添麻烦了哦。"

他支支吾吾,不知下面她要说些什么。

"辛华说他不喜欢做销售,那就由他去吧。"老太太叹气。

他意识到,不知辛华本人或是辛夷在辛妈妈那里提供了另一套什么说法,至少结果是好的,保护了他免于被谴责。对于这点他挺感激的。

"嗯,"他说,"辛夷说让他去火锅馆帮忙呢。"

"去了几天,他不喜欢,也做不来。"辛妈妈说,"辛夷又托了朋友,介绍他去一家公司去了,说啥子物流哦。"

"那就好那就好,物流也挺不错的。"他说完就赶紧溜了。

现在,辛华那尊泥菩萨不在,店里反倒无趣得很,少了一个笑话。中午谢妈出去打牌,几个同事都机敏地不知闪到哪去了。他一直待在店里,昏昏沉沉的。慧娴突然在微信上发来一张图片。他翻过来翻过去地看,好像是一种鞭子,黑色皮质,状如蛇,尾部分叉。

他不解:"这是什么?"

"老家伙刚发给我的,他收到的一件生日礼物。"

慧娴上次给他讲了自己的男人,广东籍的香港人,做酒店娱乐行业的,国内到处跑。重庆银源大酒店的夜总会,他是股东之一,一年总要过来十几回。她并不讳言,这男人她也是在火车上认识的,但是没辛夷运气好,她这样表述道:"辛夷钓了一个年轻帅气的,修成正果。我钓了一个年弱体衰的,还没有牌照。"她把那个男的称为"老家伙"。

他觉得好笑,这才意识到那是什么玩意儿。说:"难道现在过生日都流行送性用具了吗?"

"在他们那个圈,现在是的。"慧娴又接连转发了几张照片,分别是眼罩、手铐、金属逍遥椅,还有一些药品罐,全是英文。她说:"快递已经到了,我等下去物管取。今晚过来不?用一手的哦,老家伙明天就回来了。"

随后,又发来一张图片:她穿着睡衣,露出一大片胸脯。

他说:"我恐怕等不到晚上了。"

她回复了一个"娇羞"的表情。

但是那些新奇的器具他基本上一个也没用上。他甚至没回小区停车库取车,直接打了个车去了她家。

进屋后他们就紧紧抱在一起。她媚眼如丝,说:"先去洗嘛。"于是他抱着她去了卫生间,把两人剥个精光,打开淋浴,任水流冲击下来,她惊叫着,很快就达到了高潮。

只是这一次他突然感觉到了一种异样,他始终觉得有些什么动静,在隔壁。

他问慧娴:"你听见什么没有?"

"没有呀！"她说，再一次握住他的下体，说，"别管什么声音啦。"

第二次结束后，她瘫软在床上，一脸虚无。他去卫生间小解，冲完马桶，他想起隔壁的奇怪的歔歔的声响，随手敲了敲墙面，铿的一声。然后他回到房间，穿上衣裤。她慵懒地侧身做了一个告别的手势。

走到楼梯口，不知是不是出于职业病，他突然想到刚才敲击墙面时那种声响，有一种空洞，也就是说，那似乎是空心而不是实心的。他吓了一跳，觉得这是一个比较严重的事儿。于是转回去准备向她告知。从电梯口拐回走道，他远远看见——一个五十多岁的男人从隔壁房间出来，站在她门口，拿手敲击房门。他侧身隐蔽起来：房门打开了，她的手臂伸出来，把那个男人拽了进去。

他肃立在门口，隐隐听到房间里的嬉笑声，蓦然有种毛骨悚然的感觉。

下楼后，他并没立即离开，去找物管，说是A栋21-7的租户，卫生间好像渗水了，应该是隔壁8号房那边的防水没做好，请物管调出业主信息。物管从电脑上抬起头，一脸茫然，这两间房——是同一个业主呀！

他赶紧扯了个谎，悻惶地逃走了。

步行了三十分钟左右，他脑子里仍浑浑噩噩的。在一个公交站，他上了一辆公交车——随便它是开往哪里的——靠在车窗上，有种很清晰的疲惫。

他发现自己的直觉是对的，那是一种被猎的本能反应。肯定有一双眼睛盯着自己，它是在天花板，还是在电脑桌上？他竭力搜寻当时的场景——也许有个摄像头不经意地藏在哪里，瞄准着房间。他用力甩一甩头，回忆起跟慧娴的每一次见面，不多，他想起他们其实没有更多的共

隐身

同话题,除了辛夷。其实他对辛夷的了解,有很大一部分来自慧娴。

他有很多话想给辛夷说,他发了一条短信给她:"在哪儿?"

他握着手机,直到在车上睡着也一直没有等到回复。醒来时,司机站在他面前说:"兄弟,你睡安逸了吧?到终点站咯。"

重新坐上出租走到金渝大道时,他接到辛夷的电话。她在哭,舌头打结,说些什么也不清楚。他明白,她又喝麻了。

半个小时后,他见到了她——躺在她的那个三楼会所包房里,一脸惨白,眼睛浑浊地望着天花板。他朝上面看了一眼,并没有什么特殊的东西。他问守在旁边的女服务员:"她怎么了?"服务员扯着他衣角,他意识到有话给他说。出门,在走廊的楼梯口,她才悄声说:"火锅店做不走[57]了——下午几个股东在扯皮,扯得很凶。有两个股东说不干了,要退出,喊辛总把钱退出来。也不晓得最后是怎么扯的。反正,晚上突然来了一帮要债的,说辛总欠他们的钱……有个青皮还打了她几巴掌。"服务员说得太快了,噎了一下。

"具体是怎么回事?你莫急,慢慢说。"

"那我就不清楚了。我一个丘二,哪里搞得懂这些?但是我听别人说,辛总是借了高利贷。这开业不到两个月,就亏了好几十万。股东吵着撤资,辛总找厨房扯皮,昨天总厨也跑了。明天……听领班说也准备明天走。我们这些服务员也不知道明天到底还来不来。"

"你们还是照常上班嘛,天又塌不下来。"他问,"辛总喝了多少酒?"

"两瓶红酒,喝完了。"

---

[57] 做不下去的意思。

"那没事,你先下班吧。"

听说只喝了两瓶红酒,他心下稍安,她不止这点酒量,应该还是心情原因。

服务员走后,他走过去,坐在身边揽住辛夷,安慰说:"有啥想不开的嘛。走,我送你回去。"

她茫然地摇头。

他叹了口气,径直下楼去把店门关了。回来时发现她坐了起来,带着哭腔说:"这回我遭惨了。"

他说:"没事没事,大不了从头再来嘛。"

她拼命甩头,突然停住,盯着他说:"这回怕是医不活了。刚刚我老实在脑子里过了一遍,我确实不是做生意的料哇。东搞西搞的,翻不起浪还被浪打翻了。我还是回去,上我的班得了。"

"是,上班还是安稳多了。"他顺着她说。

"可是——"她哇地哭了,"怎么甘心呀!还欠了一屁股的债哇。"

她嘤嘤哭了几分钟,也累了。扑在他腿上趴着,缓缓而来的酒意让她一会儿就睡着了。等她鼻息平稳后,他把她轻轻平放在长条沙发上,在柜子里找了一块干净餐布,搭在她腿部,然后把自己的薄纱休闲西装盖在她肚腹上。

他抱着双臂,站在窗前看去,外界一片通明,人声鼎沸。有那么一阵,他觉得很是惶惑:这个崎岖的城市竟然容纳了三千三百万人?三千三百万人,就有三千三百万种活法,有三千三百万种人生。这么多人,如此紧密,却彼此陌生。有些人抱成一团,又各自独立。身后,辛夷发出一声呻吟,不知是痛苦还是舒适。他回首看着她,发现这个侧面有点像华雪熟睡的样子。她们还真是挺像,都是努力地蝇营狗苟。

隐身

目力所及，前面林立的大厦上，一扇扇窗口洞开着，既规则又整齐。他想，每一个窗子背后，都是一种故事，世界上所有的秘密都在这个窗子里。这真是一个巨大的时代啊。

他回到沙发上靠着，漫无目的地想着，不知不觉睡着了。醒来，发现辛夷坐在自己面前，一双眼空洞洞地瞪着他。

他吓了一跳："你干吗？"

"没什么，就是看你。"她很平静。

"酒醒啦？"他揉了揉惺忪的眼睛。

她突然开始剥衣服——他怔怔地："你又干吗呀？"

她露出笑容："我从来没这么想过，这是第一次——我想做一次，痛痛快快的那种。"随后她站在沙发上，把长裙松掉，在她苍白而缺乏弹性的小腹与肉色短裤之间，他一眼就看见了它——那朵花，鲜美地对视着他。他看得呆了，浑然不知辛夷又说了什么。

辛夷蹲下来，那朵花被折叠起来了。

"哎！发什么神？你失聪了！"辛夷的脸庞红红的。

他遗憾地收回眼神。

她说："你也脱嘛。"

"能让我看看那朵花吗？"他几乎是哀求道。

她会心一笑，将身体摊开，一条腿悬在沙发沿。

他趴在她的小腹上查看。这朵花有九片花瓣，中间是花蕾，很微小，花瓣是粉紫色的。他盯着花瓣看了一会儿，忍不住拿手指去触碰了一下。他小心翼翼地抚摸它，问道："这是什么花？"

"辛夷。"

"什么？"他以为听错了。

"辛夷花呀,治鼻炎的药里都用它,通窍的。"

"哦。"他喃喃道。

"快来。"她拽住他的头发,"有点不耐烦,你到底要不要吗?"

"哦!"他抬头说,"我想再看看这朵花。"

▷ 9 ◁

天快亮了。微弱的星辰离他的前额并不像实际的距离那么遥远,这是黎明到来前,有些麻麻亮光正在从高处泄露。但整个小区还是湿漉漉的,穿插着植物和土腥的味道。他抱住自己的身体,打了一个喷嚏。他的皮肤也是潮湿的。他像往常一样在小区四处乱走。他路过了一棵银桂,贪婪地吸吮着它们仅存的稀薄的香气,然后经过了那辆沉闷的灰色大切诺基。

刚刚送辛夷回家前,他问了一句废话:"还气着呢?"

从霍然推开他套上衣服的那一刻,她就不再跟他说一句话。她打了一个车,他钻了进去。不管他说什么,她始终板着脸。下车后,他跟到了她家楼底。辛夷按电梯,终于说了一句:"你放一万个心,我砸锅卖铁,也不会找你借一文钱的!"

他顿住步子,想要解释。可是她根本不给他开口的机会,迅速进入电梯,哐的一声,门关上了。感应灯应声而亮,几秒后,黑暗又降落在他的身体周围。他呆呆地立在寂静里,一种情绪要在他胸前迸裂出来。可是,并没什么可爆发的。他转身,朝外面走去。

有一件事他从未说过,没跟任何人提起过。他一直想说,但不知道能够给谁说,这件事天天纠缠着他,几乎把他逼疯了。

三年多前,他接待了一位客户,在网上咨询时他正好守在中介所的电脑旁边。对方说有一套精修房——就在他住的这个小区,但从未入住——想要处理。"至于价格,你可以全权承担,我只要七十五万的成本,多出来多少,或者你们能交易到多少我不管,都是你的。"对方希望他尽快处理。然后问了他中介所的号码,打了一个电话来问了他的姓名,沟通了一会儿,然后说:"你把地址给我,我把所有证件的复印件,还有钥匙,给你快递过来。"对方拜托说,"我那房子的物业、水电气、有线闭路,好久都没续费。可能的话,也请帮忙去缴费,顺便——"他说,"请保洁员做个大扫除。"接着,对方在纸上记了他的地址,然后把自己的手机号给了他,说有消息就给回个电话。

三天后他收到了一个快件。他拿到了钥匙、各种费卡,还有全部的房证资料的复印件。他在网上挂出信息,很快有人来看这个房子而且有人愿意成交。可是他拨打卖房客户的号码时,语音提示的是:"您所拨打的号码为空号。"

这真是一件诡异的事。

那个客户再也没有联系过他,而他既拨不通那个号码,也不知道该业主的地址——快件显示是来自成都武侯区,但没有具体地址,也没有其他任何联络方式。他在民政网上查询过了,户主是一个七岁的孩子,户籍地是湖北恩施某乡镇。

他是谁?他人在何处?他出了什么事?他无法找到这个业主,而这所房子的价格却噌噌地攀升,同类型的房子至少要售到一百四十万元了。这个房子越来越值钱了,但他无法出售,也拿不走。他整晚整晚地失眠,为一个联系不上的业主,为这不断上升的数字游戏。再后来他发现，每个以为熟悉的人都很陌生。

在小区走了一整圈，在丁字路口，前面突然出现了一个人影。他在后面跟着，发现那佝偻的背影很熟悉。当那个人走到路灯下，他辨认出来了，那是辛华。不知道他半夜里出来所为何事：是辛夷把他赶了出来？还是他不能忍受姐姐的哭闹？或是那份新的工作需要早早起床出门？在后面走着，他突然觉得，自己也不过是另一个辛华，并没本质上的区别。

看着辛华的背影，他无端端想到一个人。他自己也无法理解的是，这时他竟然想到的是从未见过的辛夷的父亲，而不是其他随便什么人。

辛夷那么爱八卦，但就是没提到过自己父亲。辛妈妈也是。有一次，他在慧娴那里，也像此刻一样，脑子里无缘无故地跳出这个疑问，他知道辛夷进入铁路工作后就与慧娴在一起了，于是问她见过辛夷的父亲没。

慧娴说："辛夷的父亲很怪。"

"怎么个怪法？"

"他呀，他跟家里人完全不像亲人，很冷漠。他活着的最后十年，事实上已经跟家庭脱离了。对了，他养狗。不知道他从哪里捡来一些流浪狗，越养越多，家里根本住不下。后来他在房子旁边搭了一间砖房，用遮雨棚搭着。把十几条流浪狗全部挪到里面。后来，他也搬进去了。只有吃饭时回家。下班后，他就一个人带着一大群狗儿，进山，在林子里耍到天黑。"

"这是为什么呀？"他实在无法理解。

"谁知道呢？辛夷说他对家里做的最大的一个奉献是，死得恰到好处。他死的第二年，单位上就撤销了顶班的这个政策。"

隐身

"他是怎么死的?"

"不晓得。"

"那他的那些狗儿呢?"

"鬼知道,成了野狗吧,要不就被工人打去吃了。"

此刻,他蓦然觉得——那个从未见过的已经死去的人依然存在,你看不见他,但不表示他不存在。

辛华缓缓地走下坎坡,要出小区了。他停下脚步,随后,往相反的方向走去。

与业主刚刚失联那半年,他常来房子里逗留。偶尔,在这里过夜。那时,他还比较喜欢这种神秘的游戏。尔后,他注销了所有留存在网上的关于这处房子的销售信息。他把自己搬了进来。这是合适的。他安慰自己说,我是这个房子的代管人。谁又不是寄宿者呢?可是,某天他突然发现,自己似乎被这套房子困住了,他被一个看不见的空间囚禁了。他想要逃脱时,却没有出逃的勇气。有时,睡在这间房子里,他觉得这房间就像井一样幽深,他望着天花板,希望从那里能出现一根绳子。可是,从来没有什么绳子从那里掉下来。他每天都在店里浏览报纸,企图从那些反腐的消息、刑侦案件和五花八门的社会新闻里寻找一个失踪者的踪迹。

他甚至常常把这个房子跟华雪联系起来,他总觉得,这房子也许跟华雪有着什么隐秘的关系。

事实上他给慧娴讲的故事,跟另外的人,比如谢妈、身边同事甚至是几个陌生的女网友都叙说过。一遍遍地讲述,使得这个故事就像是真的一样。其实故事只有一半是真实的——他的尾随游戏是真的,但并不是跟踪华雪,而是路上的任何一个偶然的目标。

他喜欢在无事时顺着附近的街道，一直走。有时他会钻入小区一旁的一所高校，或者是学校对面的商业街。没有目的，或者说，在步行时寻找一个女性作为目标才是目的。他一般会选择一个从背面或侧面看起来有点类似华雪的女性，跟着她，一直走，保持某种平衡，但在一种临界点上，他会突然转向，结束这个游戏。这种尾随所产生的快感是非常强烈的，就像一个人戴着耳机行走，但震耳欲聋的音乐在他之外是彻底静止的。他喜欢这个游戏，尤其是这两年来，他几乎和所有的熟人都断绝了联系，这是他最为熟稔的消遣。

华雪并没有被害，她只是不见了。关于她的传闻很多，没有哪一条是确切的。婚后不久，她丈夫就因经济问题被调查了，华雪则下落不明。有人说她早早带着款项出国了，也有人说她被牵连，一起羁押起来了。总之是去向不明。他每隔一段时间都会拨打华雪的电话，从未接通过。某种意义上，华雪就像那个从未再出现过的户主。每次想到这点，他都会感到一种无助的绝望，绝望得就像绝望本身。

后来，他习惯了在夜里竖着耳朵，因为担心突然传来一阵急促的敲门声，他不敢在夜里开灯，不敢住在有行人经过的主卧。每个晚上，他不自觉地在小区里游走，沿着路径不停转悠。可是除了那两辆无人认领的已经快要锈蚀得如同废墟的车，没有任何其他值得一提的发现。事实上，他早已经不想探究了。他只想躲藏着，惧怕被发现。这种躲藏已经成了日常惯性的一部分。

他重新走回到大切诺基的旁边，脑子里微微摇晃，久违的睡意像海浪一样轻轻袭来。他突然有一种释然。他想起华雪离开前踌躇满志地和他探讨什么是成功。华雪说，成功就是站在最高处的感觉，是一种支配权，说他不会理解这种感觉。他曾经相信过，但此刻他开始怀疑这点。

隐身

他抚摸着黝黑的车身,有种突如其来的恍悟:你看看这辆车,你使用它,它就是奔腾的,永动的;当你不需要它,它就是静默的,它会衰竭,死去。跟它一样,财富根本不是计量仪而是欲望的幌子。有些人一天能挣一千万,但并不给他带来根本性的充实;而有些人一辈子的梦想就是一个房子,并能得到切实的满足。哪怕是同一个人,他在饱腹和濒临饿死时看见食物的心态都是不尽相同的。所以,他想,对于一个如自己般的普通人来说,所谓成功,其实就是可以毫无愧疚地活着。

这一刻,他顿然放松下来。在巨大的寂静中,锈蚀的车门闪烁着微弱的反光,这让它看起来就像是一种脆弱的透明液体。他觉得自己完全可以轻易穿过这扇车门。他的脚尖踏了过去,随后是手臂,还有大腿,最后他的整个身体都陷入锈蚀的车厢里,在浑浊而狭小的黑暗中,他觉得安心多了。随后,他闭上眼,他开始向下滑落。

重庆市作家协会重点扶持作家